ひきこまり
吸血姫《きゅうけつき》の悶々《もんもん》
12
Hikikomari
the Vampire Countess
no
Monmon

「待たせて悪かったな、ミリセント」

「やっと来たのね」

ひ

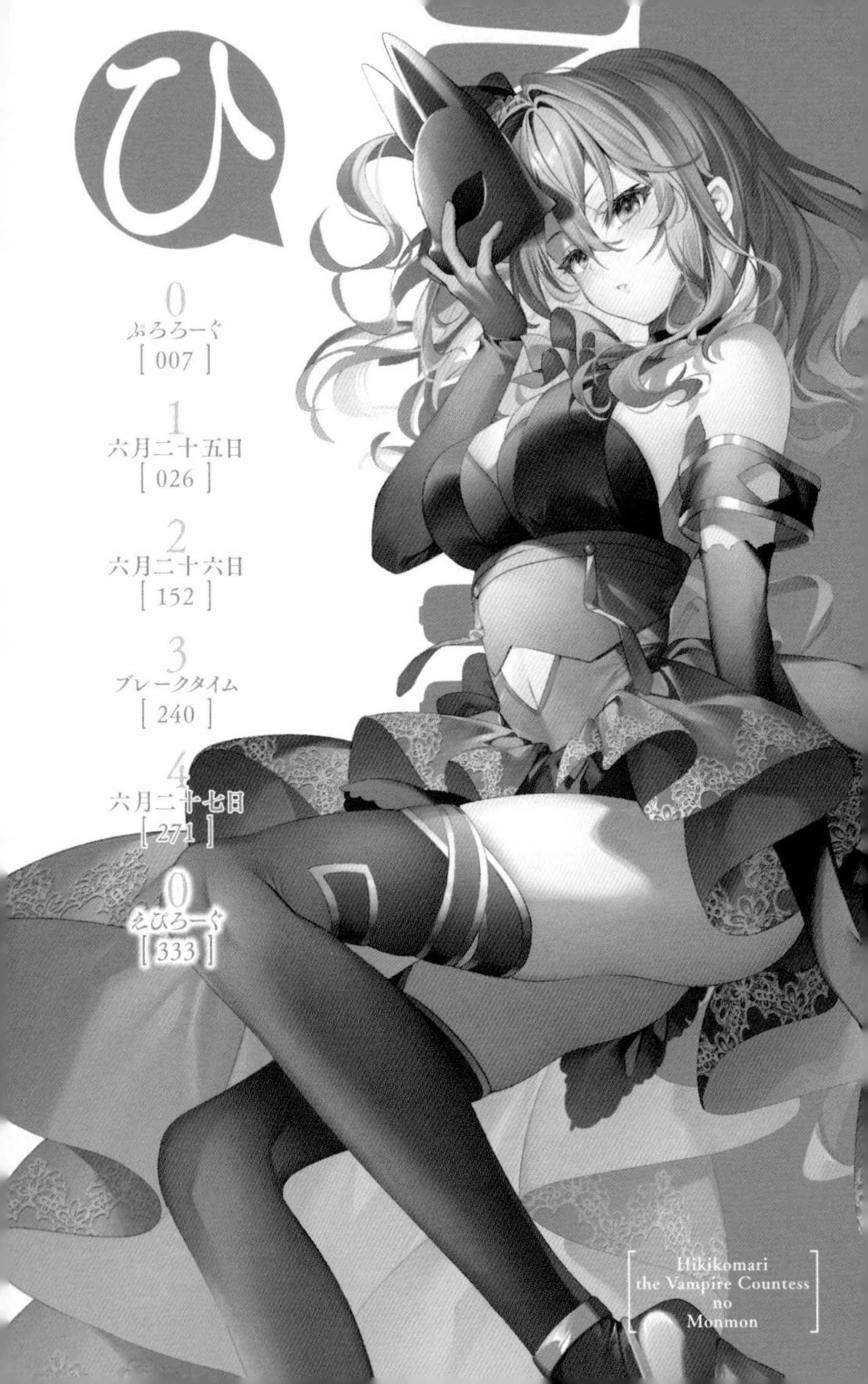

Hikikomari
the Vampire Countess
no
Monmon

ひきこまり吸血姫の悶々 12

小林湖底

GA文庫

「登場人物紹介」ひ

Hikikomari the Vampire Countess no Monmon

テラコマリ・ガンデスブラッド

通称コマリ。ひきこもり生活を送っていたが、ある日、ムルナイト帝国七紅天に任命されてしまった。

ヴィルヘイズ

通称ヴィル。コマリの専属メイド。コマリのことを公私にわたって忠実に（?）サポートする。

ミリセント・ブルーナイト

ムルナイト帝国七紅天。第五部隊を率いる。他人と馴れ合わぬ孤高の存在。コマリとヴィルとは帝立学院の同窓。

サクナ・メモワール

ムルナイト帝国七紅天。第六部隊を率いる。蒼玉種とのクォーター。きわめて熱心な（?）コマリファン。

ネリア・カニンガム

アルカ共和国大統領。翦劉種。六戦姫の一人。コマリのことをメイドにしようと虎視眈々と狙っている。

アマツ・カルラ（天津迦流羅）

天照楽土の大神。和魂種。六戦姫の一人。和菓子作りが趣味で、「風前亭」というお店も営む。よく寝る。

峰永こはる

カルラに仕える忍び。いつもカルラをおちょくっている。作家としてのテラコマリ先生のファン。

メルカ・ティアーノ

六国をまたにかける報道機関「六国新聞」の記者。蒼玉種。ペンが走りすぎて虚偽・捏造に至ることも。

ティオ・フラット

「六国新聞」の記者。猫耳の獣人種。メルカに振り回されている。仕事を辞めようといつも決意している。

アイラン・リンズ（愛蘭翎子）

かつては夭仙郷の公主（皇女）であり、同国の将軍である「三龍星」の一人だった。現在は帝都で花屋を営む。

プロヘリヤ・ズタズタスキー

白極連邦の将軍である「六棟梁」の一人。蒼玉種だが極度の寒がりで、常時防寒着を着込んでいる。

リオーナ・フラット

ラペリコ王国の将軍である「四聖獣」の一人。猫耳の獣人種。六国新聞の記者であるティオとは双子。

カオステル・コント

コマリ麾下、第七部隊所属。第二班広報班班長で、コマリグッズを企画製作する。空間魔法の使い手。

ベリウス・イッヌ・ケルベロ

コマリ麾下、第七部隊所属。第三班破壊班班長。獣人種であり斧を用いた武芸に優れる。けっこう忠犬。

メラコンシー

コマリ麾下、第七部隊所属。第五班遊撃班班長。いつもラップ調で話す（煽る）。爆発魔法の使い手。

ヨハン・ヘルダース

コマリ麾下、第七部隊所属。第四班特攻班班長。いつも死んでいる。ゆえにコマリの実力を知らない。

エステル・クレール

コマリ麾下、第七部隊所属。第六班特殊班班長。軍学校ではSS 級の成績を修め、コマリに憧れて第七部隊へ。

ペトローズ・カラマリア

ムルナイト帝国七紅天。第一部隊を率いる。通称「無軌道爆弾魔」。現役七紅天で最長の在任期間を誇る。

ヘルデウス・ヘブン

ムルナイト帝国七紅天。第二部隊を率いる。神聖教の神父であり、帝都で孤児院を営む。サクナの養父。

フレーテ・マスカレール

ムルナイト帝国七紅天。第三部隊を率いる。通称「黒き閃光」。高潔な貴族的性格で、自他に厳しい。

デルピュネー

ムルナイト帝国七紅天。第四部隊を率いる。常に仮面をかぶっている。フレーテとは帝国軍学校の同期。

スピカ・ラ・ジェミニ

逆さ月の首領。悠久の時を生きる古き吸血種。つねに血を固めた飴を舐めている。太陽に弱い。

クレメソス504世

常世における神聖教教皇。本名はミーシャ・モンドリウツカヤ。蒼玉種。コマリのことを「先生」と仰ぐ。

アマツ・カクメイ（天津覺明）

逆さ月の幹部「朔月」の一人。常世においてはユーリン率いる傭兵団「フルムーン」に所属。カルラの従兄。

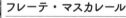

ロネ・コルネリウス

逆さ月の幹部「朔月」の一人。学究肌でありさまざまな発明品を考案するほか、官能小説も手がける才女。

トリフォン・クロス

逆さ月の幹部「朔月」の一人。蒼玉種で白極連邦出身。現在はスピカの命令を守り常世の統治に勤しむ。

クーヤ先生

神仙種の医師。魔核による自然治癒がある世界ではあまり必要とされず、ゆえに貴重な医術を追求する。

アルマン・ガンデスブラッド

コマリの父。ムルナイト帝国宰相。コマリを溺愛し、頼んでもいないのに七紅天の職を斡旋してきた。

ユーリン・ガンデスブラッド

コマリの母。かつての七紅天。ある時から別の世界「常世」へと渡り、傭兵団「フルムーン」を結成。

ロロッコ・ガンデスブラッド

コマリの妹。通称「ロロ」。ひきこもりだったコマリとは正反対で明るく無邪気。コマリいわく「邪悪」。

キルティ・ブラン

ユーリン率いる「フルムーン」の一員。六国に存在しない抱影種で、自身の影を別の世界に投影できる。

夕星

常世で暗躍していた組織「星砦」の首領。その実体は現世にも常世にもなく、正体は謎に包まれている。

クロヴィス・ドドレンズ

元帝国七紅天。ヴィルの祖父で穏やかな老紳士。余人の知らないヴィルの日常を知る数少ない人物。

カレン・エルヴェシアス

ムルナイト帝国皇帝。通称「雷帝」。豪放磊落な人柄。アルマンとユーリンとは帝立学院時代からの級友。

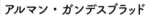

カバー・口絵　本文イラスト
りいちゅ

0 ―― ぷろろーぐ

天文台の愚者？

そんな雑魚《ざこ》どもは眼中にない。

私が殺意を向けるべき人物は――

あの深紅《しんく》の吸血姫《きゅうけつき》。

それしかありえなかった。

☆

神聖レハイシア帝国の夜は賑《にぎ》やかだ。

戦乱が終わり、常世《とこよ》の中心地となりつつある今、世界各地から多種多様な人々が波のように押し寄せている。大聖堂の統計によれば、人口が半年前の三倍にまで膨れ上がったのだとか。

かくして静謐《せいひつ》な空気がただよう神の領域は、夜が更《ふ》けてもなお灯《あか》りが消えない不夜城へと変貌《へんぼう》を遂げた。

紫色のマンダラ鉱石に彩《いろど》られた繁華街。

とある酒場にて、奇妙な二人が言葉を交わしていた。

「試しに作ってみたけど、これが複製品だ。私の【増幅《ぞうふく》する霊宝《れいほう》】にかかれば、殲滅外装《せんめつがいそう》を増殖させることもお茶の子さいさい――と言いたいところだが、どうにも不完全なんだよな。こいつがきちんとした性能を発揮できるのは、せいぜい三日が限度」

くたびれた白衣をまとった翦劉《せんりゅう》である。

懐《ふところ》から取り出した小さなダガーを、億劫《おっくう》そうにテーブルへ放った。

その隣には、まったく同じ形状をしたダガーが置かれていた。

真作と贋作《がんさく》に見かけ上の差異はない。

「とはいえ解析してみて分かったんだが、殲滅外装は所有者と不可分らしいんだ。私の力をもってしても、その設定を完全に切り離すことはできなかった。辛《かろ》うじて所有者以外でも使えるようになってはいるが、その複製品では第一解放までが限界だろうな」

「第一解放？　何それ？」

「殲滅外装には三段階あるんだよ。通常兵器としての第一解放、さらに一歩踏み込んだ第二解放、奥義としての最終解放。テラコマリンから聞いてないのかい？」

「知らないわ。あいつとは楽しくお喋《しゃべ》りをするような仲じゃないもの」

対面に座る少女がくすくすと笑う。

ウェーブのかかった青髪が夜風になびき、周囲の酔漢どもが見惚《みと》れたように言葉を失った。手元のグラスに注《そそ》がれているのはワイン――と見せかけたぶどうジュースだ。無頼のテロリストだったくせに、そういうところは無駄に律儀なのである。

「……しかし、お前が我々を頼ってくるとは意外だね」

「どこが？　私が知る中でいちばん神具に詳しいのはロネ・コルネリウスなんだから、あんたに依頼するのは普通のことでしょ？」

「いやまあそうかもしれんが、色々あるだろ。お前は私たちに恨《うら》み辛《つら》みを抱いているんじゃなかったのかい？　特にアマツなんかは……」

「もちろん後で殺す予定よ」

白衣の翦劉はピンと背筋を伸ばした。

面と向かって放たれた殺害予告に、冷や汗が流れていくのを感じる。

「そ、そっかー。アマツのやつも大変だなー……」

「アマツ先生だけじゃない。あんたも〝神殺しの邪悪〟も全員殺してあげる」

「ちょっとお手洗いに行ってこようかな」

「逃げなくてもいいわ、今すぐってわけじゃないから」

腰を浮かせた瞬間、テーブルにザクリとナイフが突き立てられた。コルネリウスは「ひい」と悲鳴をあげて固まってしまう。

この青髪少女の名前は〝ミリセント・ブルーナイト〟。

かつて逆さ月の尖兵《せんぺい》として暗躍していた吸血鬼だ。コルネリウスとはろくに接点がなかったが、アマツが色々仕込んでいたことを記憶している。

テロリストとしての罪を雪《そそ》いだ現在、ミリセントはムルナイト帝国の七紅天《しちぐてん》として六国《りっこく》に名を馳《は》せていた。彼女がわざわざ〝大扉《おおとびら》〟から常世に不法侵入した目的は、回収した殲滅外装らしきダガーの解析を依頼することだった。

「……本物は返すし、オマケでレプリカもくれてやるよ。料金はきちんと払ってもらったし。だけどミリセント、何かよからぬことを企《たくら》んでいるんじゃないだろうな？」

「なぁに？　テロリストが説教？」

「常世に飛び火させるなって言いたいんだ。こっちは落ち着きつつあるのに、これ以上変な騒動が起きたらおちおち作業もできんじゃないか」

「ふ。そんなの私の知ったことじゃない」

ミリセントは二つのダガーを懐にしまって立ち上がった。

コルネリウスも慌てて立ち上がる。

「おい！　まさか帰る気か」

「会計ならすませたわよ？　あんたのぶんまでね」

「あ、そうなの？　ならいいか」

コルネリウスは再び座った。

いやそうじゃない。

「――やっぱり待て！　どうせならアマツに会っていけよ。今頃《いまごろ》は寝ているだろうから、闇《やみ》討ちを仕掛けるにはもってこいのタイミングだぞ」

「だから今じゃないって言ってるでしょ」

ミリセントは踵《きびす》を返して歩き出す。その背中に何を語りかけても無駄な気がした。彼女の中では鮮烈な野望が煌《きら》めいていて、誰《だれ》に口出しされても止まることがない。だからコルネリウスは、純粋な疑問だけぶつけてみることにした。

「ミリセント。何をするつもりだ」

「決まってるわ。復讐《ふくしゅう》よ」

くるりと振り返った彼女の瞳《ひとみ》には――

紅色の残光が揺らいでいたように見えた。

錯覚《さっかく》だったのかもしれない。

青髪が酒場の外へと消えていくのを見送ると、コルネリウスは無言で夕飯を再開した。あの吸血鬼がどんな願いを秘めていようと、自分に影響がないのならば首を突っ込む必要もないのだ。

「そういや、天文台との戦いが始まるんだっけ」

アマツの調査によれば、六国では大々的に愚者の捜索が開始される予定らしい。

リウ・ルクシュミオと戦って分かったが、やつらは星砦《ほしとりで》に優《まさ》るとも劣らないバケモノだ。

ミリセントも七紅天であるならば、いずれ彼らに苦汁を味わわされることになるだろう。

同じ組織に属していた者の義務として、彼女の行く末に幸があることを祈っておく。

「……一応、アマツのやつにも知らせておくか」

☆

――それがしばらく前のこと。


そして現在。ミリセント・ブルーナイトは。

天文台のリーダーである愚者01《ゼロイチ》‐ララ・ダガーを斬《き》り刻んで磔《はりつけ》にしていた。

「ざぁんねん。これはあんたの殲滅外装じゃない。そっくりのレプリカなのよ」

宵闇《よいやみ》に哄笑《こうしょう》がしみわたる。

場所はムルナイト帝国帝都・下級区の倉庫。

無造作に積み上げられた木箱の迷路の中ほどに、神聖教のシンボル〝斜め十字に光の矢〟を象《かたど》った巨大な銅像が置かれている。その十字に縛りつけられていたのは、色素の薄いロングヘアーが特徴的な吸血鬼だ。

天文台の愚者01‐ララ・ダガー。

ぽたり、ぽたりと血液が床を潤していく。その身体のいたるところに切り傷が刻まれ、見るだに痛々しい有様だった。涼しい表情を張りつけてはいるが、だらだらと流れる汗のせいで進退窮《きわ》まっていることが丸分かりだった。

「……フェイクですか。これは一本取られてしまいましたね」

ララは震える声でつぶやいた。

ミリセントが面白《おもしろ》そうに口角《こうかく》を吊《つ》り上げる。

「まあ、フェイクですら所有権の一部があんたに残されていたなんて驚きだけどね」

「《刻《コク》》の複製をした方はよほど優秀だったのでしょう。所有権の一部をもコピーしてしまったのですから」

「なるほどねえ」

ララは全身の疼痛《とうつう》を堪《こら》えながら、先ほどの戦闘の顚末《てんまつ》を反芻《はんすう》する。

奇襲を仕掛けてきたミリセント・ブルーナイト。驚くべきことに、彼女はララの愛武器――殲滅外装01《ゼロイチ》‐《刻《コク》》を所持していた。これ幸いとばかりに遠隔で《刻》を操作し、ミリセントを八つ裂きにしてやった。

ところが、取り戻したはずの《刻》が粉々に砕け散ってしまったのである。

ミリセントが持参したのは、本物ではなくレプリカの《刻》。

すべて敵を油断させるための罠《わな》だったらしい。

丸腰となったララは、あっという間に拘束されてしまった。

それにしても――

「――重ねて驚きです。《縛《バク》》があなたに適合するのは想定外でした」

ミリセントの周囲には、ふわふわとうごめく無数の帯。

レプリカの《刻》に刻まれた傷口も、帯で包まれて応急処置が施されているらしい。ミリセントはけろりとした様子で木箱の山に背を預けていた。

あれは殲滅外装04《ゼロヨン》-《縛》。

ララの同胞であるリウ・ルクシュミオの武器に他ならなかった。

マーズ・ガレットを操《あやつ》って誘拐《ゆうかい》事件を引き起こしていた理由も、あれの適合者を見つけ出すため――つまりルクシュミオの後任を探し出すためだったのだが、こんな不幸な形で見つかるなんて思いもしなかった。

しかも、その適合者はまたたく間に新しい武器を使いこなしている。

ララの両手両足を縛っているのは、他でもない、殲滅外装04-《縛》なのである。

「使い心地はどうですか？　殲滅外装は至高の神具ですよ」

「こんな力に興味はないけれど、手に入ったのなら有効活用させてもらうわ。このままあんたの手足を捩《ね》じ切ってあげようかしら？」

「待ってください。きっと後悔しますよ」

ララは可能な限り平静に努めた。

縛る力が徐々に強くなる。痛い。もげちゃう。そんなのはイヤ。

「せ、殲滅外装に適合したということは、あなたには天文台の愚者になる資格があるということ。メンバーの入れ替わりは史上初ですが、あなたの心が銀盤《インセイント》のお眼鏡《めがね》に適《かな》った証拠でもあるのでしょう。どうですか、私たちと一緒に秩序を守――」

ナイフが飛んできた。

腕の表面を切り裂かれ、赤い雫《しずく》がぱらりと散った。

ララは呆然《ぼうぜん》として正面を見つめ、

「――御託《ごたく》に耳を貸している暇はないのよ。これから楽しい楽しい解体ショーが始まるんだからね」

「っ……」

冗談の感じられない殺意を感じて身を竦《すく》ませてしまった。

まずい。まずいまずいまずいまずいまずいまずいまずい。これは話の通じる相手じゃない。

どうにかして《刻》を取り戻さなければならない――焦燥《しょうそう》のあまり頬《ほお》に痙攣《けいれん》が走った時、

しかしミリセントは意外な譲歩を見せた。

「ああ、でも一つだけ助かる方法があるわよ？」

思わず顔を上げてしまったが、即座にすました表情を作る。

「それこそ耳を貸す必要はありませんね。この状況は私にとって遊興でしかありません。言うなれば、あなたの力を推《お》し測るための演技――」

「じゃあ殺そうか」

「まッ、ま、ままッ、待ってくださいっ」

神具らしきナイフで肩口を抉《えぐ》られ、我知らず懇願《こんがん》の声が出た。

相手が本気であることが分かってしまった。

ならば虚勢を張るよりも交渉のターンに移行するしかあるまい。

「何？　死にたいんじゃなかったの？」

「わ、私は秩序の守護者。ここで死ぬわけにはいきません。一つだけ助かる方法――それがどんなものなのか、試みに拝聴したいと思いまして」

「残りの殲滅外装を全部寄越しなさい」

「はい？」

「いくつあるの？　まさか《縛》と《刻》だけってわけじゃないでしょ？」

「そんなの教えるわけが――うぎっ⁉」

再びナイフで抉られて悲鳴が出た。しばらく歯を食いしばって耐えてみたが、出血量が許容範囲を超えたところでララは観念した。

「ぜ、全部で、六つ……《刻《コク》》《映《エイ》》《回《カイ》》《縛《バク》》《砕《サイ》》《剔《テキ》》……天文台は六人ですので。今は五人ですが……」

「嘘《うそ》は言ってないみたいね。じゃあ残りの四つをちょうだい。そうすれば《刻》を返してあげてもいいわ」

滅茶苦茶すぎて呆《あき》れる。

受け入れられるはずがないことは分かっているだろうに。

しかしミリセントの手中には《刻》と《縛》があるから、こんな足元を見るような要求でも無下にすることはできなかった。銀盤《インセイント》がララたちのために作ってくれた、大切な武器にして宝物なのだ。絶対に取り戻さなければならなかった。

「三日後――六月二十七日の夜、ムルナイト宮殿に一人で来なさい。もちろん残り四つの殲滅外装を忘れちゃダメよ？」

天文台は屈するわけにはいかない。

秩序のため。世界平和のため。銀盤《インセイント》の遺志を叶《かな》えるため。

こんな破壊者にもなれない邪悪な吸血鬼に負けてたまるもんか。

「そのような条件を呑《の》めるとお思いですか？」

「この条件が受け入れられないならば、あんたの大事な《刻》は壊れてしまうわ。すでに爆発《ばくはつ》魔法・【亜空炸弾《あくうさくだん》】は発動している。これがどういう意味か分かるでしょ?」

「なるほど。【亜空炸弾】とは考えましたね」

知ったかぶりである。

ララは現代の魔法を全然把握していないのだ。

「つまり、あんたに残された道はただ一つよ——あれがなければララ・ダガーは最低の弱虫なんだもの。バラバラのゴミになっちゃったら困るわよねえ?」

「……——」

そうだ。《刻》が壊されてしまっては元も子もない。

ララはぐっと奥歯を噛《か》んだ。久しく忘れていた怒りの感情が湧《わ》いてくる。ミリセントの思い通りにさせるつもりは毛頭ないが、ひとまず服従したように見せかけておいて——

「そこの青髪ぃ！　ララに何やってるんだ！」

大声がとどろいた。

次の瞬間、空間を打ち崩すような衝撃波が倉庫を舐《な》めていく。辺りの木箱が一瞬にして粉々になり、突風に乗った木片がものすごい勢いで後方へと流されていった。

ミリセントは跳躍し、その不意打ちを容易《たやす》く回避した。

しかしそれで意識が逸《そ》れたのか、ララを縛《いまし》めていた帯がしゅるしゅると解けていった。ようやく自由になったララは、神の降臨を目の当《ま》たりにしたような気分で振り返る。

破壊された壁の向こう、拳《こぶし》を振り抜いたポーズで静止する男がいた。

右手に装着しているのは、殲滅外装0５《ゼロゴ》-《砕》。

その名の通り、すべてを砕くために銀盤《インセイント》が製作したガントレットである。

安堵《あんど》のあまり泣き叫びたくなったが、ララはぐっと堪《こら》えて不敵な笑みを湛《たた》えた。

「――愚者0５《ゼロゴ》-ワドリャ・レスコーフ。あんまり派手にやると警察に目をつけられてしまいますよ」

「知ったことかよ！　仲間を傷つけるやつは殺してやるぜ！」

ワドリャの拳がうなった。

《砕》の第一解放は、純粋に腕力を高める能力である。シンプルであるがゆえに強力。木箱に叩《たた》きつけられた必殺の一撃が、物理的な衝撃波となって不埒《ふらち》者に襲いかかる。

しかしその瞬間、ミリセントは懐から魔法石を取り出した。

魔法に疎いララにはその正体がよく分からない。

「ワドリャさん、気をつけてください。何かが来る気配がします」

「構わねえ！　そんなもんは俺《おれ》の拳で全部――」

「【転移】」

衝撃波がミリセントを呑み込《こ》まんとした寸前、その姿が光となって消失した。

ワドリャが「何だよそれ⁉」と絶叫。

そのまま背後の柱が抉れて壮大な破壊音を奏でた。土煙がもくもくと立ち上がり、窓から差し込む月光が一時的にさえぎられる。しばらくして視界がクリアになった時には手遅れで、ミリセントの姿は影も形も見えなかった。

ところが、夜空のかなたから不思議な声が響いてきた。

それは間違いなくあのテロリストのものだった。

『もう一度だけ言う。三日後の六月二十七日までに、すべての殲滅外装を用意しろ。そうでなければ、《刻》は容赦《ようしゃ》なく破壊する』

ララは思わず拳をぎゅっと握りしめた。

あろうことか、あの吸血鬼は天文台を脅迫しているのだ。

しかもそれは効果覿面《てきめん》だった。愚者は無才の集団だ。殲滅外装がなければ人並みの戦闘能力を発揮することすらできない。それを分かっているからこそ、ミリセントはあれだけ強硬な態度に出られたのだろう。

「おいララ！　大丈夫か⁉」

ワドリャが大慌てで駆け寄ってきた。

彼はララの容態を確認すると、悔しそうに眦《まなじり》を吊り上げて叫ぶ。

「よくも！　よくもよくもよくも！　あの野郎、ララをこんな目に遭わせやがって！」

「私は大丈夫です。後でルーミンさんに治療してもらいますので」

「そういう問題じゃねえよ！　くっそ〜、あいつ絶対に破壊者だよな⁉　ルクをおかしくしちまったのもあいつに決まってる！　見つけ出してぶっ殺してやるぜ！」

「いいえ。さっきのミリセント・ブルーナイトは破壊者ではありませんし、ルクシュミオさんがおかしくなったのはテラコマリとスピカのせいです。その辺りを履《は》き違《ちが》えないように」

「でもお前を傷つけたのは事実だ！　許さねえ、許さねえ、許さねえ……！」

ワドリャは怒り心頭といった様子で倉庫の柱をガンガン殴っていた。

ララは痛む傷口を押さえながら、今後の展望について考える。

正直言って、状況は恐ろしいほど芳しくない。

六国は天文台の暗躍に気づいているはずだ。そもそもワドリャが白極連邦《はっきょくれんぽう》でプロヘリヤ・ズタズタスキーの暗殺に失敗して捕縛《ほばく》された時点で、愚者が目覚めていることは察知されている。

天文台の包囲網は構築されつつあると見るべきだ。

「ミリセント・ブルーナイト。《刻》は必ず取り返しますよ」

ララは不敵に笑ってそう言った。

内心は焦《あせ》りと不安でパンクしそうになっているけれど。

「――くそ！　くそくそ！　ミリセント！　覚えてろよぉ！」

「そうですね、優先事項は彼女の捜索です。しかしワドリャさん、あまり熱くなりすぎてもいけませんよ。天文台は常にクールであるべきなのです」

「分かってる！　あーでもムカつくなぁ！」

とにかく、今は愚者たちで作戦会議をすることが重要だった。

すでに脱落したルクシュミオ以外の全員が動ける状況にある。

愚者０１《ゼロイチ》-ララ・ダガー
愚者０２《ゼロニ》-ルーミン・カガミ
愚者０３《ゼロサン》-ニタ・カイテン
愚者０５《ゼロゴ》-ワドリャ・レスコーフ
愚者０６《ゼロックス》-ツキ・ランスパート

彼らと一緒ならば問題ない。必ずやミリセントから《刻》を取り戻してやろう。そして破壊者を――テラコマリ・ガンデスブラッドやサクナ・メモワールを処分してやろう。

そんなふうに決意した時。

にわかに天井《てんじょう》がみしみしと音を立てるのを聞いた。

不審に思って見上げる。

よく見れば、壁や天井のいたるところにヒビが入っていた。

さっきからワドリャが柱や壁を破壊しまくっているので無理もない。

このまま放置しておけば倒壊するかもしれないなと思った直後、

本当に天井が降ってきた。

「おおおっ⁉　この建物もろすぎねえか⁉」

「それはあなたの馬鹿力《ばかぢから》のせい――きゃあああああ⁉」

ララは仮面をかなぐり捨てて悲鳴をあげた。

崩れる天井。倒れる柱。

あ。ミリセントを捕まえる前に死んじゃうかも。

☆

その頃ミリセントは、帝都の中央を流れるフィール川を見下ろしていた。

その右手に握られているのは、橋の下に隠しておいた本物の《刻》である。きらりと月光を反射する刀身は、確かに普通の神具ではありえない神秘的な力を放っているように思えた。

殲滅外装。ララ・ダガーが血眼《ちまなこ》になって求める逸品。

だがミリセントにとっては――

「ゴミね」

手首を軽く捻《ひね》り、《刻》を放り投げてしまった。

くるくる回転しながら川面《かわも》に吸い込まれていった《刻》は、ぽちゃん、という間抜けな音を立てて着水。暗くてよく見えないが、放っておけば海まで流されてしまうことだろう。その絶望的な事実を知るすべは、おそらく天文台にはない。

ミリセントは橋の欄干に寄りかかると、意地悪そうに笑みを深めた。

近頃、六国は天文台に対して最大限の注意を払っている。

やつらがテラコマリを始めとした六戦姫《ろくせんき》の命を狙《ねら》っているからだ。

しかし、ミリセントにとっては明日の天気と同じくらいどうでもいい。

自分の野望を叶えることが最大優先事項。

それ以外はすべて駒でしかないのだ。

「ばーか。せいぜい私の掌《てのひら》の上で踊るがいいわ」

湿気を含んだ夜風が髪を揺らした。ミリセントはくるりと身を翻《ひるがえ》すと、軽やかな足取りで闇の中へと姿を消す。後に残されたのは、夜の帝国に相応《ふさわ》しい喧噪《けんそう》だけだった。

さあ、これにて支度《したく》は整った。

今から始まるのは、極めて単純な復讐劇である。

1　六月二十五日

「コマリ様。そろそろズタズタ殿を追い出しましょう」

　六月二十五日。

　自室で読書をすることによって賢者の神髄を発揮していると、メイドのヴィルが頬《ほお》を膨らませてそんなことを進言してきた。私は彼女が持ってきてくれたトースト（朝ごはんである）をひょいとつかみ、それを口に運びながら、

「追い出す必要ないだろー。お前みたいに奇行をするわけじゃないし」

「もうズタズタ殿が来てから一週間になりますが、あの方がずーっとコマリ様を監視しているせいで、コマリ様に悪影響が出始めているのです」

「悪影響って何だよ」

「何故《なぜ》か休みの日でも早寝早起きしますよね？　お嫌いなピーマンも頑張って食べようとしますよね？　ベッドでだらける頻度が極端に減りましたよね？——これはズタズタ殿の目があるから自分をよく見せようと無意識に努力をしてしまっている証拠ですよ」

「べ、別にそういうわけじゃない。だいたいそれのどこが悪影響なんだよっ」

「このままではコマリ様が立派な吸血鬼になってしまいます。それはそれで素敵なのですが、メイドとしては手のかかる主人のほうがお世話のしがいがあるのですよ。トーストは私が食べさせてあげますね、あーん」

「いいよ自分で食べるから！」

私は迫りくるヴィルを力尽《ちからず》くで押しのけた。

まあ確かに、プロヘリヤがいることで私の生活習慣が改善されつつあることは事実である。

あいつは「テラコマリを見張っていれば愚者が仕掛けてくるかもしれない」と主張し、四六時中《しろくじちゅう》私の周囲を警戒しているのだ。そんな状況で私がぐーたらしてたら申し訳ないしな。

それはさておき――

問題は愚者である。

やつらは例によって私を殺そうと企《たくら》んでいるらしい。命を狙《ねら》われるのは日常茶飯事《にちじょうさはんじ》だが、ルクシュミオみたいに獰猛《どうもう》なやつらが何人も襲いかかってきたら今度こそ死ぬ気がする。

現状では、彼らの尻尾《しっぽ》はあんまりつかめていなかった。

サクナの烈核解放《れっかくかいほう》でララ・ダガーという人物が浮かび上がったらしいけど、そのララさんがどこにいるのか判明していない。意外と近くに潜《ひそ》んでいたりするのだろうか。

とにかく、私はプロヘリヤたちと協力して愚者を撃退しなければならないのだ。

はっきり言って気が重いってレベルじゃないけどな。

「ところでコマリ様、ご報告しておかなければならないことが二つあるのですが」

「何だよ」

「一つは昨夜発生した事故のことですね。帝都下級区にある運送会社の倉庫が何者かによって破壊されたそうで、第七部隊の仕業《しわざ》なのではないかという噂《うわさ》が飛び交っています」

「はあ!?　またあいつら暴《あば》れたのかよ!?」

「詳細は分かりませんが、倉庫が倒壊した時間帯に第七部隊の隊員が周辺をうろついていたことは確かのようです」

「あーもう！　私は知らないからな！　今日は夜までニートになると決めたんだ！」

「ご心配せずともコマリ様が出張る必要はありません。現在、エステルを含めた第七部隊の幹部に捜査を依頼しているところです」

「え、そうなの……？」

それはそれでなんか悪い気がする。部下の落とし前をつけるのは上司の役目でもあるしな。まあ私が行ったところで何もできないだろうけど。

「そのかわり、コマリ様には別のお仕事が舞い込んできました」

「何言ってんだお前？　幻聴か？」

「実は皇帝陛下から招集がかかっているのです。今日は『血濡《ぬ》れの間』で臨時の七紅天《しちぐてん》会議が開催されるそうですよ」

「……今日って日曜日だから休みだよね？」

「どうして日曜日がお休みだと思ったのですか？」

「常識だろ！　日曜日は神が与えた安息日だろ！」

ヴィルは「やれやれ」と肩を竦《すく》めて溜息《ためいき》を吐《つ》いた。

「ムルナイト帝国では皇帝が神様みたいな存在なのですよ。あの方が『仕事だ』と言ったら日曜日でもお構いなしに平日になってしまうのです」

「…………」

全身がぷるぷると震える。地団太《じだんだ》を踏んで絶叫しそうになるのをグッと堪《こら》える。

皇帝のやつめ……休日手当ても払わないくせに働かせやがって。

もし私が皇帝になったら毎日を休日にしてやるからな。いや皇帝になるつもりなんか全然ないけど。

しかしまあ、冷静に考えてみれば、あの人がわざわざ七紅天を集めるということは、それなりに重大な理由があるはずなのだ。これで「今日は楽しい飲み会だ！」とか言い出したら怒りの暴風雨が吹き荒れるぞ。

「……仕方ない。行きたくないけど行くしかないな」

「頑張ってください。お仕事が終わったらご褒美《ほうび》のチュウをして差し上げますから」

「いらねえよ！」

私は溜息を吐《つ》いて自室を出た。

すると、不意にピアノの旋律が私の鼓膜を震わせた。

優雅だけど物悲しいメロディ。

階段を下りていくと、エントランスホールのグランドピアノを弾《ひ》いている少女の後ろ姿が見えた。白色の髪を伸ばした蒼玉《そうぎょく》、プロヘリヤ・ズタズタスキー。細い指が鍵盤を叩《たた》くたびに鮮烈な音色が空気を震わせ、聴衆（屋敷の使用人たち）の心を奪っていく。

私も思わず聞《き》き惚《ほ》れてしまった。

やっぱりプロヘリヤはピアノが上手《うま》い。

やがて『じゃーん！』と最後の和音を奏でた瞬間、張り詰めた空気が一気に弛緩《しかん》し、あちこちから盛大な拍手が巻き起こった。

「いやあ素晴らしいね！　うちの専属ピアニストになってほしいくらいだよ」

「ありがとうございますガンデスブラッド卿《きょう》。しかし私ごときの身には余りますな」

「はっはっは。ではロロの先生になってくれないかい？　あの子は音楽が苦手でねえ」

「私は白極連邦《はっきょくれんぽう》でピアノ教室をやっております。体験入学はいつでも大歓迎ですよ」

「それはいい！　是非《ぜひ》ロロを頼みたい」

お父さんがプロヘリヤと和《なご》やかに談笑していた。

隣のヴィルが何故か面白《おもしろ》くなさそうに耳打ちをしてくる。

「やはりズタズタ殿は危険ですね。ああやってガンデスブラッド卿を懐柔《かいじゅう》して、ムルナイト帝国を内側から崩すつもりなのかもしれません」

「んなわけないだろ……」

お父さん懐柔しても意味ないよ。

その時、プロヘリヤがこちらに気づいて「おおっ」と声をあげた。

「テラコマリとヴィルヘイズではないか。おはよう」

「おはようプロヘリヤ。お前はピアノが弾けてすごいなあ」

「幼少の時分に叩き込《こ》まれたのだ。しかし私くらい弾ける人間なんて世界にごまんといるぞ。近頃は将軍職が忙しくてコンクールにも出られていないしな」

「さっきのは何ていう曲なの？」

「ニコライ・メッチャスキー作曲・『復讐《ふくしゅう》のエチュード』。仇敵《きゅうてき》への復讐をテーマにした練習曲だ。数日前に帝都のコンサートホールで演奏されているのを聴いてな、久しぶりに私も弾いてみたくなったのさ」

「それをすぐに弾けちゃうなんて、やっぱりすごいな……」

「その賛辞は素直に受け取っておこう」

ヴィルが「コマリ様私もピアノ弾けますよ」と不協和音を鳴らした。

よくプロヘリヤの後でそれをやる気になったものである。

「そういえば、今日は七紅天会議とやらがあるらしいな。我が国の党大会みたいなものか？」

「え？　どうして知ってるんだ？」

「実は私にも招待状が来たのだよ。皇帝陛下曰《いわ》く、せっかく帝都にいるのだから帝国軍の活動も見学していきたまえ――だそうだ。書記長から許可も出たので参加させてもらうとしよう。おそらく天文台関連の話だろうからな」

「帝国の重要会議に部外者を参加させるわけにはいきませんね。どうしても出たいと仰《おっしゃ》るのなら、コマリ様を倒してからにしてください」

「お前は何なんだよ。皇帝がいいって言ってるんだからいいだろ別に」

「冗談です。――しかしズタズタ殿、これは純粋な疑問なのですが、あなたはいつまでガンデスブラッド邸のお世話になる予定なのですか？」

「愚者を捕らえるまでだ。ガンデスブラッド卿も納得してくれている」

「そうなのですか、ガンデスブラッド卿」

「あの演奏をしてくれるなら好きなだけいてくれていいよ。それに滞在費もいただいているからねえ。これに関してはいらないと言ったのだが、ズタズタスキー閣下が譲らなくって。コマリと同年代なのにしっかりしたお方だよ」

「私は十八歳ですぞ。お嬢様とは二つも学年が違います」

「そうだったの⁉」

てっきり同い年くらいかと思っていたのに。

十八歳ってもう大人じゃん。道理で好き嫌いなく食べられるわけだ。

プロヘリヤが「それよりも」と話題を変えた。

「実はガンデスブラッド卿にお願いがあるのですが」

「私にかい？　できることであれば何でもしようじゃないか」

「ご厚情感謝いたします。先ほど白極連邦統括府から連絡がありまして、私の知り合いが私を監視するために派遣されることになりました。無理にとは言いませんが、その者もガンデスブラッド邸にしばらく置いていただけると助かるのですが……」

予期せぬ展開だった。

「プロヘリヤの知り合い？　監視ってどういうことだ？」

「監視というか、書記長曰く、私の振る舞いを見学させたいようだ。機密情報なので詳しくは説明できないのだが、彼女は白極連邦の次代を担《にな》う予定の重要人物だ。こちらの事情など考慮しないやつでな、そろそろ帝都に到着するらしい」

わけが分からずに困惑していると――

ドバアン!!　と玄関の扉が勢いよく開かれた。

見れば、妹のロロッコが満面の笑みを浮かべて立っている。

あいつ、日曜日だからボーイスカウトに行くとか言ってたような気がするんだが。

そこでふと、彼女の隣に見知らぬ女の子がたたずんでいるのを目撃した。

「お父様！　友達を連れてきたわ」

「友達？　そちらの子は……」

「大通りで会って仲良くなったのよ。珍しい動物が好きだっていうから、コマ姉を見せてあげようと思って連れてきたの！」

「おお！　お前はドヴァーニャではないか！」

妹の暴言にツッコミを入れようか迷っていると、プロヘリヤが両手を広げてロロに近づいていった。否《いな》、ロロの隣で直立している少女に近づいていった。

ドヴァーニャと呼ばれたのは、ロロと同い年くらいの蒼玉だった。

縹色《はなだいろ》の髪をポニーテールにまとめ、感情に乏しい瞳《ひとみ》で私たちを見つめている。

なんというか、人形みたいに物静かな印象の子だ。

「紹介しよう！　彼女こそが連邦共産党の次期書記長と目される同志、ドヴァーニャ・ズタズタスキーだ。さあドヴァーニャ、挨拶《あいさつ》をしたまえ」

「はい」

共産党の次期書記長？　それってプロヘリヤなんじゃないの？　というか、同じ〝ズタズタスキー〟？　もしかして妹だったりする？――――様々な疑問が波紋のように交錯《こうさく》する。

ドヴァーニャがぺこりと一礼をして、

「ご紹介に与《あずか》りました。ドヴァーニャと申します。何卒《なにとぞ》よろしくお願いします。――ガンデスブラッド卿。プロヘリヤさんとともに逗留《とうりゅう》してもよろしいですか」

「もちろん、ズタズタスキー閣下の推薦なら断れないね。うちを我が家だと思ってくつろいでくれたまえ」

「ありがとうございます」

再びぺこりと一礼をした。

その表情は人形のごとく無に固定されている。

ロロは「よく分かんないけどお泊まり会ね！」と手を叩いて喜んでいたが、私は未《いま》だに状況が呑《の》み込めずにいた。プロヘリヤのほうを見やると、彼女は「分かっているさ」と申し訳なさそうに肩を竦める。

「後で軽く解説しよう。ドヴァーニャがいったい何者であるかをね」

「すごく気になるな。プロヘリヤの家族か？」

「『同志は家族である』という文言が党則に刻まれているな」

「いやそういう意味じゃなくて……」

「それはそうとコマリ様、あと十分で七紅天会議が始まりますよ」

「十分⁉　今から出発してもギリギリじゃねえか！」

「ちなみにフレーテ・マスカレールには『我々が一秒でも遅れたらコマリ様を好きにしていい

ですよ』とお伝えしてあります」

「何で勝手に生殺与奪《せいさつよだつ》の権を握らせてるんだよ‼」

「緊張感があれば時間を守ろうという意識が芽生えるかなと……」

「ああああああああああああああ‼」

私は絶叫しながら出発の支度《したく》を始めるのだった。

ロロのやつが「見てドヴァーニャ、あれがうちの珍獣よ！」とケラケラ笑っていた。

おいこら。変なことを吹き込むんじゃねえよ。

☆

今日の七紅天会議に出ることを許されたゲストはプロヘリヤだけであるため、ドヴァーニャはガンデスブラッド邸でお留守番となった。まあ、ロロが遊び相手になってくれるだろうから心配はいらないだろう。

ムルナイト宮殿の廊下を三人で歩く。

プロヘリヤは「ドヴァーニャのことだが」とおもむろに切り出した。

「先ほども言った通り、あの子は白極連邦共産党員にして次期書記長と目されている蒼玉だ。政治的能力も戦闘能力もまだまだだが、だからこそ私の行状《ぎょうじょう》を見学させることで成長を促そうとしているのだろうな、書記長のやつは」

「ちょっと待ってくれよ。次の書記長になるのはプロヘリヤじゃないのか？」

「私は地位に拘泥《こうでい》しない性質《たち》でね。六凍梁《ろくとうりょう》として自由に振る舞うのが性に合っているのさ」

「苗字《みょうじ》が同じズタズタなのはどういうことでしょう？」

「それはまあ」

プロヘリヤが珍しく言葉を濁した。

「コードネームみたいなものだ」

「こーどねーむ？」

「本名は別にあるのだが、私に憧《あこが》れているという理由でズタズタスキーを名乗っている。こちらとしては構わないので好きにさせているんだ」

「ふーん……じゃあ血のつながった家族ってわけじゃないんだな」

しかし腑《ふ》に落ちないことが一つあった。

何故、色々と「まだまだ」なドヴァーニャが今の時点で次期書記長に内定しているのだろうか。ムルナイトだったら七紅天として成果を出さないと皇帝にはなれないのに。

「ふむ、テラコマリの考えていることはよく分かるぞ。つまりドヴァーニャは、余人にはない特別な資質があるということだ。しかしそれをご丁寧に教えてやることはできない、何故なら連邦の最重要機密事項だからな。ちなみにこの情報はピトリナも知らないから、あいつを拷問しても無駄だぞ」

「するわけねえだろ」

「とにかく、大雑把に言えばそういう背景があるのだ。テラコマリもドヴァーニャのやつと仲良くしてやってくれると助かるよ」

「うん」

もうロロと仲良くなったみたいだけどな。

まあ、白極連邦の事情はなんとなく分かった。私があまり首を突っ込んでいい問題でもないため、今日のところは七紅天会議のほうに集中しようではないか。

しばらく歩くと、目的の『血濡れの間』が見えてきた。

例によってアホほど重い扉を死ぬ思いでこじ開けると（いつものことだがヴィルは手伝ってくれない）、円卓に腰かけた七紅天たちが一斉に視線を向けてきた。

「——あらガンデスブラッドさん、とんだ重役出勤ですわね？　あなた以外の七紅天はほぼ全員集合していますわよ？」

さっそくフレーテがジャブを放ってきやがった。だが私も過剰《かじょう》に反応したりはしないのだ。ここは素直に謝罪をすることによって事を荒立てることなくスマートに解決を……

「当たり前ですよマスカレール殿。コマリ様はあなたを抜かして次期皇帝になられるお方ですからね。あなたのような将軍Aを待たせるのがコマリ様のお仕事です」

「このメイド……！」

おい。やめて。何でそうやって挑発するの。このやりとり何回目だよ。

フレーテがブチギレそうになった瞬間、上座に腰かけていた皇帝が「ごほん」とわざとらしい咳払《せきばら》いをした。

「客人の前でやめたまえ。今日はズタズタスキー閣下がお越しになっているんだぞ」

「そ、そうでした！　まったくガンデスブラッドさんにも困ったものですわねっ！　さあズタズタスキー閣下、どうぞこちらへおかけください」

「うむ。遠慮なく」

プロヘリヤが空席に腰かけた。

そこでふと思い出したようにフレーテを見上げ、

「――フレーテ・マスカレールか。そういえば、お前とは六国《りっこく》大戦の時にやり合った覚えがあるな。あの頃とは態度が随分違うではないか」

「今日のあなたはお客様ですもの。いつか借りは返して差し上げる予定ですけれど」

「わっはっは！　楽しみにしているぞ！　いつでも殺し返してやろうではないか！」

何でいきなり殺し合いの話をしてるの？　こいつら野蛮人なの？

まあ気にしても仕方ないか。私とは精神構造からして違うのだろう――そんなふうに諦観《ていかん》を抱きつつ、サクナの隣の席、つまり第七部隊隊長の席に腰を下ろした。

「お疲れサクナ。今日って何の話し合いか聞いてる？」

「こんにちはコマリさん。たぶん天文台関連だと思うんですけど、まだ何も聞いてないので分かりませんね……」

私はぐるりと円卓を見回した。

『血濡れの間』には総勢九名の人間が揃《そろ》っている。

不敵な笑みを浮かべているカレン・エルヴェシアス皇帝陛下。

リラックスした様子で風前亭《ふうぜんてい》の羊羹《ようかん》をかじっている第一部隊隊長、ペトローズ・カラマリア
(なんか久しぶりに見た気がする)。

背筋をピンと伸ばして椅子《いす》に座っている第二部隊隊長、ヘルデウス・ヘブン。

いつものように殺意を振り撒《ふま》いている第三部隊隊長、フレーテ・マスカレール。

マネキンのように黙している正体不明の第四部隊隊長、デルピュネー。

腕を組んですました様子の白極連邦六凍梁、プロヘリヤ・ズタズタスキー。

日に日に美少女っぷりに拍車がかかっている超絶美少女、サクナ・メモワール。

そして何が何だか分かっていない私。ついでに私の背後に控えているヴィル。

あれ？　ちょっと待て？　誰《だれ》か足りないような気が――

「――さて、これで出席できる者は全員揃ったな」

「陛下！　ブルーナイト殿の姿がまだ見えないようですぞ」

ヘルデウスに言われて思い出した。

そうだ、ミリセントのやつが来ていないのだ。

風邪《かぜ》でも引いたのだろうかと少し心配になったが、続く皇帝の言葉は私の予想をはるかに超えたものだった。

「それが本日の議題の一つだ。ミリセント・ブルーナイトは天文台から回収した殲滅外装《せんめつがいそう》を持ったまま、どこかへ姿を消してしまったのだ」

場に緊張が走った。

ミリセントが消えた？　そんなことってあるか？

「えっと、連絡つかないの？　家で寝込んでたりとかしてない……？」

「ブルーナイト邸も確認させたが、もぬけの殻だったな。ミリセントが消息を絶ったのは一週間ほど前。殲滅外装の管理はすべてあいつに任せてあったから、天文台の手がかりも消失したことになる」

「カレンさあ。何でミリセントに重要な神具を預けてたわけ？」

ペトローズが怠《だる》そうに聞く。

皇帝は「何を言ってるんだ」と鼻で笑い、

「七紅天は帝国のナンバー2だぞ。信頼に足る相手ではないか。それに殲滅外装を見つけたのは他ならぬミリセント自身、やつに任せるのは当然のことだ」

「でも消えたってことは、その信頼を裏切られたってことでしょ？　カレンの見る目はなかったみたいだね」

ペトローズは羊羹の包み紙を放り投げながら言った。

「そもそもの話だが、ミリセントの境遇を考えてみればいいじゃないか。ブルーナイト家は四年前の事件で没落した。あの子が帝国に対して恨《うら》みを抱いていても何らおかしくない。天文台の連中に唆《そそのか》されて、あっち側に寝返るってことも不思議な話じゃないよね？」

「それはない。あいつには裏切るも何もないのだよ、ペトローズ」

「カレンは昔から楽観的だよね。こっちは常世《とこよ》の探索で忙しいってのに、付き合わされる身にもなってほしいもんだ。ヘルデウスもそう思うでしょ？　あんた、天文台の捜索を命じられているんだよね？　殲滅外装がなくなっちゃって怒り心頭なんじゃない？」

「同意を求められても困りますな。現状では何も分かっておりませんゆえ」

「ふん、あんたは慎重な吸血鬼だったたな」

何だこれ。何でこんなギスギスしてるんだ。

ふと隣を見やれば、サクナがあわあわと慌てていた。

フレーテやデルピュネーも緊張した面持ちでジッとしている。

面白そうに成り行きを見守っているのは、七紅天とは縁の薄いプロヘリヤだけだ。

「――ま、ミリセントが裏切ったのは確定事項だ。だったら見つけ出して殺さなくちゃね」

「ちょ、ちょっと待ってよペトローズ！」

思わず立ち上がった。

耳を疑うような発言だったからだ。

「ミリセントが裏切るはずがない！　あいつにも何か事情があったんだよ！」

「事情って何？」

「そ、それは……ふとした拍子に仕事が嫌になって旅に出たくなったとか！　七紅天ってアホみたいにブラックだからな！」

「コマリちゃん。カレンは『責任をもって殲滅外装を管理しろ』と命令したんだ。それに背《そむ》くのは立派な裏切り行為だと思わないかい？」

「そうだとしても！　何か理由があったに違いないんだ！　だってあいつは――」

あいつはもうテロリストじゃないんだ。

聖都《せいと》レハイシアで語り合った時、ミリセントは過去の行いについて謝罪をしてくれた。今更考えを翻《ひるがえ》すなんて道理に反している。

第一、あいつはこれまで七紅天としての責務を全うしていたのだから。

私の思いが伝わったのか、ペトローズは「ふっ」と笑って視線を逸《そ》らした。

「――ミリセントのことを一番よく知っているのはコマリちゃんだ。そこまで言うのなら、あの子にも何かのっぴきならない事情があったのかもね」

「だから朕《ちん》は七紅天を招集したのだよ」

皇帝が大真面目《まじめ》な顔をして言った。

「コマリもペトローズもまったく想定していないようだが、ミリセントが天文台にやられたという可能性も否定できない」

「あ……」

そうだ。ペトローズがいきなり「裏切った」などと決めつけるから誘導されてしまったが、ミリセントの身に危険が及んでいるかもしれないのだ。休日出勤がイヤだなんて嘆いている場合じゃない、今すぐにでも捜しにいかないと。

「というわけで、諸君に勅命《ちょくめい》を下そうではないか――必ずやミリセント・ブルーナイトを見つけ出せ。そして天文台との関連性を調べ上げるのだ」

「方法は？」

「問わない。諸君の活躍に期待しよう」

七紅天たちが真剣な表情で頷《うなず》いた。

いつものエンタメ戦争とは違い、必ずなんとかしなければならない重要な仕事だ。ミリセントの身に何が起こったのだろう。無事でいてくれればいいけれど――

がたん！　フレーテが椅子を引っくり返すような勢いで立ち上がった。

「さあデル、さっそく行動を開始しますわよ！」

「そうだな。まずは探知系の魔法が得意な者を集めよう」

「見つけたら串刺しにして差し上げますわ。カレン様に迷惑をかけた罰ですっ」

「いや串刺しはやめとけ」

二人は大急ぎで『血濡れの間』を後にした。続いてヘルデウスが「失礼します」と穏やかに席を立ち、ペトローズが面倒くさそうにのろのろと去っていく。しかし去り際、皇帝のほうをチラリと振り返ってこんなことを言った。

「――カレン。鈍《なま》ってきてるんじゃないかい」

「どういう意味だ？」

「ミリセントの手綱《たづな》を上手く握れなかったじゃないか。七紅天を辞めてから、お前は玉座に座ってのんびりしているだけだ。そんな状態だと寝首を掻《か》かれちゃうかもよ」

「それはそれで面白いな。お前が朕に何かをしてくれるのかね」

「さーね」

ペトローズは手をひらひらさせながら去っていった。

何が何だか分からないが、物騒《ぶっそう》だということは分かった。

極力関《かか》わらないようにしたほうがいいな。うん。

「コマリさん、私たちも行きましょう」

「そうだな」

サクナに促されて立ち上がろうとした時、皇帝がふと思い出したようにプロヘリヤを見つめて言った。

「――そうそう、一つ忘れていた。プロヘリヤ・ズタズタスキーよ」

「ん？　何かね皇帝陛下」

「きみにはコマリと一緒に動いてもらいたい。サクナが獲得した情報によれば、天文台は〝破壊者〟なる属性を持った人間を狙っているらしいが、きみとコマリはまさにそのリストに載っているらしい。お互いがお互いを護衛したほうが動きやすいだろう？」

「なるほど。一理ありますな」

プロヘリヤが傲岸不遜《ごうがんふそん》な笑みを浮かべて立ち上がった。

と思ったらヴィルが「お待ちください」と私の前に躍り出て、

「ズタズタ殿がそれなりに強いことは承知しておりますが、白極連邦書記長の息がかかった人物ですよ。ふとした拍子にコマリ様が裸にひん剝《む》かれたらどうするんですか」

「プロヘリヤがそんなことするわけねえだろ」

「テラコマリの言う通りだ。オトモダチのように仲良くするつもりはないが、仕事となれば話は別。可能な限り協力してやろうじゃないか」

「だそうだ。ヴィルヘイズよ、朕の命令を聞いてくれるかね？」

「むぐぐ……」

「なんだヴィルヘイズ。お前は私に嫉妬《しっと》しているのか？　後ろのサクナ・メモワールも少々不満そうな顔をしているな」

プロヘリヤが挑発するような視線を向けてきた。

ヴィルがめちゃくちゃ不満そうに口を尖《とが》らせる。

「……嫉妬？　このヴィルヘイズが嫉妬をするとでも？　私はすでにコマリ様と将来を誓い合った仲なのですよ？　余裕のオーラが出ているのが見えないのですか？」

「お前は何を言ってるんだ」

「しかし私は心配なのですよ。コマリ様は太陽の一億倍くらいのかがやきを放っている一億年に一度の美少女です。これ以上ヒロインが増えてしまうと面倒なことになりますからね。あなたはサブキャラくらいの立ち位置がお似合いなのですよ、ズタズタ殿」

「ご、ごめんプロヘリヤ！　こいつは面倒くさいメイドなんだ！　なあサクナ⁉」

「そうですっ！　ヴィルヘイズさんの言ってることは全部妄言ですっ！　特に将来を誓い合った仲というところとか……」

「なるほど。確かに個性的な吸血鬼だ。しかし――」

そこでプロヘリヤは何かを思いついたように笑みを深めた。

なんとなくだが、ヴィルのことを面白がっているような雰囲気。

「――聞き捨てならないな。サブキャラ？　ヒロイン？　いずれも間違っているぞヴィルへイズよ。お前はテラコマリの参謀のくせして観察眼がなっていないようだ」

「おいどうしたプロヘリ」

ヤ。言い終える前にぎゅっと腕をつかまれた。

白銀の蒼玉少女は何故か私をグイッと引っ張り寄せて、

「私は主人公だ！　むしろヒロインはテラコマリのほうなのだよ！　此度《こたび》の一件、私が責任をもってテラコマリ・ガンデスブラッドの護衛を務めようではないか！」

「なッ……」

「さあテラコマリよ、安心して私についてくるがいい。普段は敵同士だが、手を結ぶとなれば徹底的にやるぞ。天文台の愚者どもは我が銃で蹴《け》散らしてくれよう！」

「何を考えているのですかズタズタ殿⁉　まさかコマリ様を略奪するつもりですか⁉」

「わっはっは！　それもいいかもしれんな！」

「え」

私は一瞬だけときめいてしまった。

強くて頼りになる年上のお姉さん。最高じゃないか。プロヘリヤがいてくれれば私の命は保証されたも同然だ――そんな感じで感動の沼に嵌《は》まりかけたが、ふとプロヘリヤの表情を見た瞬間に気づいてしまった。たぶんこれ、私たちをからかって遊んでいるだけだ。

その証拠に、プロヘリヤはすぐに「冗談だ！」と高笑いをする。

「これは恩を売るいいチャンスなのだ。この世はギブ・アンド・テイク。お前に秘められた強大な力は、後々白極連邦のために有効活用してやるとしよう」

「コマリ様いけません！　ズタズタ殿は別の意味で危険人物です！　やはりコマリ様の護衛は私一人で十分なのでさっそく二人きりで部屋に閉じこもりましょう」

「ずるいです！　私もコマリさんを守りますっ」

「何なんだお前ら！」

　ヴィルとサクナが私の取り合いを始めた。

　やめろ引っ張るな。特にサクナの腕力がすごい。この子はヴィルと一緒にいる時だけ何故かテロリストの片鱗《へんりん》を見せる時があるのだ。頼むから清楚《せいそ》な美少女に戻ってくれ。

　見かねた皇帝が「静かにしろ」と呆《あき》れたように口を開いた。

「何も護衛を一人に絞る必要もない。ヴィルヘイズとサクナも一緒に行動したまえ」

「テラコマリのお守《も》りなど私一人で十分ですがね」

「ズタズタスキー将軍、勘違いしてもらっては困るな。先ほども言ったが、きみはコマリを一方的に護衛するわけではない。コマリもまたきみを護衛するのだ。これは書記長からも了承を得ていることだ」

「なるほど。であるならば仕方がない」

　プロヘリヤがすっと私から離れた。

無駄にメリハリのきいた動作でくるりと私たちを振り返り、

「よろしく頼もうテラコマリ・ガンデスブラッド！　ともにミリセント・ブルーナイト将軍を捜索して、天文台の悪事を打ち滅ぼそうではないか！」

力強くそう言って握手を求めてくるのだった。

まあ、背後で色々と思惑が動いているのかもしれないが、そういう面倒くさいことには目を瞑《つぶ》ろう。今の私にとっては、ミリセントの安否を確認することが急務なのだから。

「こちらこそよろしく頼む」

私は彼女の右手をぎゅっと握り返すのだった。

ヴィルが不満そうに頬を膨らませたが、見なかったことにしておこう。

☆

帝都にも吸血鬼以外の種族は住んでいる。

特に下級区と呼ばれる地域には、魔核《まかく》の恩恵なんてクソくらえと言いたげな移民たちがコミュニティーを作っていた。獣人の子供たちが路地を駆けていくのを尻目《しりめ》に、屋台で飴《あめ》を売っていた翦劉《せんりゅう》のおじさんは唸《うな》る。

「――さあね。あの倉庫は運送会社の所有物で、この辺りの住民も近づかないんだ。何がどうなったのか見当もつかん」

「倒壊した時、不審な人影は見ませんでしたか？」

「酔っ払いの軍人が歩いていたような気がするから、そいつらの仕業なんじゃねえか？　ちょうどあんたみたいな服装だったよ」

「それ以外は……？」

「見てねえって。それよりあんた、冷やかしなら追っ払うぞ」

「す、すみません！　買わせていただきます！」

ポニーテールの吸血鬼――エステル・クレールは、慌ててポケットから財布を取り出した。硬貨とりんご飴を交換してもらうと、お辞儀をしてからその場を立ち去る。

現在、エステルは昨夜に起こった〝倉庫倒壊事故〟の捜査を命じられていた。

容疑者として挙がったのは第七部隊の隊員三名だったが、尋問の結果、いずれも事故現場付近で酒を飲んでいただけで、倉庫の倒壊には関与していないことが分かった。

だからといって放置していいわけじゃない。

帝都の治安を守ることも、軍人の仕事の一部なのだから。

気を引き締めながら事故現場に戻ってくると、相変わらずの惨憺《さんたん》たる有様が目に入った。

天井《てんじょう》は崩れ、あちこちに巨大な瓦礫《がれき》が落ちている。保管されていたと思《おぼ》しき運送会社の荷物は無惨に破壊され、木箱の残骸《ざんがい》がそこらに散らばっていた。

「ああ！　まったく愚かしいにもほどがありますねえ！」

その廃墟《はいきょ》のど真ん中で、逮捕される寸前の犯罪者みたいな顔をした吸血鬼――カオステル・コントが天を仰いで嘆いていた。

「第七部隊は帝国軍でもっとも優雅でインテリジェントな部隊！　我々が無差別に建築物を破壊するはずがありません！　どうせ老朽化で崩れただけでしょうに、たまたま近くにいたからというくだらない理由で責任をなすりつけられてはたまりませんよ。そうは思いませんか、クレール少尉？」

「は、はいっ！　同感であります！」

とは言ったものの、内心では濡れ衣《ぎぬ》を着せられるのも自業自得《じごうじとく》だと思っているエステルだった。日頃の行いが完全に暴徒なので、こういう時に疑われても仕方ないのだ。

「ところでクレール少尉、聞き込みのほうはいかがでしたか？」

「申し訳ございません。有力な情報は何も得られず……」

「なるほど……、ところでそれはりんご飴でしょうか？」

「ご、ごめんなさいっ！　決して浮かれているわけではありません！」

叱られると思ってりんご飴を一口で食べてしまった。それを見たカオステルは「いや別にいいのですが」とつぶやく。え、いいんですか。

「――ダメだ！　目撃者は人っ子一人いねえ」

その時、路地のほうから金髪の少年が駆けてきた。第七部隊の放火魔、ヨハン・ヘルダースである。露店で買ったと思しき焼き鳥を頬張《ほおば》りながら、

「それどころか、どいつもこいつも僕たちのせいにするんだ。第七部隊の制服を見た途端に犯罪者扱いだぜ？　広報は何をやってるんだ広報は。お前らがちゃんとしないから、悪名が広がりまくってるじゃねえか」

広報とはカオステル率いる〝広報班〟のことだろう。

「おかしいですねえ。閣下の可憐《かれん》さと強大さは昼夜を問わず宣伝し続けているはずなのに」

「あ、あの、それは根本的な解決になっていないような……」

いくらコマリン閣下の偉業を喧伝《けんでん》したところで一般隊員のイメージが美化されることはないだろう。だって、あの人たちは昼夜を問わず問題ばかり起こすから。

ヨハンが「はあ」と溜息を吐《つ》いてしゃがみ込んだ。

「……だいたい、こんなの僕らの仕事じゃないだろ。警察に任せときゃいいじゃねーか」

「閣下のご命令ですよ。第七部隊の品位を貶《おとし》める連中を見つけたら必ず殺害しろ――そう閣下が仰っているのだとヴィルヘイズ中尉が言ってました」

「んなの嘘《うそ》に決まってるだろ！　テラコマリがそんな命令するわけねえ！」

「おおっと愚か者登場！　閣下は海のように慈悲深いお方ですが、第七部隊に仇《あだ》をなす者には容赦《ようしゃ》の一かけらもしないのです。あなたはコマリ隊に一年以上いながら、まだそんなことにも

気づかないのですか?」

「僕はお前の鈍感さにビックリしてるよっ。テラコマリは間違っても『殺せ』なんて言わないタイプだろうが! それこそ一年以上一緒にいて気づかねえのかよ!」

「いや、閣下が『ころすぞ』と仰ったシーンは誰もが目撃しているはずですが」

二人がコマリについてあれこれ言い合いを始めた。

倉庫倒壊の件で派遣されたのは、エステル、カオステル、ヨハンの三人だった。エステルとしてはベリウスと一緒がよかったのだが(エステルを除いた幹部の中で唯一精神が正常だからだ)、彼は非番なので呼び出すわけにもいかない。

この三人で倉庫倒壊の謎《なぞ》を解き明かさなくてはならないのだ。

できれば早急に解決したいところだけど——

そこでふと、床に血が点々と付着しているのが目に入った。

それを視線でたどっていくと、神聖教で使われていそうな十字架のレプリカが落ちているのを発見。

「見てください二人とも! 血が……!」

十字架の周囲は真っ赤《まっか》に染まっていた。すでに渇いてしまっているが、それほど古いわけでもないようだ。ちょっと生臭い感じのにおいが風に乗ってただよってくる。

ヨハンが「おっ」と興味深そうに近づいてくる。

「これ絶対犯人のものだぞ！　ベリウスがいればたどれるかもな」

「ど、どうしましょう？　ケルベロ中尉に連絡をしますか？」

「叩き起こしてやろうぜ。僕たちが面倒な仕事に追われてるってのに、あいつだけ有給休暇でバカンスなんてズルイだろ」

「いえ、お待ちくださいヨハン」

カオステルが何やら神妙な顔で血の痕跡を見つめていた。

「ベリウスを呼ばなくとも捜査は可能ですよ。私の魔法にかかればね」

「はあ？　お前って痴漢するための魔法しか使えないんじゃなかったのか？」

「あまりにも失礼すぎますね。私の空間魔法を使えば、この血の持ち主を探り当てることは容易《たやす》いのですよ――【引力の網】」

そうつぶやかれた瞬間、魔力がふわふわとただよい、床にこびりついていた大量の血液が溶けるようにして消えていった。

そのかわり、彼の掌《てのひら》から魔力で編まれた透明の網が天に向かって解き放たれる。

対象の身体の一部を消費することによって、その持ち主を探り当てるという魔法だ。

普通は髪の毛を消費することが多いらしいが、まさか床に付着した血でも可能だとは思いもしなかった。

カオステルはしばらく停止してから網を引き揚げる。

エステルがドキドキしながら見守っていると――

獲物の後ろ姿を見つけた犯罪者のような顔で微笑《ほほえ》んだ。

「――いた」

☆

フィール川沿いのレストラン。

宮殿にも近い一等地であるため、それなりに身なりのいい吸血鬼たちがランチタイムを楽しんでいる。日曜日の昼という時間もあってか、店はたいへん混雑しているようだ。

その中でも、窓際の席にたむろする五人は明らかに浮いていた。

吸血種。獣人種。和魂《わこん》種。蒼玉種。翦劉種。

ほぼすべての種族が揃っているそのグループは、周囲から向けられる好奇の視線には目もくれず、葬式のような雰囲気で言葉を交わしていた。

「――敵ながら天晴《あっぱれ》ですね。天文台を脅迫してくるとは」

紅茶を飲みながらそう言ったのは、露出の多いゴシック風の衣装をまとった少女。

言うまでもなくララ・ダガーである。

昨晩、ミリセントにボコボコにされた後、ララはいかにして《刻《コク》》を取り戻すかを考えた。

彼女の要求に従って他の殲滅外装を引き渡すのはもってのほかだ。となるとミリセントを捕らえなければならないのだが、武器を失ったララには至難の業《わざ》だった。

ゆえに、信頼できる仲間たちを集めたのである。

六百年の眠りから覚めた古代の戦士たち——天文台の愚者。

「我々はミリセントを捕縛しなければなりません。彼女は破壊者ではありませんが、天文台の看板に泥を塗った代償を支払ってもらう必要がありますね。かつて銀盤《インセイント》は言いました——秩序を乱す者は、たとえ《称極碑《しょうきょくひ》》に載っていなくても適宜《てきぎ》排除しなさいと」

「でもララの自業自得だろぉー？」

隣からトゲトゲした指摘が飛んできた。

カンガルーの耳と尻尾を持つ獣人——愚者02《ゼロニ》‐ルーミン・カガミ。

オムライスをスプーンですくいながら、六百年前と少しも変わらないイタズラっ子のような視線でララを見つめてくる。

「置き引きされたんだって？　バカすぎるだろそんなの。どーして私たちがそんなドジのアフターケアをしてあげなくちゃいけないんだ？」

「置き引きではありませんよ。何か特殊な魔法を使われたのだと思います。ふふ、六百年後の世界では私たちの常識が通用しないみたいですね」

「六百年前もしょっちゅうなくしてただろ？　覚えてるんだからな、お前がトイレにダガーを置き忘れて大騒ぎになったの。何故か私たちまで連帯責任で怒られちゃったしさあ。こんなのがウチのリーダーだなんてやってられないよな」

「そんなこともありましたね。あの頃は私も若かった」

「あーはいはい出た出た。ララの大物ぶる悪癖」

大物ぶっているわけではない。天文台の愚者01《ゼロイチ》という称号を与えられた時点でララ・ダガーは大物なのである――という理屈を披露してあげてもよかったのだが、それを口で説明すると小物っぽいのでやめておいた。

「ルーミン。口にケチャップがついてますよ。まだまだお子様ですね」

「あ。……う、うっさい！」

ルーミンは顔を赤くしてナプキンを手に取った。

天文台では最年少のため、みんなから元気な妹扱いされているのである。

ララはティーカップをテーブルの上に置いて、

「それはともかく作戦を練りましょうか。ルクシュミオさんは一人で先走って大変なことになってしまいましたが、残された私たちは力を合わせて行動しなければなりません」

「どの口が言ってるんだか。まー慣れてるから別にいいけどさ。結局、お前の《刻》がなきゃ戦力が半減したようなもんだしな」

「でもよ、どうすりゃいいんだ？　ミリセントがどこに消えたのか分からないんだろ？」

そう指摘したのは愚者05《ゼロゴ》 - ワドリャ・レスコーフである。

考えなしの脳筋ではあるが、素朴であるがゆえに鋭い点をつくことが多いのだ。

これに反応したのは、彼の隣で真面目にメモをとっていた少女だった。

「はい、それに関しては魔法を使えばいいと思います。帝都で色々と調査をしたのですが、この時代は魔法石がかなり発達しているようです。上手くやればミリセントもララ様の《刻》もすぐに見つかるかもしれません」

愚者06《ゼロックス》 - ツキ・ランスパート。

紫色の前髪で両目が隠れてしまっているが、その表情が意外に豊かであることをララはよく知っている。出自不明が多い愚者たちの中で、唯一アルカ王家出身という由緒正しき経歴を持っているのがこの翦劉だ。といっても王族らしい貫禄《かんろく》はこれっぽっちもなく、ララにとっては真面目で可愛《かわい》い妹といった感じの立場である（天文台の女性陣はみんなララの妹みたいなもんなのだ）。

「ツキの言う通りですね。手がかりが何もない現状、やはり超常の力に頼るほかありません」とララ。

「魔法ぉ？　イマイチ信用できないなー」とルーミン。

「だがよルーミン、ミリセントの野郎は魔法を使って俺《おれ》から逃げおおせたんだぜ？　案外馬鹿《ばか》にできたもんじゃねえよ。あーちくしょう、もうちょっとでボコボコにできたのになあ！」とワドリャ。

「心配しないでください！　魔法図鑑なら先ほど購入してきました」と言いながらツキはリュックから巨大な本を取り出した。

「私たちが時代遅れであることは否《いな》めません。勉強を欠かしたら痛い目を見てしまいますよ。現代の破壊者に対応するためには、現代の知識が必ず必要になってくるんです——これを見てください」

続いて同じリュックから石ころを取り出す。

「露店で盗んだ魔法石です。これがあれば魔法の才能がない私たちでも魔法を使うことができます。ちなみに、これには【転移】が封じ込められているそうです」

「ツキは偉いですね。私のかわりに魔法の知識を習得しておいてくださると助かります」

「は、はいっ！　頑張りますララ様！」

「おーいツキ。何嬉《うれ》しそうな顔してんだ。いいように使われてるだけだからな」

ルーミンにつっこまれてもツキは動じない。

ララのことを完全に信奉してくれているようである。

いずれにせよ、方針は定まった。

まずは魔法か何かを用いてミリセントに接触する。《刻》を取り戻した後は、テラコマリ・ガンデスブラッドとサクナ・メモワールを殺害するための準備に入ればいい——

「──そういやララ、《縛《バク》》はどうすんだよ《縛》は」

ワドリャが思い出したように尋ねてくる。

ルーミンも触発されてララのほうを振り向いた。

「そうだった。ミリセントのやつが《縛》に適合したってのは本当なのかー？」

「ええ、本当です。……ただ、あの方は説得したところで天文台には入りたがらないでしょうね。だから処分するのです」とララ。

「ちょっと待ってくださいララ様。殲滅外装は私たちのために作られた神具だったはずですよね？　どうしてミリセントが使えるようになったのでしょうか」とツキ。

「それは──」

ララはつい先日の出来事を思い出す。

常世で破壊者たちに破られた同志──リウ・ルクシュミオ。

彼は死んだわけではなかった。〝大扉《おおとびら》〟を突き破って現世まで吹き飛ばされたところを、辛《かろ》うじてララが回収しておいたのである。

今ではすっかり元気──なのだが、元気になったのと引き換えに、彼の精神はおかしな方向へと進化を遂げてしまったらしい。

──さあルクシュミオさん。私と力を合わせて破壊者に復讐をしましょう。

――悪いがそれはできぬ。俺はもう天文台には向いていない。

――は？　え？

――《縛》はお前に預けておく。この神具を使うことができなくなったのだ。

――待ってください。いったいどうしたというのですか。

――テラコマリ・ガンデスブラッドとスピカ・ラ・ジェミニのかがやきを見ているうちに、ああいう生き方も悪くないのではないかという思いが膨れ上がっていった。おそらく、それが銀盤《インセイント》の遺志に反していたのだろうな。

――あのですね。あなたがいてくれないと困るといいますか。

――俺は天仙郷《ようせんきょう》で反物《たんもの》売りでも始めるとしよう。愚者ではなくなってしまったが、お前たちとは六百年来の友だ。困ったことがあったらいつでも頼るといい。

――いや、今困っているのですが。

――そうだ、試しにテラコマリ柄の帯を作ってみたから受け取ってくれ。俺からの細《ささ》やかな餞別《せんべつ》だ。

――いや、こんなのもらっても困るのですが。

ルクシュミオは仏のようにサムズアップをして去っていった。

テラコマリとスピカが彼の心を改変してしまったのだろう。

秩序の守護者としての使命を忘れ、自らの夢や希望を軸として生きる道を選ぶ――それは愚者たる資格を放棄することと同義。つまり殲滅外装に適合しなくなることを意味している。

であるならば、ミリセントはいったい何故《縛》に認められたのか。

能力的な資質も関係しているのだろうが、ルクシュミオの例に鑑《かんが》みると、彼女の精神が夢や希望からかけ離れた位置にあるから――と考えるのが妥当《だとう》かもしれない。

「我々を突き動かしているのは、世界に対する深い絶望です。ミリセントはそれと似たような悩みを抱えているのかもしれませんね」

「何だよそりゃ」

「とにかく《刻》の奪取が先決です。動くにあたってチーム分けをしましょうか。ツキとルーミンさんは使えそうな魔法の発掘をお願いします。私とワドリャさんはミリセントに関する情報を集めましょう。カイテンさんは――」

そこでララはテーブル席の一番端っこに目を向けた。

それまでずっと黙っていた忍者装束《しょうぞく》の少年。

愚者03《ゼロサン》・ニタ・カイテン《丹田魁天》は、何故かじーっと窓の外を見つめていた。

「どうしたのですか？　何か面白いものでもありましたか？」

「……面白いといえば面白い。運命の車輪が回転し始めたようだ」

このカイテンという和魂は常にマスクで口元を隠し、他のみんなが談笑している時でも一人黙しているこことが多い。彼の言う「運命の車輪云々《うんぬん》」は意味不明だったが、とりあえず分かったフリをしておくことにする。

「そうですね。言わば円環の理でしょうか」

「ともすれば我々も大いなる波動に呑まれてしまうやもしれぬ」

「心配ございません。天文台が力を合わせれば乗り越えられますよ」

「そうかもな。――しかしララ、すでにお前の後ろに迫っている」

「はい？」

ララは何気なく振り返った。

窓の外から突進してくるサングラスの男が目に入った。

服装はムルナイトの軍服。色が赤いのでおそらくテラコマリの部隊。

何故そんなやつが私の元に向かってくるのだろうか？――現実逃避にも似た感想を抱いた瞬間、
ぱりぃいいいいいん――!!

サングラスはそのまま窓を突き破ってレストランに侵入してきた。

ガラスが粉々に砕け散り、あちこちで悲鳴があがった。

「おいララ！　こいつは敵だ！」

ワドリャが大急ぎでガントレットを装着する。ルーミンは大慌てでテーブルの下に避難を始めた。カイテンは影のようにその場から離脱。ツキは驚きのあまりペンを取り落とす。サングラスの男がドンッ！　とテーブルに着地した瞬間、しかしララは石のように硬直したまま動くことができなかった。

真っ昼間の往来で仕掛けてくるとは思わなかったからだ。

やつらは……一般市民に被害が及ぶことを考えていないのだろうか……？

「イエーッ！　こんなところで呑気《のんき》にランチ？　決めてやるぜオレのリンチ！」

「おいこらメラコンシー！　そいつらは僕が見つけたんだぞ⁉　というかどっから湧《わ》いてきたんだてめえ！」

「そこのマンホールから出てきたようですね。いずれにせよ抜け駆けはよくありません」

「あ、あのっ！　それ以前にお店で暴れるのはダメだと思いますっ……！」

「関係ねえ！　全員丸焦《こ》げになっちまえ！」

魔力。空気の震動。

ララたちが防御姿勢をとるより早く――

火炎と爆発《ばくはつ》がレストランを呑み込んだ。

☆

ティオ・フラットは激怒《げきど》した。

必ずこの悪逆無道の会社を辞めなければならぬと決意した。

今日は日曜日だったはずなのに、腐れ上司のメルカ・ティアーノが「一時間後に帝都に集合よ！　一秒でも遅れたら365連勤確定だから！」なんていう地獄のようなモーニングコールをかましてきたのだ。

夢だということにして二度寝しようかと思ったが、メルカのことだ、一秒でも遅れたら365連勤どころかそのまま殺されそうな気がした。ティオはさめざめと泣きながら仕事着に着替えると、ぶつぶつと文句を垂れ流しながら帝都まで足を運んだのである。

で、さっそく取材という名の荒行《あらぎょう》が始まろうとしていた。

フィール川にかかる帝都大橋で合流した瞬間、パワハラ新聞記者メルカはティオの鼻先を指でつつきながら激怒した。

「ちょっとティオ、しゃきっとしなさい！　これから世界を変えるための大業を成し遂げるところなのよ⁉　そんな窒息寸前の金魚みたいな顔されたら気が滅入《めい》るでしょ！」

「だってメルカさん……今日は休日ですよ？　それにこの気温は何なんですか？　太陽がカンカン照りじゃないですか。ちょっとヤバイくらいの猛暑ですよぉ」

「夏が近づいてきたわねえ！　でも私たちの記者魂はあの太陽よりも燃えているわ！」

「私はもう消し炭になりそうですぅっ！」

「我慢しなさいティオ。夜になったら雨が降るらしいから」

「今降ってくださいよぉっ！　熱中症になって死んだらどうするんで――」

あ。メルカの顔がめちゃくちゃ不機嫌な感じになってる。

これ以上ワガママを言ったら確実にぶっ叩かれるので、ティオは素知らぬ顔をして水筒の水を飲んだ。もはや完全に飼い慣らされているネコである。

「――えっと、今日は何の取材をするんですか？」

「ふっ、よくぞ聞いてくれたわねティオ！」

全然興味ないですけど。

「常世という異世界が明らかになった今、私たちの使命は向こう側の実態を六国に暴露することよ。でも温泉街フレジールの〝大扉〟は厳重に管理されているから、どれだけ頑張っても常世にたどりつくことはできない」

「そうですね」

「こんなことがあっていいの⁉　よくないわよね⁉　でも現状ではどうにもならないわ‼

――だから私たちは常世に行ってきた人物を取材することに決めたのよ」

「え～？　またテラコマリですか？」

「もちろんテラコマリにも話を聞くわ。でも今はペトローズ・カラマリア七紅天大将軍が帰還しているの」

誰だっけそれ。その疑問を素直に口にすると殴られるので黙っておいた。

「知っての通り、ペトローズ・カラマリアは常世の調査を任命されている将軍よ。突撃取材をすれば、極秘情報を色々と教えてくれるかもしれないわ！」

「はあ。教えてくれるといいですね」

「取材は根気が命！　相手に『しゃべらないと解放してくれないな』って思わせるくらいしつこくやらなくちゃダメなの！」

「下手《へた》すりゃ殺されませんか？」

「六国新聞は社員の命よりも情報を大事にするジャーナリズムの鑑《かがみ》よ！　待ってなさいペトローズ・カラマリア、私が常世の隠された真実をつまびらかにしてあげるわ！」

ティオは持参したバナナをむしゃむしゃと食い始めた。

こんな猛暑の中で密着取材なんて冗談じゃない。適度に従うフリをして手を抜こうではないか――そんなふうに決意しながら帝都の青空をなんとなく見上げた。

「ん？」

ふと、雲居《くもい》に影が見えたような気がした。

目を凝らしてみると、はるか上空に何かが浮いている。

鳥ではない。天仙《ようせん》でもない。丸い物体である。距離感がつかめないので正確なサイズは不明だが、ひょっとするとティオの身体よりも大きいのではなかろうか。いやバナナと同じくらいな気もする。分からない。

「メルカさん、あれ何でしょうか」

何気ない気持ちで尋ねた瞬間のことだった。

どこかで爆発音がとどろいた。

橋の上からだと見えにくいが、街角からモクモクと黒煙があがっている。人々が転がるような勢いで逃げ惑い、「テロリストよー！」という絶叫が周囲にこだました。

テロリスト？　こんな昼間から？

ティオは恐怖のあまり青ざめてしまった。

「に、逃げましょうメルカさん！　やっぱり帝都は無法地帯――ぐえっ⁉」

「逃がしてたまるか！　スクープあるところに我らの姿ありッ！」

「ペトローズ・カラマリアはどうするんですかあああ⁉」

「そんなのは後よ後！　目の前のテロを取材するほうが先だっつーの！　走れティオ！」

メルカはティオの首根っこをつかんで爆走を始めた。

もはや何も言うまい。ティオは目を瞑って念仏を唱え始めるのだった。

☆

「――てめえ！　俺たちに何の恨みがあるんだァ!?」

蒼玉の男がガントレットで殴りつけてきた。

カオステルとメラコンシーが即座に回避し、行き場を失った拳《こぶし》がレストランの柱に叩きつけられる。その瞬間、衝撃波とともに建物の外壁が吹っ飛んでいった。

「ひゃははは！　燃え尽きろぉ！」

「空間魔法・【次元刃《じげんじん》】ッ！」

燃え盛る火炎。謎のソニックブーム。

ヨハンとカオステルの魔法が店内を蹂躙《じゅうりん》し、お客さんたちが「きゃああ！」と悲鳴をあげて逃げていった。こんな騒ぎを起こしたら警察沙汰《ざた》は必至なのに、彼らは少しもブレーキをかける気配がない。

「も、もっと加減してください！　すでに法律を五、六個破ってますっ！」

飛んできたテーブルを〈チェーンメタル〉で弾《はじ》きながらエステルは絶叫する。

カオステルの【引力の網】で浮かび上がった人物――

それは宮廷で密《ひそ》かに共有されている〝愚者01‐ララ・ダガー〟の似顔絵と酷似《こくじ》していた。

一等地のレストランで呑気にランチを楽しんでいるところを発見したのだ。しかも仲間と思しき四人もセットである。

カオステルが「襲撃を仕掛けましょうか？」と発議した。

ヨハンはすぐさま「当たり前だろ！」と賛成。

エステルは「ここは慎重にいきましょう！」と反対。

突然現れたメラコンシーが「イエーッ！」と賛成。

二対一で可決された。

かくして突発的な殲滅作戦が開始されたのである。

仮に相手が天文台の愚者だった場合、第七部隊の行動は軽率を極める。常世で戦ったリウ・ルクシュミオはとんでもないバケモノだった。そんなのが五人も集まっているのだ。第七部隊の幹部だけで太刀打ちできるとは思えないのだけど。

「イエーッ！――――爆《は》ぜろ」

「⁉」

メラコンシーが極大の魔力を解き放った。

ヨハンが「おいてめえこんなところでぶっ放すな！」と絶叫。カオステルも空間の狭間《はざま》に退避して攻撃をやり過ごそうとする。エステルは周囲を確認し――どうやらすでにお客さんは全員逃げたみたいだ。メラコンシーはこのタイミングを見計らっていたのだろう。

「おいララ！　何か来るぞ！」と蒼玉の男。

「どうすんだよララ⁉　私の《映《エイ》》はここにはないんだぞー⁉」とカンガルーの獣人。

「落ち着いてください。落ち着けばすべてが解決するのです。まずは落ち着くことを最優先に考えながら落ち着きましょう」とララ・ダガー。

「落ち着いてくださいララ様！　落ち着いても解決しません！」と目隠れの翦劉少女。

愚者たちも大慌てをしているようだった。

ちょっと待ってくださいメラコンシー大尉。心の準備ができていません――そんなエステルの叫びが届くよりも前に、サングラスのラッパーが上級爆発魔法を発動した。

閃光《せんこう》。

耳をつんざくような爆発音。

突風が吹きすさび、レストランの備品が雨あられのように飛んでいく。

あちこちから聞こえてくる拍手喝采《かっさい》は、この襲撃を見世物として楽しんでいる帝都の吸血鬼たちであろう。

エステルはテーブルの下で爆風をやり過ごし、もくもくと立ち上がる煙の向こうをジッと凝視した。

はたして愚者たちは仕留められたのだろうか。

これで終われば苦労はしないのだが――

「――なるほど。現代の戦闘はいささか華美にすぎるようですね」

落ち着いた美声が響きわたる。

晴れていく暗幕の向こうから、無傷の五人組が姿を現した。

その真ん中で瓦礫に腰かけているのは、愚者01‐ララ・ダガー。

先ほどは少しだけ狼狽《ろうばい》していたように見えたが、すっかり落ち着きを取り戻してティーカップを手に取っている。色素の薄いロングヘアーが風になびき、奇妙に妖艶な雰囲気を醸し出していた。

「しかし私たちには一切《いっさい》通用しませんよ。殲滅外装は魔法をはるかに凌駕《りょうが》した究極の神具ですからね」

「おい。偉そうなこと言ってるけど、カイテンがいなきゃ危なかっただろー」

カンガルーの少女が呆れたように肩を竦めた。

四人の前に立っていたのは、忍者のような和服を着こなした少年である。

その手には直径2メートルもありそうな手裏剣が握られていた。

あれを盾にして爆風をガードしたのだろう――エステルが推測を立てていると、手裏剣がしゅるしゅると縮小して掌サイズに変化してしまった。忍者はそれを器用にくるくる回転させながら、陰気な視線でメラコンシーたちを嘲笑《あざわら》った。

「殲滅外装03《ゼロサン》‐《回《カイ》》だ。至高の神具の中では最弱の部類だが、それに防がれてしまうようでは現代人のレベルが知れるな」

最初から隠すつもりはないらしい。

殲滅外装を持っているということは、この五人組は天文台の愚者で間違いないのだ。

コマリン閣下の命を狙っているテロリスト。看過することはできない。

カオステルが「ふっ」と笑い、

「舐《な》められたものですね。今のがメラコンシーの本気だとお思いですか？」

「本気か冗談かはさておき。客観的に考えれば、今のあなた方は絶体絶命の大ピンチですよ？児戯《じぎ》のような魔法しか使えない吸血鬼が三人。それに対して、こちらは殲滅外装を携えた最強の愚者が五人」

三対五？　四対五の間違いじゃ——エステルは不審に思って仲間たちを見渡した。

不敵に微笑んでいるカオステル。不気味にリズムをとっているメラコンシー。真っ黒こげになって死んでいるヨハン。エステルは血の気が引いていくのを感じた。

「——こ、コント中尉！　ヘルダース中尉が死んでます！　ここはいったん退《ひ》いて態勢を立て直しましょう！」

「却下です。ここで愚者を仕留めれば閣下もお喜びになることでしょう」

「それはそうですけど仕留められるとは思えないのですが——」

「そちらのポニーテールの方のほうが賢明ですね。彼我《ひが》の実力差をきちんと理解していらっしゃるようです」

ララはくすりと微笑み、

「今日のところは引き分けにしませんか？　これ以上激しい戦闘に発展すれば、一般市民の方々に迷惑をかけてしまう恐れがあります。秩序を守る天文台としては、無関係の人間が犠牲になることは避けたいのですよ。あなた方もムルナイト帝国の軍人なのですから、利害は一致しているはずで――」

「関係ありませんね。殺しましょう」

「イエーッ！」

ララが「え?」と素の表情を見せた。

メラコンシーが容赦なく爆発魔法を解き放つ。

その瞬間――再び世界を破壊するような衝撃がとどろいた。もはやレストランはレストランの体《てい》をなさぬほどに破壊され、野次馬たちのボルテージは最高潮に達した。エステルは悲鳴を嚙《か》み殺《ころ》しながら石のように縮こまることしかできない。

ああ。やっぱり先輩たちもぶっ飛んでいる。

これからは第七部隊の常人枠として、彼らの暴走を止められるように実力をつけないといけないな――そんなふうに己《おのれ》の未熟さを恥じているうちに、だんだんと爆発による突風が凪《な》いでいった。

エステルはおそるおそる顔を上げる。

更地となったレストランの中央。そこにあったのは愚者たちの死体――

「――逃げられたようですね」

死体はなかった。彼ら五人の姿が忽然《こつぜん》と消えていたのだ。

爆発で木端微塵《こっぱみじん》になったのかと思ったが、血痕《けっこん》も肉片もまったく残されていないのはさすがにおかしい。つまり、【転移】か何かの魔法で離脱したということを意味する。

「コント中尉、どうしましょうか……？」

「もちろん追いますよ」

カオステルはくるりと振り返ってそう言った。

「帝都をこれだけ破壊されて黙っているわけにはいきません」

それって私たちのせいじゃないですか？――というツッコミはぐっと呑み込んだ。

「分かりました！　閣下にも連絡しておきます！」

「お願いします。とはいえ閣下はミリセント・ブルーナイトの捜索をしていらっしゃるようですね。ご迷惑をおかけするわけにはいかないので、天文台については我々で対処しましょう。ヨハンの敵討《かたきう》ちという錦《にしき》の御旗《みはた》を掲げれば、多少暴走したところで閣下も許してくださるはずです」

「イエーッ！　無意味な報連相《ほうれんそう》！　さあ始まるぜこの戦争ッ！」

メラコンシーがヨハンの死体を担《かつ》ぎながら謎のダンスを踊っていた。

心配事はたくさんあるが、天文台は必ずなんとかしなければならなかった。

エステルの仕事は、帝都を守ること、そして閣下の安全を守ることなのだから。

それはさておきベリウスを呼びたい。

このメンバーだと胃が死んじゃう。

☆

「──なんッなんだあいつらはよー！　いくらなんでも無茶苦茶すぎるだろっ⁉」

「落ち着いてくださいルーミンさん。無事に逃げられたのだからいいじゃないですか」

「はっ、震えてたくせに何言ってんだよ。今も顔が引きつってるじゃんかー」

「ふふ、そう見えるのなら彼らの力が予想以上だったということの証左でしょうね」

「回りくどいこと言ってんじゃねー！」

ルーミンがぽかぽかとララに殴りかかった。

場所は帝都西部の路地裏。ララ、ルーミン、カイテン、ワドリャ、ツキ──誰一人欠けることなく爆発から逃れることに成功したのである。

「しっかしよぉ、こうして全員助かったのはツキのおかげだな！　俺の《砕《サイ》》じゃララやルーミンを守ることはできなかったかもしれねえ！」

ワドリャが大喜びで目隠れ少女の肩を叩いた。

ツキは恥ずかしそうに顔を伏せ、

「い、いえ！　天文台のメンバーとして当然のことをしただけですから！」

「さすがですツキ。あなたはやっぱり頼りになりますね」

「ありがとうございますララ様。えへ……」

爆発に呑まれる直前――

ツキ・ランスパートは所持していた【転移】の魔法石を発動したのである。一か八かの賭《か》けだったが、こうして離脱することができたのだから万々歳だ。ツキはララに褒められた嬉しさを噛みしめつつ、いつものように真面目な表情を作って尋ねた。

「――それよりララ様、これからどうしましょうか？　先ほどのメンバー分けの通りに動きますか？」

「でも私たちのことバレちゃったじゃん。もうコソコソはできないよなー」

「もちろん復讐するに決まってるだろぉ⁉　あの吸血鬼ども、俺が本気を出してりゃ一撃で葬ってやることができるのによぉ……！」

仲間たちが色々と意見を交わしているのを尻目に、ララはひっそりと熟考する。

テラコマリ隊のバーサーカーどもは確実に追いかけてくるだろう。

降りかかる火の粉を払うのが先か、当初の目的を達成するのが先か――

「ふむ。そうですね。決まりました」

ルーミン。カイテン。ワドリヤ。ツキ。

仲間たちは真剣な表情で01の言葉を待っていた。

ララはまっすぐ仲間たちを見据えて口を開く。

「――破壊者になりえない吸血鬼など我々の敵ではありません。やはりミリセントを捜索するのが先ですね。予定通りグループ分けをして行動しましょうか」


愚者たちの反撃が始まろうとしていた。

しかし彼らは知らない。

自分たちがすでに袋のネズミとなりつつあることに。

☆

「ふふ……ははは……あーっはっはっはっはっはっは……!! 撮れた!! 撮れた撮れた撮れた撮れた撮れた撮れた!! 世界を揺るがす空前絶後のスクープよ!!」

隣の上司が高笑いをしている。

ついに暑さでおかしくなったのだろうか。お仲間だと思われたくなかったので、ティオはそのへんで買ってきたチョコアイスを食べながら知らんぷりをしていた。

「知らんぷりすんなー!!」

「ぐええ‼」

いきなりメルカがヘッドロックをかましてきた。しかもティオのアイスを強奪してそのまま自分の胃袋に放り込んでしまう。あまりの横暴に涙が出そうになった。

「な、何するんですか！　それ私のなのにぃ！」

「アイス食べてる場合じゃないわよ！　私たちはものすごいスクープをゲットしたのっ！　これを新聞にしてバラまけばムルナイトは大騒ぎになるわ！」

「ああー……さっきのテロリストのことですか？」

「そうよ！　バッチリ全員撮れてるわよね？」

「まあ一応」

ティオは会社から支給されているカメラをいじった。

その中に記録されているのは、五人の不審者の顔写真である。

ゴスロリ服の吸血鬼。カンガルーの獣人。すれた忍者みたいな和魂。ラフな恰好《かっこう》をした蒼玉。前髪で目が隠れてしまっている……たぶん翦劉。

会話を聞いた限りだと、彼らは天文台の愚者なる存在らしい。

メルカ曰く、六国が極秘に追い求めているテロリスト集団なのだとか。

こちとらテロリストにはもう飽きたっていうのに。

「この写真どうするんですか？」

「話聞いてたの⁉　あんたは耳までネコなの⁉　記事に載せるに決まってるでしょーが！　これから支社にこもって大衆を沸かせる玉稿を作り上げるわよ！」

「まだ仕事しなくちゃいけないんですか？　日曜日ですよ……？」

「やる気がないなら帰っていいわ」

「帰ったら殺されますよね？」

「あら、あんたもウチのやり方が分かってきたじゃない」

「…………」

よし辞めよう。今すぐ辞めようそうしよう。

ティオはそんな決意を胸に秘めながら引っ張られていくのだった。

☆

そしてまた別の場所にて――

ララ・ダガーが知れば悲鳴をあげそうな出来事が発生していた。

ドヴァーニャ・ズタズタスキーは変なやつだった。

出会いはちょっと運命的。

いつも通っている教会の近くできょろきょろしているのを見つけたのだ。明らかに「迷ってます」といった雰囲気だったので、道案内をしてあげようと思って声をかけた。

すると、彼女はガンデスブラッド邸を目指しているのだという。

最近ずーっと滞在しているプロヘリヤ・ズタズタスキーの知り合いなんだとか。

というわけで、ロロッコはドヴァーニャを連れて帰ることにしたのだった。ちなみにこの時に友達になった（相手はどう思ってるか知らないけど勝手に友達認定した）。

ドヴァーニャは無口で、無表情で、放っておけば消えてしまいそうなほど儚《はかな》い。

そのくせ瞳の奥には奇妙な炎が宿っているから不思議だった。

軽佻浮薄《けいちょうふはく》な生き様のロロッコとは正反対のかがやきだ。

何か夢でもあるの、と質問してみれば、ドヴァーニャは真面目くさった顔でこんなことを言うのだった。

「私は。プロヘリヤさんのようになりたいです」

「あー、あの人ってすごいよね。私が数学の宿題で詰まってたら、見せてみろって言って教えてくれたのよ！　しかも学校の先生よりも百億倍分かりやすかったわ〜。私の担任になってほしいくらいよ。ああそうそう、先生といえばプロヘリヤってピアノの先生もやってるんだってね。知ってた？」

「はい」

「うちのグランドピアノを弾《ひ》いてるの見たことあるけど、もうほんっとにスゴイのよ？　指が軟体動物みたいに動くの！　本人は謙遜してるけど、あれってたぶん世界一の腕前よ。私もピアノ習ってるんだけどね、全然ダメなの。楽譜は読めるし絶対音感もあるんだけど、なんていうの？　感情表現？　それがメチャクチャだって怒られちゃった。あのオバサン先生ったら、『何を弾いても酔っ払いのどんちゃん騒ぎになってますよっ！』って。ひどくない？　あ、今のはその先生のモノマネね。よく似てるって友達の間で評判なの！」

「そうですか」

ロロッコとドヴァーニャは並んで帝都の街路を歩く。

プロヘリヤが宮殿へ行ってしまったため、帝都の案内をしてあげようと思ったのだ。

観光を楽しんでくれたらいいんだけど――しかし、さっきからドヴァーニャの表情には驚くほど変化がない。ロロッコのピアノよりも感情がめちゃくちゃだった。

「ねえ、どこか行きたいところある？　どこでも連れていってあげるわよ！」

「それよりも。あの」

ドヴァーニャが立ち止まる。ロロッコの背後を指差して言った。

「爆発が起きたようですが。大丈夫なのでしょうか……」

「んー？」

空に向かって黒煙が立ち上り、人々が悲鳴をあげて走っているのが見えた。何やら厄介な事態が発生している気配がしたが、ロロッコは「大丈夫よ！」と笑って流しておいた。

「どーせどこかのテロリストでしょ。帝都じゃ日常茶飯事よ」

「そうなのですか」

「そうなのっ！　それよりドヴァーニャ、あんたぜーんぜん笑わないのね。そんなだと私くらいしか友達できないんじゃない？」

「私とロロッコは友達だったのですか」

「だったのっ！　私のことはロロって呼んでね」

ドヴァーニャは「分かりました」と生真面目《きまじめ》に頷いた。

ロロッコは満足してニッコリと笑う。

「で、何で笑わないのよ。そういう魔法にでもかかってるの？」

「私は……」

逡巡《しゅんじゅん》してから口を開く。

「プロヘリヤさんに追いつけるまで人権を付与されないのです」

「ジンケン？　何言ってんの？」

「頑張らなくちゃ。存在価値がないということです」

「はあ……？」

何か非常に重たい背景があるのかもしれなかった。

しかしロロッコはあまり深く考えない性質だ。

悲しそうにしている子がいれば（不思議なことだが今のドヴァーニャは悲しんでいるように見えた）、お祭りのように盛り上げてやるのが自分の役目だと思っている。

「存在価値は私が決めてあげるわ！」

「え」

「せっかく帝都に来たんだから楽しんでいってよ。そうだ、友達がお花屋さんを始めたの。まだオープン前らしいけれど、私のコネを使えばタダでお花がもらえるかもしれないわ！　行ってみましょうっ」

「あの」

無表情でうろたえるドヴァーニャの手を引いた。

夏の帝都は死ぬほど暑かったが、ロロッコは無視してずんずん進んでいく。

フィール川沿いを歩いていた時、にわかにドヴァーニャが「あっ」と声をあげた。

「見てください」

彼女が指差したのは、川にかけられたゴミ取り用の網だった。

川上から流れてくる様々な廃棄物を堰《せ》き止めるのがお仕事である。色々とグロいものが網に引っかかっているのを見て、ロロッコは「うええ」と顔をしかめてしまった。

「風情のない川ねー。どこの誰かも分からない死体もあるし。コマ姉を突き落とすのにちょうどよさそうな汚さだわ」

「ですが。ゴミの中に霊妙なものが紛れ込んでいます」

「ん？　レイミョウ？」

言われてみれば、ゴミの中にキラリとかがやくモノが見えた。

あれは――ナイフ？　ダガー？

疑問に思っていると、ドヴァーニャがいきなり魔力を練った。その白い指先から解き放たれたのは、龍のようにうねる水流である。そのまま勢いよく伸びていった水流は、網の中ほどで立ち往生しているダガーを巻き取ると、ドヴァーニャのもとまで戻ってきて――

ばしゃん。

まとまりのない雫《しずく》となってロロッコの頭上から降《ふ》り注《そそ》いだ。

「――ちょっと、冷たいわよっ⁉」

「ごめんなさい。川の水は混じっていないので心配しないでください。それよりもご覧ください」

ドヴァーニャの手に握られていたのは、やっぱりダガーだった。十字架みたいな形状をした一品で、鋭利な刃先が太陽の光を受けてきらりと光っている。

「値打ちものかもしれません」

「そんなワケないでしょ～？　どうせゴミよゴミ」

「でも。何か不思議な感じがします」

「そうかなぁ？　どれどれ」

何気ない気持ちでダガーに触れた瞬間──

ピシピシピシッ……‼

何故か刃のところに無数の亀裂が生じていった。

ロロッコは「うわあっ」と悲鳴をあげて指を離す。

「ど、どゆこと⁉　私が触ったから⁉」

「不明。崩壊は止まったようです」

ドヴァーニャは己の手に収まっているダガーを見下ろした。崩壊が止まったのは確かだが、表面に走った亀裂はそのままだった。もしかして、心が邪悪な人間が触ると壊れてしまうタイプのアイテムなんじゃないだろうか。姉によく「お前は邪悪だな！」って言われるし。

もしそうならば、ドヴァーニャの言う通り値打ちものだ。

ロロッコは「にひひ」と静かに笑った。

「ねえドヴァーニャ、これ欲しい？」

「いえ。それほどでも」

「じゃあ売り飛ばしちゃおうよ」

ドヴァーニャがパチパチと瞬きをした。

「交番に。届けたほうがよいかと」

「落とすほうが悪いのよ。ドヴァーニャだって、お小遣《こづか》い欲しいよね？」

「…………」

何か言いたそうな気配を感じたが、何も言われなかったので肯定と受け取った。

いくらで売れるか楽しみだ。

☆

ミリセント・ブルーナイトは本を読んでいた。

場所はブルーナイト邸の私室。

意外に思われるかもしれないが、ミリセントは大衆向けの少女小説が好きだった。無心で文字を追っていると、俗世のしがらみを束の間《つかま》忘れさせてくれるのだ。

左手でページを捲《めく》りながら、右手に持ったスプーンでテーブルのオムライスをすくって食べる。

これも意外に思われるかもしれないが、ミリセントはオムライスも好きだった。小さい頃はよく使用人に作ってもらった覚えがある。今は自分で作ることが多いけれど。

趣味という観点から考えると、テラコマリ・ガンデスブラッドとの共通項が多い。

もっと言葉を交わす機会があったならば――あるいはそもそも別の出会い方をしていたならば、あの吸血鬼とは親しい間柄になれていたのかもしれなかった。

だが、ミリセントとテラコマリは血塗られた運命をたどった。

心の奥底には二つの炎が燃えている。

一つは夢を追い求める明るい炎。

そしてもう一つは――

「――久しぶりね。アマツ先生」

ミリセントはぱたりと本を閉じた。

いつの間にか、扉のところに和装の男が立っていた。

かつてミリセントの師としてこの屋敷に出入りをしていた和魂――アマツ・カクメイ。

記憶の中にあるものとまったく同一の視線が、まっすぐミリセントを射抜いた。

「通信用鉱石がかすかに反応した。お前と連絡をとるために使っていたものだ。これが再び役に立つ日が来るとは思いもしなかったが――」

「元気そうで何よりだわ。座ったら？」

「……ああ」

アマツ先生はミリセントの対面に腰かけた。

ミリセントが呼んだのである。逆さ月時代に支給された通信用鉱石を使って。

彼は常世に滞在しているという話だったので、通信用鉱石の魔力が届くかどうか懸念もあったが、幸いにもこちらのサインに気づいてくれたようだった。

「コルネリウスを訪ねたらしいな。殲滅外装のコピーを依頼したと聞いたが」

「そうね。あれは有効活用させてもらったわ」

「帝国政府はお前の行方《ゆくえ》を追っているそうだ。こんなところで油を売っていていいのか」

ミリセントは微笑を浮かべる。

「灯台下暗《とうだいもとくら》しって言うでしょ？　この期に及んでブルーナイト邸を調べようとするやつはいないわ。……それに、せっかくならこの場所がよかったから」

「なるほど。いったい何を考えているんだ」

「さあ。何でしょうね？」

アマツ先生が無言で腕を組む。

「では質問を変えよう。俺にいったい何の用だ」

「借りを返しておこうかと思って」

ミリセントの中で燃えているもう一つの炎。

それはどす黒い復讐の炎に違いなかった。

テラコマリに殴られてから、ミリセントの精神は変容した。

七紅天としての責務をまっとうし、ムルナイト帝国のために奔走《ほんそう》する——そして没落したブルーナイト家を復興させる。これはミリセントにとっての〝表の目的〟だった。

一方、過去のしがらみが完全に断ち切れたわけではない。

心の内側では、自分を捨てた人間たちに対する思いが膨れ上がっていた。

その真意に気づいたらしいアマツ先生は、「ふっ」と嘲笑《ちょうしょう》して言った。

「なるほどな。今になって動き出すとは意外だが」

「色々とちょうどいいタイミングだと思ったからね」

「誰かに唆されでもしたか？」

ミリセントはまっすぐアマツ先生を見据える。

「まさか」

「であれば安心した。好きにしろ」

「……アマツ先生には感謝しているわよ？　あの地獄のような鍛錬のおかげで強くなることができたのだから」

ここブルーナイト邸での日々を思い出す。

アマツ先生には何度も叩かれた。

神具で、何度も何度も何度も何度も。

治らない傷の痛みに涙を堪える毎日。

「今でもあの鍛錬は忘れられないわ。烈核解放を獲得することはできなかったけれど」

「お前は親に言われたことをこなすだけの人形だった。そこに自分の意志はあまり関係していない。烈核解放は心の力、あの鍛錬は根本的に無意味だったのだ」

ミリセントはぎゅっと拳を握った。

この男は。それを知っていたのだろうか。

「烈核解放は努力や才能で芽生えるものではない。意志と運命によって生じるのだ。あの頃のお前にはどんな施しをしても無意味だったが、ブルーナイト卿がどうしてもと言うから仕方がない。逆さ月も資金難で困っていたことだし、適当に教授してやることにした」

「……それで私がどんな目に遭ったのか知っているの？」

「いい戦闘訓練になったとお前は言ったじゃないか」

「違うわ。テラコマリとのことよ」

ミリセントがヴィルヘイズやテラコマリに構うようになった要因の一つ――それはアマツ先生による非道な鍛錬だった。ミリセントはヴィルヘイズやテラコマリに対する劣等感を膨らませ、今にして思えばくだらないイジメ行為に走ることになった。

そして、最終的にはミリセントの破滅をもたらした。

テラコマリにしっぺ返しを食らった挙句《あげく》、ガンデスブラッド家の権力によって国外追放させられた。

それからミリセントにとっての地獄のような日々が始まった。

アマツ先生は「そうか」と笑った。

「だがそれはブルーナイト卿のせいじゃないか？　お前は親からの重圧に耐えられなくてイジメを働いていたんだ」

「もちろん。……だけど、その後押しをしたのはアマツ先生でしょ？」

「原因はお前の心の弱さだ。この世は弱肉強食だと何度も教えてやったじゃないか」

「分かってる。自由に振る舞うためには強い心が必要だったのよね。でも何故それを教えてくれなかったの？」

「お前を陥《おとしい》れるためさ。教えてやる必要なんてない」

復讐の炎が心を焦がしていく。

結局、この人は悪意の塊《かたまり》にすぎなかったらしい――

いや。そうじゃない。

アマツ先生はあえて露悪的に振る舞っている。

殺意をゆっくり押しとどめてミリセントは話題を変えた。

「〝神殺しの邪悪〟は消えたみたいね？　逆さ月って何だったのかしら？　死こそ生ける者の本懐――そんなスローガンに意味はなかったっていうの？　結局〝神殺しの邪悪〟が目的を達成するための駒でしかなかったっていうの？」

「その通りだ――と言いたいところだが、正確には違うな。逆さ月の構成員は各々《おのおの》の欲望を満たすために逆さ月という組織を利用していた。おひい様と俺たちはお互いを利用し合う関係だったんだよ」

「…………」

「お前は帰る場所を失った。だからホームとして逆さ月を利用していた。そのかわりに俺はお前のことを尖兵《せんぺい》として扱ったのさ」

右も左も分からないミリセントに対して洗脳のような教育を施した男。

やはりケジメをつけるためには――

「そうだな。この際だから教えてやろう」

「……何を？」

「ブルーナイト家を国外追放したのは俺だ」

思考が止まる。

アマツ先生は構わずに続けた。

「やつらを没落させるのは少し骨が折れた。何せブルーナイト家はムルナイト帝国を樹立した最初の家系の一つ。帝国における権力は強大で、俺のような部外者が介入するためには色々と準備が必要だった」

「何を……言っているの……？　どうしてそんなことを……」

「俺がブルーナイト家を陥れる理由か？　それは【逆巻《さかまき》の玉響《たまゆら》】でもたらされた未来に関連す

る。お前を含めたブルーナイト家は、今から約一年後に行われる終末戦争で裏切り行為を働くことになっているんだ。そのせいでテラコマリに致命的な隙が生じ、スピカ・ラ・ジェミニに殺される結果となった」

本当に何を言っているのか分からない。

「それが真実なのかどうかを調べるために俺はブルーナイト邸に潜入した。そしてこの屋敷を出入りしているうちに、ブルーナイト家に二心《ふたごころ》があることが判明したのだ。ミリセント、お前はどういう罪状で帝国から放逐されたか覚えているか」

忘れたくても忘れられなかった。

〝国家反逆罪〟——もちろんそれは濡れ衣に決まっているけれど。

ところがアマツ先生は、残酷に笑ってこんなことを言った。

「あれは濡れ衣ではない。お前の父親が国家転覆を企んでいる証拠は本当に見つかった」

「え……」

「具体的に言えば、白極連邦の書記長——イグナート・クローンの手を借りてムルナイトを手中に収めようとしていたらしい。カレン・エルヴェシアスにかわって自分が皇帝になりたかったのだろうな」

「そんな……」

「イグナートとのやり取りを記録した書簡はご丁寧にも書庫に保管されていた。俺はそれを盗み出してアルマン・ガンデスブラッドに届け、ブルーナイト家を失脚させる原因を作り出したのだ。これにて将来裏切り者となる不穏分子の排除に成功し、ついでに帝国の安寧を保つことにも成功した。これは両手を挙げて喜ぶべきことだと思わないか？」

アマツ先生の悪意ある笑みが精神を蝕《むしば》んでいった。

【逆巻の玉響】云々は意味不明だった。

しかし、野心家の父親のことだから、遠大な野望の一つや二つあってもおかしくはない。

結局のところ、ミリセントは他人の思惑に翻弄《ほんろう》されていただけなのだ。

それが分かっただけでも十分だった。

アマツ先生を呼び出したのは、確認作業の一環にすぎないのだから。

最初からやるべきことは何一つ変わっていないのだ。

「……なるほどね。だから皇帝はあんなことを言ったのか」

「？　何の話だ」

「何でもないわアマツ先生。よくも私の家族をめちゃくちゃにしてくれたわね」

ようやく面と向かって言えた恨み節。

自分を虐待《ぎゃくたい》した家族には大した感慨も抱いていないが、ここではあえてそう言っておくのがベストだと思った。家族のしがらみと訣別《けつべつ》すると決めたからには、最後くらい情愛のこもった言葉を吐いてやるのが報《むく》いというものだ。だってここはブルーナイト邸なのだから。

ところが、それすらもアマツ先生は見透かしていたらしい。

「思ってもいないだろうに。肚《はら》は決まったようだな」

ミリセントはこくりと頷く。

「復讐は通過点にすぎない。私は最終的に先生と対立する気もない」

指で銃の形を作る。

その照準をゆっくりとアマツ先生に合わせる。

ところが彼は微動だにしなかった。

「……無抵抗でいいの？　死ぬわよ？」

「好きにすればいい。お前はもう自由に振る舞うことができる」

ミリセントは歯軋《はぎし》りをした。

持てる力のすべてを出し切ってもアマツ先生を殺すことはできないだろうが、何故かチャンスが巡ってきている。彼の瞳をのぞいても真意はよく分からなかった。この人はいったい何を考えているのか。それを吐かせるためにミリセントは覚悟を決めた。

指先に魔力を込めると――

アマツ先生に向かって容赦なく【魔弾】を炸裂《さくれつ》させる。

☆

「コマリ様。第七部隊が一等地のレストランを爆破《ばくは》したそうです」

「何で⁉⁉⁉」

寝耳に水の極みだったので飛び上がってしまった。

あいつらが破壊を司る連中であることは不変の真理だが、どうして二日連続で騒ぎを起こすのか。いやまあ、昨日の倉庫倒壊は冤罪《えんざい》の可能性が高いらしいけど。

思わず「はあ」と溜息が漏《も》れてしまった。

現在、私とヴィル、サクナ、プロヘリヤの四人組は、ミリセントを捜して色々なところを奔走していた。

お昼からずっと聞き込み調査をしているのだが、成果は全然である。プロヘリヤの探知系魔法も効果が出ていなかった（どういう魔法なのかよく分からんが）。

そんな行き詰まった状況での爆破報告だ。

気が滅入るってレベルじゃねえ。

「……どうすればいいんだ？　知らんぷりするか？」

「それが最善でしょうね。エステルによれば暴動は治まったようですので」

「さすがエステルだ。あっちのことはエステルに任せておこう」

「おい」

プロヘリヤが不審そうにヴィルを睨《にら》んだ。

「テラコマリの部隊が飢えた獣のような連中であることには薄々感づいているが、やつらも理由なしに暴れたわけではないだろう？　いったい何があったんだ？」

「ごめんプロヘリヤ。あいつらは理由なしに暴れるケダモノなんだ」

「エステルによれば、敵を発見したので奇襲をかけたそうです」

「理由あったの⁉　ていうか敵って誰⁉」

「天文台の愚者です。例のララ・ダガーを含め、五人が勢揃いしていたようですね。本人たちがそう名乗ったうえに殲滅外装も使っていたらしいので間違いはないかと」

「なっ……」

天文台の愚者？　見つかったの？　というか何で第七部隊のやつらは考えなしにバトルを始めちゃってるんだ？――色々言いたいことが頭の中をぐるぐる巡っていった。

「コマリさん。本当に愚者さんは見つかったみたいですよ」

通信用鉱石で誰かと連絡をとっていたサクナが振り返る。

「メイジーさんや第六部隊のみんなには一等地の調査をお願いしていたんですが、第七部隊がレストランを襲撃しているところに居合わせたそうなんです。爆発の勢いが尋常《じんじょう》じゃなかったみたいで、レストランがあった場所は草も生えないほどになっちゃってるって。メイジーさんは『賠償金が天文学的な値になりそうね♡』って笑ってました……」

「それって私のせいなの?」

「コマリ様のせいです」

「いや愚者のせいだろ! あいつらが呑気にランチしてるのが悪いんだろ!」

「その通りだ! 敵がノコノコ姿を現したのだ、遠慮なくハチの巣にしてやろう!」

「待ってくださいプロヘリヤさん。愚者さんたちは全員逃げてしまいました。手がかりは何も残されてないみたいです」

サクナに止められたプロヘリヤが「うぬぬ」と唸る。

「……接触したのなら追跡系の魔法を施せばよかったではないか」

「残念ですがズタズタ殿、そんな器用な芸当ができる人材は第七部隊にはいません」

「メイジーさんも何かをするタイミングはなかったみたいです。あの人が駆けつけたのは爆発音を聞いてからだったみたいなので」

「嗚呼《ああ》もどかしい! 私がその場にいればよかった!」

「ですので我々は当初の目的をこなす必要がありますね」

ヴィルが棒アイスを私の口元に差し出しながら言った。

さっきお店で買ったやつである。絵面《えづら》的に餌付けされるような恰好だが、この灼熱《しゃくねつ》地獄に匹敵《ひってき》する暑さを凌《しの》げるならば何でもいい。ぺろり。つめたーい。あまーい。

「ミリセント・ブルーナイトが愚者たちと関わりを持っていることは確実です。七紅天を裏切ったのか、それとも別の理由で姿を消したのかは不明ですが、あの女狐《めぎつね》を捜索していれば、連中と鉢合わせる可能性は高くなりそうです」

「ふむ。それが妥当か――」

プロヘリヤが真面目な顔で考え込んでしまった。

それにしても暑い。ミリセントは今頃《いまごろ》どこで何をしているのだろうか。熱中症になってなければいいけど。

「コマリさん、暑くないですか？　冷房入れてあげますね」

「おおっ！　サクナの周りから涼しい空気が……！　やっぱり夏は一家に一台サクナが必要だよなあ！」

「コマリ様。それ以上メモワール殿に近づくならアイスはあげませんよ」

「ええ⁉　くそ……どうしたらいいんだ……」

「大丈夫ですコマリさん。私が近づきますので」

「ふぁああ……生き返るぅ……」

「分かりました。コマリ様の食べかけのアイスは私が全部いただきます」

「何でだよ⁉　それ私のお小遣いで買ったやつだろ⁉」

「暑いならば建物の中に入って涼めばいいのではないかね。そろそろ目的地だ」

プロヘリヤに言われてハッとした。

ここは帝都の中でも貴族の邸宅が軒を連ねる高級住宅街である。

そして私たちは今、〝ブルーナイト〟と刻まれた表札の前に立っていた。

門の向こうにたたずんでいるのは、ガンデスブラッド邸と同じくらい立派な屋敷だった。

ひっそりと静まり返っているが、貴族らしい格式の高い雰囲気がただよっている。

そう――ブルーナイト家の本拠地である。

ミリセントの手がかりがないかと思って足を運んだのだ。帝国の役人たちがすでに調べたに違いないが、一応確認してみようということになったのである。

サクナが「あれ？」と首を傾《かし》げた。

「庭の手入れがされてます。去年来たときは草が伸び放題だったのに……」

「ミリセントが住んでいるのではないか？　それよりもサクナ・メモワールよ、寒いからあまり私に近づかないでくれたまえ」

「え？　あ、ごめんなさい」

「ついでにコマリ様からも離れてくださいね。コマリ様に必要なのはメモワール殿の冷気ではなくメイドによる愛の炎なのですよ。そうですよねコマリ様」

「そんなわけあるか！　お前は暑苦しいから離れろ！」

「戯《たわむ》れはそこまでにしておこうか。まずは仕事を優先するべきだ」

「そ、そうだな……」

プロヘリヤにド正論を叩きつけられてしまった。

しかし私は足枷《あしかせ》をつけられたように踏み出せなかった。

ミリセント・ブルーナイト。

あの吸血鬼とは浅からぬ因縁があるのだ。あいつと和解した今でもたまに胸がチクチクしたりする。聖都レハイシアで胸襟《きょうきん》を開いてからは関係が改善されつつあるものの、四年前の騒動のインパクトは想像以上に強烈で、未だにぎくしゃくした距離感を保っていた。

それは時間が解決してくれるものと思っていたのだが。

再びミリセントは私の理解が及ばないところに行ってしまった気がする。

ペトローズは「裏切った」と言う。あの場では否定したけれど、ひょっとしたら——という気持ちが後になって湧いてきたのである。

「コマリ様、臆する必要はありませんよ」

「分かっているさ」

私はかぶりを振って一歩踏み出した。

べつに臆しているわけじゃないのだ。もしあいつが本当に私たちと敵対するつもりならば、もう一回話し合いをすればいいだけなのだから。

プロヘリヤが「テラコマリよ」と不思議そうに私の顔を見た。

「答えたくなければ答えなくてもけっこうだが、お前はミリセント・ブルーナイトと特筆すべき関係があるのか？」

「まあな。今の私があるのはあいつのおかげだよ」

「決して楽しい思い出ではありませんでしたけどね」

「では克服するチャンスだな。まあミリセントがこの屋敷にいる確率は低いが」

プロへリヤが躊躇《ちゅうちょ》なくブルーナイト邸に足を踏み入れた。

私とヴィル、サクナも慌ててその後に続く。

ブルーナイト邸の前庭は意外なほど整えられていた。花壇にはちょっと早めの向日葵《ひまわり》がたくさん咲いている。ミリセントのやつが植えたのだろうか。私も向日葵が好きだから意外と話が合うかもしれないな。

そんなふうに考えながら正面玄関の前までたどりつき、
何かが弾けるような音が聞こえた。

「⁉」

おそらく建物の中である。

まるで銃弾をぶっ放したかのような――いや違う。私はこの音を知っている。

一年前の事件でイヤというほど味わったミリセントの得意技、初級光撃魔法・【魔弾】が発射された音に違いなかった。

「ミリセント⁉　中にいるのか……⁉」

「よし！　ついに姿を現したようだな！」

「ちょっ、プロヘリヤ⁉」

「追いましょうコマリ様。何か異変が起きていることは確実です」

「人の気配がします！　気をつけてください！」

プロヘリヤが扉を強引《ごういん》に開け放ってズカズカと侵入していった。

私たちも遅れまいとそれに続く。

長い廊下を進んでいくと、かすかな血のにおいがただよってきた。

サクナが「お腹《なか》を抉《えぐ》られた香りですね」と物騒な推測を立てた。

まさかミリセントが誰かに襲われたんじゃ。

「あの部屋から血の気配がするぞ！」

「あっ……そこはミリセントさんの部屋だと思います！」

「メモワール殿は来たことがあるのですか？」

「はい。以前に一回だけ……」

扉は何故か開かれていた。

嫌な予感を抱きながら部屋の前まで駆け寄った瞬間。

「えっ」

私たちは思わず立ち止まってしまった。

何の変哲もない部屋の中央に、血だまりが広がっていた。

血だまりの中心にあったのは誰かの死体である。

うつ伏せになっているせいで顔は分からないが、ひらひらとした着物をまとった男性。

そして――死体のすぐ近くに見覚えのある少女が立っていた。

海のように青い髪が夏風にさらされて揺れている。

相も変わらず人を寄せつけない殺気を放っているが、それがいつもより濃くなっているように感じられた。右手に握られているのは、かつて私の足をぶっ刺したナイフだ。あの血にまみれた記憶が鮮烈に蘇《よみがえ》っていく――

「み、ミリセント!? 何やってるんだよお前!?」

「あら?」

青い少女・ミリセントがゆっくりと振り返った。

鋭い視線で睨まれて、私は身動きがとれなくなってしまった。

殺人なんて日常茶飯事だ。第七部隊のやつらだってよく殺し合いをしている。だからミリセントも何か事情があったのではないか――そう思いたいのは山々だったが、何故だか思考がよくない方向へと傾いていく。

「ミリセント・ブルーナイトだな？ こんなところで何をやっている？」

プロヘリヤが銃に弾を装填しながら言った。

ミリセントがくすりと笑みを返す。

「ここは私の家よ？　何をしたって自由じゃない？」

「ごもっともだ。しかしいささか奇妙な状況に見えるがね」

「そ、その死体は何だよ⁉　ケンカでもしたのか⁉」

ミリセントがぎろりと私を睨んだ。

「あんた、どうして入ってきたの？　不法侵入で殺すわよ？」

「ごめん。でもお前のことが心配で」

ぱんっ。

ミリセントの指先から弾丸が放たれた。

足元の床が弾け飛び、私は「うわあ」と転びそうになってしまう。ヴィルに支えられて事なきを得たものの、ミリセントの突然の暴挙に脳内がみるみる漂白されていった。

「……ミリセント・ブルーナイト。帝国に反旗を翻したようですね」

「ああ、メイドもいたのね」

「ミリセントさんっ！　いったい何があったんですか⁉　みんな心配しています、一緒に宮殿へ帰りましょう！」

「サクナ・メモワールも一緒か。大所帯でご苦労なこと」

ミリセントはくすくすと笑った。

まるでお遊戯《ゆうぎ》を楽しむかのような雰囲気だった。

「そこの死体は何だ？　お前の目的は？」とプロヘリヤが問う。

「私は私の野望のために動いているのよ。反旗を翻したのか翻していないのかは想像にお任せするけれど、私の邪魔をしないでくれるかしら？」

「わっはっは！　では息の根を止めてから聞き出してやろう！」

「待って」と言い終える前にプロヘリヤが引き金を引いた。

ずどん!!――魔力を棚引かせながら高速で銃弾が飛んでいく。

その瞬間、ミリセントの身体が奇妙に膨れ上がったように見えた。彼女の服の内側から解き放たれたのは、ひらひらとはためく無数の帯。プロヘリヤの弾丸はそのうちの一つに弾かれ、部屋の窓ガラスを粉々に破壊してしまった。

いやちょっと待て。

あの帯には見覚えがあるような気が――

「リウ・ルクシュミオが使っていた武器か！　何故お前がそれを使いこなしている!?」

「何故でしょう？　あんたには全然関係のないことよっ」

プロヘリヤが銃を連射する。

ミリセントは自由自在に帯を動かしてそれを弾いていく。

目の前で繰り広げられる攻防を眺めながら、私は身が竦んで動けなくなってしまった。

あれは殲滅外装とかいう神具に違いなかった。それをミリセントが駆使しているということは、やっぱりムルナイトを裏切って天文台の仲間になってしまったのだろうか。

「ごめんなさいミリセントさん！　死んでくださいっ！」

サクナがマジックステッキを構えて魔法を放った。

しかし氷柱《つらら》の流星群はすべて帯によってガードされてしまう。

ミリセントが跳躍。プロへリヤが銃弾を三連射。

天井に穴が開いてパラパラと砂が降ってくるのを呆然《ぼうぜん》と見つめていると、ヴィルがいきなり「コマリ様！」とタックルをかましてきた。

「ヴィ――」

直後、その脇腹《わきばら》に帯の一撃が命中した。

ひとたまりもなく吹き飛ばされたヴィルは、そのまま部屋の隅にあったベッドに叩きつけられてしまった。私は慌てて駆け寄ろうとしたが、その瞬間、「コマリさん！」というサクナの叫び声を聞いた気がした。

すぐ目の前に、凶悪な顔のミリセントが迫っていた。

まずい。避《よ》けられない。でもこの帯はルクシュミオの帯だ。あの時と同じように触れば粉々になるかもしれない。でも速すぎて触っている暇がない――そんな感じで頭が破裂しそうになっていた時、

「――――」

「！」

すれ違いざまにミリセントが何かを囁《ささや》いた。

驚きのあまり返事をすることもできなかった。

彼女はそのまま私の脇《わき》を通り抜けると、プロヘリヤの弾丸を躱《かわ》しながら廊下のほうへと駆け抜けていく。

「残念！　私は必ず目的を達成してみせるわ」

「逃がしません！　【ダストテイルの箒星《ほうきぼし》】っ！」

「復讐は始まったばかりよ。殺すべき相手はまだ残っているからね――それじゃあごきげんよう、テラコマリ」

サクナの放った大量の氷が、恐ろしい速度でミリセントに迫る。

辺りに冷気が充満し、プロヘリヤが「うわあ寒い寒い寒い!!」と絶叫。

ミリセントはくすりと笑って踵《きびす》を返すと、廊下の窓を突き破って姿を消してしまった。

直後、【ダストテイルの箒星】が窓枠に激突してすさまじい破壊音を奏で、雲の中に飛び込んだように視界が真っ白に染まっていった。

やがてスモークが晴れていき――

そこにあったのは、粉々に砕け散った窓ガラスだけ。

ミリセントは華麗に逃走を成功させたようだった。

何故か真っ青《さお》になっているプロへリヤが「ちっ」と舌打ちをして、

「ややややややられたな。せせせ殲滅外装を使えるとはははは」

「だ、大丈夫かプロヘリヤ？　すごく寒そうだけど……」

「寒いに決まっておろうが！　おいサクナ・メモワール！　私の前で氷結魔法を使うとはどういう了見だ⁉　おかげ様で探知魔法を仕掛けることもできなかったではないか！」

「ご、ごめんなさい！　でも本気を出さないと捕まえられないと思って……」

「いーから冷気を止めたまえ！」

プロヘリヤは自分の身体をさすりながら怒っていた。寒がりにもほどがあると思うが、ツッコミを入れるのも野暮《やぼ》だろう。世の中には色々な人がいるのだ。

それにしても、ミリセントは何を企んでいるのだろうか。

先ほどのやり取りを経て、私はあいつに対する疑念を少なからず晴らすことができた。

ルクシュミオの武器を持っていたのは謎だが、たぶんミリセントはそんなに邪悪なことを考えているわけじゃないと思う。

何故ならあいつは――

「――コマリ様！　お怪我《けが》はありませんか⁉」

「おわあっ⁉」

思考に没頭していると、メイドが闘牛のような勢いで抱きついてきた。あらゆるところを揉《も》まれて絶叫しそうになったが、その前に確認しておかなければならないことがあった。

「お、お前こそ大丈夫なのか⁉　あいつの帯で殴られてたよな……⁉」

「大丈夫です。私は頑強なメイドなので――」

そこで何故かヴィルは言葉を止めて、

「いえ、やっぱり大丈夫ではありません。殴られた衝撃で五臓六腑《ごぞうろっぷ》が大爆発しました。コマリ様に慰めてもらわなければ死んでしまいます。具体的には一日中密着しながらナデナデしてくださると助かるのですが……」

「た、大変だ！　あれって神具だろ⁉　クーヤ先生とかに連絡しないと……！」

「テラコマリよ。そいつはしっかり受け身を取っていたから無傷だぞ」

「バラさないでくださいズタズタ殿。コマリ様を独り占めする計画が台無しではないですか」

「はあぁ⁉　何だよ心配させんなバカメイド‼」

「すみません。予想以上に案じてくれたのでびっくりしました」

ヴィルが素直に頭を下げた。

当たり前だろうが。お前の身に何かあったら私が困るんだからな。

プロヘリヤが「それはともかく」と話題を変えた。

「ミリセント・ブルーナイトが天文台の愚者と関係していることは確実だな。あれはリウ・ルクシュミオの殲滅外装で間違いない。ムルナイトを裏切った可能性すらある」

「いや、それはどうだろうな……」

「あの女狐はコマリ様に執着していますからね。それもそこらにいる変態たちとは違う意味で……注意してしすぎることはありませんよ」

ミリセントが何らかの目的を持っていることは確かだ。

復讐。殺すべき相手。

それが私であることも十分に考えられるが、だとしたら動きがちょっと不可解すぎる。私がターゲットであるならば、七紅府《しちぐふ》ですれ違った時にでもナイフで刺せばいいだけなのだ。いや絶対に刺されたくねえけどさ。

「コマリさん！　見てください！」

サクナが慌てた声で叫んだ。

彼女が指差す先には、床に転がっている血まみれの死体。

そうだ、もしかしたらあの人がミリセントの復讐相手かもしれない。

「こ、この人、アマツ・カクメイさんですよ。常世で一緒にキャンプをした……」

「え？　はあっ⁉」

私とヴィル、プロヘリヤは急いで死体へと駆け寄った。

口元を血で濡らしながらぐったりしていたのは、カルラのお兄さん——アマツ・カクメイで間違いなかった。

何でこの人がここにいるんだ？

ミリセントと何か関係があったんだっけ？

そこでふと、去年の暮れにアマツと会話をしたことを思い出す。

あれは確か、ミリセントと一緒に核領域の宿に泊まっていた時のことだ。


――俺がここに来ていたことはミリセントのやつには隠しておくように。いま顔を合わせれば殺し合いが始まる可能性が高い。


プロヘリヤがアマツの身体を確認しながら「ふむ」と頷き、

「急所は外れているようだな。早く核領域か天照楽土《てんしょうらくど》に運ばないと本当に死ぬぞ」

「おいヴィル⁉ 【転移】の魔法石とか持ってない⁉」

「ここにあります」

ヴィルが躊躇なく【転移】を発動させた。

辺りに魔力の光が充満していく。

何が何だか分からないが、ひとまずアマツを治療するのが先だ。

☆

窓から差し込む光は茜色《あかねいろ》に変わっていった。

箒《ほうき》で店内の掃除をしながら、アイラン・リンズはぼんやりと夕空を眺める。

帝都の中心部にひっそりとたたずむ園芸店――〝光彩花《こうさいか》〟。

もともとは天仙郷でオープンする予定だったが、諸々《もろもろ》の事情を考慮した結果、一号店はムルナイト帝国の帝都で始めることにしたのだった（すでに京師《けいし》にも店舗を用意してあるが、ムルナイトを本拠地とすることにした）。

開店は八月予定だ。あとは商品を仕入れたり、宣伝をしたり、接客の研修に通ったり。やることはたくさんあるが、帝都での生活は充実しているといえよう。

だって、この街にはリンズの大切な人が住んでいるのだから。

「コマリさん……」

夕焼けの光を見上げながら、その名前をぽつりとつぶやいた。

多忙を極めるコマリに会える機会はあんまりない。時折「調子はどう－？」と光彩花を訪ねてくれることがある程度。こっちから連絡を入れたいのは山々なのだが、忙しいだろうなと思って遠慮してしまうこともしばしばだ。メイファは「もっと積極的に！」と言うけれど、帝都に引っ越してきた時点でけっこう頑張っているんじゃないかなと自分では思っている。

ゆっくりと距離を詰められればいいのだ。

段階を踏むことが最重要。

「リンズ！　お邪魔するわよ～」

その時、ドアベルが「からんからーん」と鳴り響いた。

まだオープンしていないのに。びっくりして振り返ると、そこには金髪ショートの吸血鬼が満面の笑みを浮かべて立っていた。

「ロロ。来てくれたんだね」

「あたぼーよ！　私とリンズは友達だからねえ」

ロロッコ・ガンデスブラッドは躊躇なく店に入ってきた。

以前ムルナイト宮殿を訪れた時に仲良くなったのだ。

それからちょくちょく連絡をとっているが、毎回コマリに関する極秘情報を暴露してくれるので（それもかなり恥ずかしいやつ）、嬉しいやら申し訳ないやらで変な気分になる。

いずれにせよ、ロロッコは色々な意味で大切な人だった。

気の置けない友達だし、コマリの妹ということは、リンズの義妹でもあるのだから。

「ちょっと待ってて。お茶菓子持ってくるから」

「ありがとー！　でもその前に見てほしいもんがあるんだよ」

「？　何かな？」

「これよ！　ドブから拾ってきたダガー！」

ロロッコは手袋をはめると、ポーチから何かを取り出した。

きらりと光る十字架のようなダガーだ。表面にヒビが入っているけれど。

「売ってお小遣いにしようと思ったんだけど、二束三文《にそくさんもん》にもならないのよ。色々なお店を回ったのに、どのおじさんも『こりゃガラクタだね』だって！　壊しちゃったのがいけないのかなあ？　でもすっごく価値がある逸品だと思うんだよね。そうでしょ、ドヴァーニャ」

「はい」

ロロッコの斜め後ろに立っていた少女が頷いた。

縹色の髪をポニーテールにまとめた蒼玉で、アンティークドールのように物静かな無表情を浮かべている。

「初めまして。私はドヴァーニャ。よろしくお願いします」

「あ、はい。私はアイラン・リンズといいます」

「ドヴァーニャは私の友達よ！　方向音痴なところがあるから放っておけないのよね。帝都に来たのは初めてだって言うから、私が案内してあげてたのよ。……どう？　私ってガイドさんとして優秀？　将来観光業界に就職しようかな～」

「ロロのおかげで帝都の様相を知れました。友達になれてよかったです」

「にひひひ！　そう言われたらもっと案内してあげたくなっちゃうよねえ」

ロロッコはやはり友達が多いようだ。

コマリの妹のはずなのに、コマリとは性格が正反対。

いや、コマリの友達が少ないって言いたいわけじゃないけれど。

「それよりロロ。話を戻しましょう」

「ん？　何だっけ？」

「ダガーです。リンズさん。こちらの正体が理解できますか」

ドヴァーニャがロロッコの手からダガーを掠《かす》め、テーブルの上にコトリと置いた。

理解できますかと聞かれても困る。リンズの専門は園芸や植物なので、武器に関する知識はあんまりないのだ。見たところ何の変哲もない刃物に見えるけれど――

「ごめんね。私にはよく分からない」

「分かる方に心当たりはありますか」

「うーん……コルネリウスさんなら詳しそうだけど」

でもあの翦劉は常世にいるはずだ。

簡単には会えないし、常世の鉱山都市とかでちょっと行動をともにした程度の仲だ。いきなり頼み事をしたらびっくりされるだろう。

しかしロロッコが突然「どーでもいいわ！」と叫んだ。

「私たちはお金が手に入ればそれでいいの。リンズ、これ買い取ってくれない？」

「ええ……⁉　私に値段なんてつけられないよ」

「じゃー適当でいいよ。たぶんこれマジでガラクタなんだと思うし。アイスでも買えるくらいになれば満足よ」

「ロロ。それは少し失礼ではありませんか」

「だ、大丈夫だよ。ちょっと待っててね」

リンズは冷蔵庫から棒アイスを取り出して差し出した。

ロロッコは「わーい！」と諸手《もろて》を挙げて喜んだ。

「ゴミがアイスになった！　ドヴァーニャがこれを見つけてくれたおかげね」

「本当にいいのでしょうか……」

「美味《おい》しいからいいんだよ～」

ロロッコはチョコ味のやつを貪《むさぼ》りながら鼻歌を歌っていた。

ドヴァーニャが不安そうにしているのを見て、リンズは「何かしなくちゃ」と思い立つ。そこでふと、店の隅に飾られていたアジサイが目に留まる。

「そうだ、お花をあげる」

「え」

「私のところに来てくれたお礼だよ。どうぞ」

「……はい。ありがとう。ございます」

ドヴァーニャは戸惑いつつもアジサイを受け取ってくれた。

ロロッコは「きれい〜！」と無邪気にはしゃいでいる。

ダガーのかわりがアイスだけでは足りない気がする――という理由もあったが、リンズの役目は人々に細やかな幸福を届けることなのだ。

ドヴァーニャは何故か少しだけ悲しそうな顔をしていた（無表情だけれど）。

この物静かな少女に少しでも楽しんでもらいたかった。

「ありがとうございます」

再びドヴァーニャがお礼を言った。

その雰囲気には、先ほどにはなかった温《ぬく》もりが混じっているように感じられた。

リンズは「どういたしまして」と微笑みを浮かべる。

ダガーが夕日を反射してきらりとかがやいていた。

☆

レストランでの襲撃を脱してから、愚者05‐ワドリャ・レスコーフと愚者01‐ララ・ダガーは二人でミリセントの捜索をしていた。

ところが成果はちっとも出ていない。

あんまりもたもたしていると、第七部隊の連中が再び襲撃をしてくるかもしれない。ワドリャとしては大歓迎なのだが、殲滅外装を失って無防備となったララを守り切れる自信はなかった。だってあいつら自分の死も恐れず特攻してくるのだ。

「ちょっとお花を摘みに行ってきますね」

日が落ちてきたところで、にわかにララがそんなことを言った。

確かに休憩は必要だ。闇雲《やみくも》に捜し回っても効果は薄いだろうから――しかし休日の公衆トイレは恐ろしいほど混んでいるらしく、いつまで経《た》ってもララが戻ってくる気配はない。

痺《しび》れを切らしたワドリャは、その辺の店を見て回ることにした。

元来せっかちな性格なので、長時間ジッとしていられないのである。

「ミリセントのやつ。天文台をコケにしやがって……」

怒りの炎を燃やしながら街路を歩く。

天文台の同胞は家族みたいな存在だ。ワドリャが六百年前の戦国時代を生き延びることができたのは、一にも二にも五人の仲間と銀盤《インセイント》がいてくれたから。ゆえに彼らを傷つける者は許せなかった。

特にルクシュミオの件は怒り心頭だった。

現代の破壊者たちは、あの神仙《しんせん》の心を変革してしまった。

ミリセント・ブルーナイトを倒して《刻》を取り返したら、真っ先にテラコマリ・ガンデスブラッドを殺しにいくつもりだった。やつの死体を見せてやれば、何故か反物屋を始めたルクシュミオも使命を思い出すに違いない。

そこでふと、ムルナイトの軍服を着たグループを発見した。

第七部隊のバカどもかと思ったが、よく見れば制服の色が違った。

ミリセントが率いている第五部隊の吸血鬼だろう。

「おいてめえら。ミリセントの部下だよな?」

ワドリャは猪突猛進《ちょとつもうしん》気味に尋問を開始した。

吸血鬼たちは「は?」みたいな目で睨んでくる。

「誰だてめーは。俺たちが帝国軍だってこと分かってんのか?」

「蒼玉だぜこいつ。ここにはお前の居場所なんかねーよ。さっさと北に帰りな」

吸血鬼たちは蔑《さげす》みの心を隠そうともしなかった。

こちらのことを下級区の浮浪者とでも思っているのだろう。

そしてワドリャは、不当な扱いをされて我慢できるほど気が長くはなかった。

「あぁ? 何見てんだよ。邪魔だからどっかに消え――」

「教えろ。ミリセントはどこにいるんだ?」

《砕》を装備した右手で吸血鬼の胸倉をつかんでやった。

吸血鬼は「ひいぃっ」と情けない悲鳴を漏らして両足をバタつかせる。

片手ですんなり持ち上げられたことに驚愕《きょうがく》しているらしい。

「てめえ――　おがッ⁉」

もう一人が殴りかかってきたので、逆に顔面を殴り返してやった。ただの拳だったので威力は控え目だったが、それでも吸血鬼は地面に叩きつけられて一度バウンドした。

「な、何だてめえ！　どんな馬鹿力《ばかぢから》だよ……！」

「いいから答えろよ。破壊者じゃないやつに構ってる暇はねえんだ」

「し、知るか！　ブルーナイト閣下の行方なんて……！」

「そうだよ！　あの人は自由奔放なんだ！　皇帝陛下にでも聞いてくれ！」

「ちっ」

ワドリャは大きく腕を振って吸血鬼を放り投げた。彼らは「うわあ」と絶叫をあげて一目散に逃げていく。ミリセントは部下にすら行方を知らせていないようだった。

こうなったら虱潰《しらみつぶ》しに捜すしかあるまい。

ワドリャは再び歩き出そうとして――

「……ん？」

ふと、今度は見覚えのある金髪が目に入った。

どこにでもいそうな吸血鬼の少女――　ではなかった。

ワドリャは自分が殺すべき相手の顔はだいたい知っている。とりわけテラコマリ・ガンデスブラッドはアイドルのように大人気だから、新聞やら雑誌やらには必ずといっていいほど写真が載っているのだ。

「テラコマリ……⁉　どうしてこんなところにいやがる⁉」

街路を歩いていたのは、間違いなくテラコマリ・ガンデスブラッドだった。

しかし冷静に考えれば何もおかしなことはない。

ここは帝都。テラコマリ・ガンデスブラッドの本拠地なのだから。

ワドリャは歯軋りをして拳を握りしめた。

——仕留めてやる。

☆

アイラン・リンズの光彩花を出発して後、ドヴァーニャ・ズタズタスキーは、ロロッコと並んで帰路をたどっていた。

紫色に変色しつつある空を見上げながら、ロロッコが「ねードヴァーニャ」とつぶやく。

「一日中振り回しちゃったけど、疲れてない？」

「積んでおりますので。鍛錬を」

「ドヴァーニャって軍人なの？　ズタズタの仲間なんだよね？」

「はい。書類上はプロヘリヤさんの麾下《きか》です」

「そっかー。ドヴァーニャが変人な理由って軍人だからなのかな」

そうだろうか。世の中には自分よりも変な人はいっぱいいるはずだ――とドヴァーニャは思っている。特にプロヘリヤ・ズタズタスキーには遠く及ばない。

「私は変人にもなれない凡人ですよ」

「そんなことないでしょ。ずっと笑わないいんだもん」

「感情の起伏に乏しいだけです」

「でも初対面の時より柔らかくなったよね。冷凍されたリンゴって感じだったけど、今では解凍されたリンゴくらいにはなったわ」

「どういう意味でしょうか」

ロロッコは「にはは」と変な笑い方をした。

「人権がないって嘘よ。あんたは今日一日を思う存分楽しんだんだから」

「…………」

その屈託《くったく》のない笑顔がドヴァーニャの心をくすぐる。

白極連邦は寒い土地柄だ。人の気質もどこか凍《い》てついたものがある。ドヴァーニャは幼い頃から冷酷にしつけられてきたため、表情を作るのが苦手な子に育った。そして現在も、プロヘリヤ・ズタズタスキーの代用品たるべく寒気に身を震わせるような日々を送っている。

だが、今日は素直に楽しかった。

ロロッコが嬉しそうに案内してくれたからだ。

「これ全部あげるわ」

アジサイの花束《はなたば》を手渡される。さっき光彩花でもらったものだ。

「あんたが何を悩んでるのか知らないけれど、帝都にいる時くらいは気を抜いたら？　せっかくの外国なのに、楽しまないなんて損よ。ウチにいる間は私が面倒見たげるから、好きなだけくつろいでいってね」

「……はい」

本当はそういうわけにはいかない。

ドヴァーニャの仕事はプロヘリヤの行状を間近で学ぶことなのだ。そうしろと書記長から命令されている。今日こうして遊び歩いているのは職務放棄もいいところなのだが——でも一日くらいはいいか。

この子と一緒にいれば、束の間でもしがらみを忘れることができる。

ドヴァーニャはゆっくりとアジサイを受け取ろうとして——

その瞬間、ロロッコの姿が消えた。

あまりに突然だったので立ち尽くすことしかできなかった。

「あれ？——」

「――なんだ⁉　避《よ》けないのかテラコマリィ⁉」

遅れてやってきた突風に煽《あお》られ、ドヴァーニャのポニーテールが揺れる。

振り返れば、拳を振り抜いたポーズの蒼玉の男が立っていた。

驚きのにじむ表情、しかしその瞳には物騒な殺意が宿っている。

ドヴァーニャは思わず身震いをした。

書記長から情報は共有されているのだ。あの男は白極連邦でプロヘリヤの暗殺を試みた愚者――ワドリャ・レスコーフ。プロヘリヤはこの男を追ってムルナイトまでやって来たのだが、まさかドヴァーニャのほうが先に遭遇してしまうなんて。

いやそうじゃない。

こいつは今何をした？　何か衝撃波のようなものを放ったようだが――

ドヴァーニャは恐る恐る反対方向を見た。

「ロロ……！」

バラバラになったアジサイの残骸の中。

金髪の吸血鬼が、口から血を流してぐったりと倒れている。

ドヴァーニャは悲鳴をあげて彼女に駆け寄った。

意識はあるようだが、虫の息といった有様である。

「ロロ。しっかりしてください……」

「あ、あれ……？　何これ……血……？　どうして……痛い……魔核が……」

立ち上がろうとしたロロッコが、バランスを崩してどしゃりと血だまりに崩れ落ちた。

そこでドヴァーニャは絶望的な事実に気がついた。通常、傷を負った人間は（状況や個人による差はあれど）すぐさま魔核による修復が始まるはずなのだ。

しかしロロの傷は広がり続けている。

魔核の魔力が降り注ぐ気配が微塵《みじん》もない。

ということは――

「おかしいな？　直撃したなら全身がバラバラになっているはずなんだが――攻撃の威力を半減させられたような気がするぞ？」

「ワドリャ・レスコーフ……！」

「ああ？　誰だてめえ？　俺のことを知ってるのか？」

夕日をバックにたたずむその男の姿が、邪悪な魔王か何かに見えてしまった。

いったい何の恨みがあってロロッコにこんなヒドイことをするのか。

ドヴァーニャは憎しみのこもった視線をワドリャに向ける。

「あなたは。何が目的なのですか」

「何って？　そりゃ天文台の目的なんざ一つに決まっている――秩序の維持だ！　六国を脅かす破壊者は俺の《砕》で全員砕いてやるぜ！」

「破壊者？　何を言っているのですか？」

「そいつは破壊者だろうが。きちんと《称極碑》には〝テラコマリ・ガンデスブラッド〟って刻まれてるんだからなぁ！」

ドヴァーニャは齟齬りをした。

確かにロロッコはテラコマリと顔立ちが似ている。

勘違いで襲いかかられたのだ。

「愚かです。この子はテラコマリ・ガンデスブラッドの妹であるロロッコ・ガンデスブラッドですよ」

「……は？　おいおい冗談はやめろよ。写真にあったテラコマリだろ」

「よく見てください。顔が違いますよね」

ワドリャが遠目にロロッコの顔を確認した。

気づいたらしい。すぐさま不謹慎な大笑いが弾けた。

「はーっはっはっは！　本当に人違いだったみたいだな！　よく見ればビミョーに顔つきが違うじゃねえか！」

くるりと踵を返し、

「すまんすまん、悪気はなかったんだ。たぶん死んでないだろうから医者にでも連れてってやるといい。俺は本物を捜しに行くとするぜ」

「待ってください」

ドヴァーニャの指先から水滴がしたたった。

魔力を練る。殺意を込める。いきなり殺しにかかってくるような馬鹿者を許しておくことはできなかった。ロロッコはドヴァーニャのために一日中帝都を案内してくれた。それをこんな形で幕引きにするなんて――

「――なんだ？　俺とやり合おうってのか？」

「殺します」

「おいおい、もっと頭を使って行動しろよ。そいつの治療をしてやるほうが先だろうが。そもそもお前みたいな小娘が天文台の愚者に敵《かな》うわけないだろう？」

「いいえ」

すでに水流魔法でロロッコの傷口には応急処置を施した。

この男を仕留めてからお医者様を捜せばいいのだ。

「【激流水竜】」

ドヴァーニャの手から放たれた水の奔流が、ワドリャの脳天目がけて襲いかかる。

☆

ララ・ダガーは恐るべきものを発見した。

混雑を極めていた公衆トイレから戻ってくると、ワドリャの姿が忽然と消えている。そのかわりに六国新聞を名乗る者たちが「号外だよ～！」と声を張り上げて新聞をばら撒いていた。いったい何かあったのだろうか——何気ない気分で紙面を確認してみると、

『帝都を襲うテロリスト!!　天文台の〝愚者〟の顔を大公開!!』

口の中がカラカラに乾いていった。

そこに載っていたのは、ララ、ルーミン、カイテン、ワドリャ、ツキ——天文台の愚者全員ぶんの顔写真だったのである。しかもその記事には、天文台がいかに邪悪で凶暴な組織であるかがツラツラと述べられているではないか。

「おい、あの人……」

「ほんとだ。ララ・ダガーに似てない？」

「ッ——」

通行人たちがこちらを見てヒソヒソと話していた。

ララは新聞で顔を隠すと、大慌てでその場から走り去る。

何故。どうして。決まっている。第七部隊のやつらがこっそりと写真を撮って新聞に売り渡したのだ。これでは一般市民から通報されるリスクが大幅に上がってしまう。

「……いいえ。大丈夫です。素顔が露見するのは想定済みですから」

ララは強気なふうを装ってつぶやいた。

そもそも最初から正体を隠すつもりはないのだ。

バレたとしても殲滅外装があれば問題なし。銀盤《インセイント》から授けられた最強の力でどんな敵も倒すことができる。といっても今のララには《刻》がないので大ピンチ。目立つゴスロリ衣装を着ているのでさらに大ピンチ。

「ワドリャさん……どこへ行ったんですか……」

ララは冷や汗を垂らしながら夕焼けの帝都を駆ける。

肉体と精神が悲鳴をあげていた。現代の吸血鬼は何故か日中でも普通に活動しているが（そういうふうに進化したのかもしれない）、古《いにしえ》の吸血鬼であるララは別だ。

一日中太陽光を浴び続けたせいで、体力がごっそりと奪われている。

こんな状況で取り押さえられたら抵抗するすべはない。

ワドリャと合流する前に捕まったらアウトだ。

早くあの迷子を見つけなければ――

「――おおララ！　ちょうどいいところに来たな！」

路地裏を走っていると、奇跡的にワドリャと鉢合わせた。

遠くまで行っていたわけではなかったようだ。

「私から離れないでください。敵地で迷子など冗談ではありませんよ」

「悪い悪い！　ララはよく迷子になるからなぁ」

「あなたが迷子なのです。それよりも方針を変更せざるを得ない出来事が起きました。残りのメンバーを集めて会議を――」

そこでワドリャが二人の人間を抱えていることに気づいた。

ぽたりぽたりと血がしたたっている。

死んではいないようだが、放置しておけばじきにお迎えが来るレベルだ。

「……それは何ですか？」

「聞いて驚け！　テラコマリがいたから《砕》で殴りかかったんだが――」

「テラコマリを？　まさか仕留めたのですか？」

「いや、人違いだった」

ずっこけそうになった。ララは冷静な表情でワドリャを睨み上げる。

「目立つ行動は慎んでください。無関係の人間を半殺しするなんて笑い話にもなりませんよ。ルーミンさんに治療してもらいましょう」

「それが無関係ってわけでもないんだよな。蒼玉のほうは正体が分からんが、こっちの吸血鬼はテラコマリ・ガンデスブラッドの妹なんだとよ」

「何ですって……？」

ララはびっくりして金髪の少女の顔を検《あらた》めた。

確かに面影があるような気がしないでもない。

ララの01としての頭脳が高速回転を始めた。現時点での小目的はミリセントを捕まえることだが、ターゲットの行方は杳《よう》として知れなかった。そろそろ手法を変えなければタイムリミットの六月二十七日となり、《刻》を破壊されてしまうだろう。

もしこの少女が本当にテラコマリの妹であるならば。

この逼迫《ひっぱく》した状況に一石を投じることができるかもしれない。

「――しかしまあ、ミリセントの野郎はどこに行っちまったんだろうな。さっきあいつの部下に出くわしたんだが、やつらも行き先を知らないんだとよ」

「単独行動を貫く上司を持つと大変でしょうね」

「皇帝陛下に聞けって言われちまった。皇帝なら知ってんのかね？」

「…………」

目から鱗《うろこ》が落ちる気分だった。

ずっとミリセントが独断で動いているのかと思っていたが、あの少女だって帝国が擁する七紅天大将軍なのだ。天文台への脅迫は皇帝の意思であると考えるのが普通。過度にトリックスター的な振る舞いをされていたせいで、ララの思考は前のめりになっていたらしい。

「そのお二方を連れて帰りましょう」

「おっ！　何かいい策を思いついたんだな？」

「試してみなければ分かりません。とはいえ――」

ララはくるりと踵を返す。

夕暮れの光に目を細めながら言った。

「――天文台の愚者に敗北はありえない。それだけは確実です」

「ルクの野郎は負けたけどな」

「ふふ。これからはありえないという意味ですよ。ひとまず他のメンバーが集合するのを待ちましょうか。ツキとルーミンさんの調査結果も聞かなければなりません――」

☆

その頃、愚者06‐ツキ・ランスパートは図書館にいた。

二十四時間営業の国立図書館で、古今の児童書から学術書までを幅広く取りそろえた叡智《えいち》の館である。

ララから与えられた命令は「魔法の調査」。

帝都を歩いているだけでは何も分からないため、文献に当たることにしたのだ。

ところが、一緒にいたルーミンは「本は疲れるからヤダよー」と言ってどこかへ行ってしまった。しょうがないからツキ一人で情報収集をすることに。

荘厳な入り口を潜《くぐ》り抜けると、さっそく視界いっぱいに本の海が広がった。

ところせましと並んだ書架は天高くそびえており、首が痛くなるほどである。

日曜日なので利用客も多い。二階（吹き抜けになっているが）の魔法書コーナーに足を運ぶと、制服を着た学生たちが机に本を広げて勉強している光景が目に入った。

ツキは思わず「ほお」と溜息を吐いてしまう。

「……私たちの時代では考えられないことですね」

六百年前は戦乱の世だった。こうして人々が文化的な生活を享受できるようになったのは、ひとえに天文台が魔核による安寧を創出したからに他ならない。

だから、その秩序を破壊しようとする者が許せないのだ。

特にミリセント。やつは《称極碑》に名前こそ刻まれていないが、天文台に対して無礼極まりない行為を働いた。

ララを血だらけにして、《刻》を奪ったのだ。

「ゆるさない」

パキリ。強く握りしめたせいで、さっき作ってもらった入館証が砕けてしまった。

通りかかった学生がツキの顔を見て悲鳴をあげる。

これまでララの柔肌を傷つけた者は例外なく殺してきた。

ララ様を傷つける者は看過できない。ララ様に触れていいのは私だけ。その真理に背いた者は殲滅外装06《ゼロックス》-《剔》《テキ》で突き殺してやる。泣いても喚《わめ》いても容赦はしない。絶対に絶対に絶対に絶対に絶対に――

「――どうしたの？　顔色が悪いようだけれど？」

「ふひゃあっ」

急に話しかけられて飛び上がってしまった。

いつの間にか、隣に青髪の吸血鬼が立っている。

珍妙としか言いようがない恰好だった。何故なら狐を象《かたど》ったお面をかぶっていたからだ。

今はこんなファッションが流行っているのかな――ツキはついていけるか少し不安になる。

「す、すみません。大丈夫です。ちょっと考えごとをしていただけですので」

「ここは魔法書のコーナーよ？　何か探し物でも？」

「はい。魔法についてちょっと――」

そういえば、ララにこんなことを言われたのだ。

――爆発魔法・【亜空炸弾】についての調査もお願いしますね。

その意図は不明だったが、ララのお願いならば死んでも叶《かな》えなければならない。

「よければオススメの本を教えてあげようかしら？」

「え、いいんですか？」

「この図書館はよく利用しているの。知らないことなんて何もないわ」

ツキはじっと狐面の少女を見つめた。

べつに不審な感じはない。不審者だと分かれば突き殺せばいいだけのこと。

「ありがとうございます。実は爆発魔法について知りたくて。魔法の知識が全然ない初心者向けのものってありますでしょうか？」

「山ほどあるわ。……それにしても爆発魔法ねえ。今日も帝都のどこかで何かが爆発していたみたいだし、流行っているのかしら」

そう言いながら書架から三冊の本を見繕ってくれた。

どれも『超初級！』とか『0から始める』とか書いてあるものばかりだ。

「この本は概説書ね。ラペリコの獣人でも分かるって評判なのよ」

「あ、ありがとうございます……！」

確かに分かりやすそうだった。

せっかく六百年後に来たのだから、この時代の魔法技術を習得するのも面白いかもしれないな——そんなふうにツキは知識欲が刺激されるのを自覚する。実は先ほどから懐《ふところ》の通信用鉱石が光を発しているのだが、魔力に疎いツキは気づくことなく本を捲り始める。

「好きなだけ調べるといいわ。爆発魔法にも面白いものが色々ある。特に上級になるとトリッキーなものが多いのよ」

「…………！」

狐面がぺらりと『上級』のページを開く。

そこには【亜空炸弾】の情報も記載されていた。

☆

「コマリ様、今日は私のことを抱き枕《まくら》にしてお眠りくださいね。いえむしろ私がコマリ様のことを抱き枕にしながら眠りたいと思いますのでよろしくお願いします」

「勝手にベッドに入ってくんな変態メイド‼」

「ああんっ」

私は腕力にものを言わせてヴィルを排除した。

すでに時刻は夜の十一時を回っている。

ブルーナイト邸でアマツを保護した私たちは、彼を天照楽土のカルラのもとへと送り届けて事情聴取をした。それによると、アマツはミリセントに呼び出されてムルナイト帝国へやって来たのだという。お腹を貫かれた理由は「過去に色々あったから」らしい。

「お兄様。ミリセントさんに何をしたのですか?」

「…………」

「お兄様っ！　答えてください！」

「…………………」

「お兄様～っ‼」

アマツはろくにしゃべらなかった。

何かあったことは確実なのだが、カルラに問い詰められてもこはるにくすぐられても黙している。私とヴィルの目を気にしていた気がするのは気のせいだろうか。

だが、アマツは一つだけこんな示唆《しさ》を与えてくれた。

「あいつは復讐のために動いているんだろうな。少なくとも今の段階では」

これを聞いたカルラがぷんぷん怒り、

「当たり前です。これが復讐以外の何だっていうんですか。殺されそうになるほどの恨みを買っていたなんて——も、もしかしてミリセントさんに不埒《ふらち》なことをしたのですか⁉」

「不埒といえば不埒かもしれない」

「お、お兄様っ……」

「よかったねカルラ様。覺明《かくめい》おじ様も変態さんだったんだよ」

「よくありませんっ。それにお兄様は変態さんじゃありませんっ。そうですよねお兄様？　いつものように私を煙《けむ》に巻いて面白がっているだけですよね？」

アマツは何も言わなかった。

カルラが泣きそうな顔をしていたのが印象的だった。

とにもかくにも、アマツの尋問は天照楽土の人たちに任せ、私とヴィル、サクナ、プロヘリヤの四人はムルナイトへ帰還したのである。あの様子だとアマツは何もしゃべらないだろう。その顔には「全部知ってるぜ」と書いてあるのに。

教えてくれないのなら、自分の頭で考えるしかなかった。

ミリセントが何を考えているのか。

私はあいつに対してどう接するべきなのか。

「コマリ様。あまり考えすぎても仕方ありませんよ」

ヴィルが再び私のベッドに侵入しながら言った。

私は再びヴィルを追い出しながら「分かってるよ」と溜息を漏らす。

「結局、言葉で説明してもらわないと分からないことのほうが多いんだよな。特にミリセントとは距離があったから、変に推測するとトンチンカンな答えを出しちゃうかもしれない」

「暑さのせいでむしゃくしゃして凶行に及んだ可能性もありますね」

「トンチンカンすぎるだろ……」

まあ暴れ回りたくなるのも分かる暑さだったけどさ。

ただ、私はミリセントが帝国を裏切ったとは思えなかった。

何故なら――

――これは全部遊びよ。新月の夜まではね。


ブルーナイト邸で鉢合わせた時、あいつは私の耳元でそんなことを囁いたのだ。

意味不明だからこそ意味があるのだと思いたかった。そしてこれは完全なる直観なのだが、
ミリセントは私に対して少しも殺意を抱いていなかった。少なくとも今日は。

なんというか、あいつからは帝国を引っ掻き回して面白がっているような雰囲気が感じられたのだ。それこそ子供が遊んでいるかのように。

といってもそれが勘違いである可能性も否定できないけどな。

やっぱりミリセントを見つけなくちゃ話にならない。

「なあヴィル。新月っていつだっけ」

「確か明後日だったと記憶しておりますが」

「そうか……」

やっぱり分からなかった。

「ミリセント・ブルーナイトのことが心配なのですか」

「それはそうだろ。あいつは私の……何なのかよく分からないけど、まあ、同じ七紅天なんだ

から」

「もしミリセントが本当に裏切っていた場合、情けをかけてあげる必要はありませんからね。コマリ様は甘っちょろすぎるところがあります。優しさにつけこまれてお腹をナイフで刺されたら大変ですよ」

「大丈夫だよ。私だって成長してるんだ」

ヴィルが沈黙する。しばらくしてからモゾモゾとシーツに頭を突っ込み始める。

また変態行為を働くつもりなのかと思ったが、さっきまでとは微妙に様子が違った。宵闇《よいやみ》に乗じる変態というよりも、宵闇に怯《おび》える子供のような雰囲気が伝わったのだ。

「ど、どうしたんだ？」

「ミリセントは可哀想《かわいそう》な吸血鬼ですね」

「…………」

そのつぶやきには二つの意味が込められている気がした。

強がりと、純粋な憐《あわ》れみだ。

ちょっと悩んだが、一つはヴィルのために受け入れ、もう一つはミリセントのために否定してあげることにした。

私はヴィルの頭をぽんぽんと撫《な》でながら、

「そんなことはない。ミリセントはすごい吸血鬼だよ」

「コマリ様はどうしてミリセントを庇《かば》うのですか。やつはコマリ様にひどいことをした殺人鬼なのですよ」

「あいつとは仲直りをしたからだ」

「むぅ……」

ヴィルは不安そうに頰を膨らませていた。

私は「大丈夫だ」と笑う。

「私が全部なんとかするよ。お前は心配するな」

「コマリ様……」

「あいつが悪さを企んでいないってことを証明してやるさ。万が一企んでいたのなら、またあいつを説得すればいいだけだ。もちろん対話メインでな。……だから、お前は私の後ろについて見守ってくれていればいい」

「…………」

ヴィルがジーッとこちらを見つめてきた。気恥ずかしさのあまり言葉が曖昧《あいまい》になってしまったが、そこに込めた意図をすべて汲み取ってくれたらしい。

居た堪《たま》れなくなった私は、ヴィルの視線から逃れるようにそっぽを向いて、

「と、とにかく寝るぞ！　明日も仕事だからな！」

「コマリ様」

「何だ」

「コマリ様コマリ様コマリ様コマリ様コマリ様コマリ様コマリ様コマリ様コマリ様コマリ様コマリ様コマリ様アアアアアアアアアア!!」

「うわああああああああああ!?」

理性を失ったヴィルが大蛇のごとく絡《から》みついてきた。腕力が想像の百倍以上だったので、ジタバタと暴れても逃走は不可能だった。こうなったら仕方ない、近所迷惑を一切顧みずに絶叫してやろうではないか。

「やめろー!! はなせ変態!! サクナに言いつけるぞ!!」

「離しません。コマリ様から注がれた慈愛によって私は臨界点を突破してしまいました」

「突破すんな! この……」

それから攻防を続けたが、間もなく体力の限界を迎えてしまった。

どれだけ暴れても解けないのだから仕方がない。

クモに捕食されるチョウチョってこんな気分なんだろうな――忌々《いまいま》しい気持ちを込めてメイドを睨んでやると、やつは意外にも真面目な視線で見つめ返してきた。

「コマリ様の護衛です。夜もしっかりお守りします」

「いいよべつに」

「愚者がいつ攻めてくるかも分かりませんから。主人のご恩に報いるのがメイドの忠義というものです。いいえ、私はご恩に報いるためにメイドになったのです」

「そ、そうか……」

こいつの脳味噌《のうみそ》も四六時中ピンク色というわけではないらしい。確かに天文台のやつらは常軌《じょうき》を逸した殺人鬼だからな。ヴィルの気持ちはありがたく受け取っておくとするか――

「――だからってこんな密着する必要ないだろ!!　暑いんだよ!!」

「では冷房を入れましょうか」

「そういう問題じゃないっ！」

結局ヴィルが離れることはなかった。

新種の妖怪みたいなメイドであるが、まあ、私のことを想《おも》ってくれているのだから強く責めることもできない。ひとまずは明日の作業に備えてゆっくり眠るとしようではないか。

ところが、すでに重大な事件は発生していたらしい。

翌朝、私は血の気の引くような思いを味わうことになる。

六月二十六日の朝。

ドアベルが「からんからーん」と鳴ったため、アイラン・リンズは読書をする手を止めて振り返った。メイファが買い出しから帰ってきたのかと思ったが、そこに立っていたのは見知らぬ吸血鬼の男だった。

「あ、あの。すみません。このお店はオープン前なんです」

「少し話がある。そこに置いてあるダガーのことなのだが」

「ダガー……?　これですか?」

昨日、ロロッコとドヴァーニャが持ってきた、ヒビの入ったダガー。

男は「そうそれだ」と険しい顔で言った。

「できればオレに譲ってほしい」

「えっと……」

リンズは突如として現れたその男をこっそり観察した。

吸血鬼には珍しくない金髪。真面目そうに見えてテロリストっぽい雰囲気があふれる表情。

ビジネスマンみたいなワイシャツを着ているが、身にまとった闘志からして堅気ではない。どこかで会ったことがあるような、ないような。

「……これを何に使うんですか？」

「帝国軍の備品なんだ。紛失していたんだが、魔法でここにあることを探知した」

「あ、そうだったんですか」

ロロッコたちはこれを川で拾ったらしいから、持ち主が探していてもおかしくはなかった。

というかこの人、帝国軍人なんだ――リンズは深く考えることもせずにダガーを差し出す。

「受け取ってください」

「ありがとう。朝早くにお邪魔して悪かったな」

「いえいえ」

吸血鬼の男はくるりと踵《きびす》を返して歩き出す。念のため名前くらい聞いておこうかなと迷っていると、不意に彼が立ち止まってこんなことを言った。

「そういえば、ロロッコ・ガンデスブラッドが行方《ゆくえ》不明になったらしい」

「え？　はい？　行方不明……？」

「ドヴァーニャ・ズタズタスキーもな。あの蒼玉《そうぎょく》は白極連邦《はっきょくれんぽう》の要人だから、ムルナイト宮殿と白極連邦統括府は大騒ぎだ。詳細は不明だが、心配であるならばキミも動いたほうがいいだろう」

「あのっ……！」

男は爆風のように店から去ってしまった。

バタリと閉まった扉を、呆然《ぼうぜん》とした気分で見つめる。

ロロッコが行方不明？　ドヴァーニャも？　いったい何が起こっているのだろう？――リンズは通信用鉱石でコマリに連絡をとってみた。しかし一分待っても応答する気配がない。強烈な不安に押し潰《つぶ》されそうになった時、再びドアベルが「からんからーん」と開いてメイファが帰ってきた。

「ただいまー。タマゴが安いから買ってきたよ。今日のお昼はオムライスにでも――」

「メイファ！　今すぐコマリさんのところへ行こう！」

「ど、どうしたんだリンズ？　急に積極的な感じに目覚めたのか？」

「ロロッコが！　行方不明になってるかもしれないの！」

メイファが目をぱちくりさせた。

情報源は謎《なぞ》の吸血鬼だ。誤りである可能性も高い。

むしろ誤りであってほしいが、確認しておかなければ落ち着かなかったのだ。

事情を察したメイファは、「分かった」と真剣な顔で頷《うなず》いた。

この世には物騒なテロリストが多すぎるのだ。もし彼女たちの身に危険が迫っているのならば、絶対に助けなければならなかった。

☆

「コマリ様。起きてくださいコマリ様」

「んぅ……？　ヴィルぅ……？　何の用だよ……まだ眠いんだよ……」

「それどころではありません。大変なことが起きました」

「よろしくやっておいてくれ……私はまだ夢の世界で旅をしていたいんだ。ゾウの背中に乗って荒野を進んでいたところなんだ……」

「ロロッコ様が天文台の愚者に誘拐《ゆうかい》されたのです」

「……………………え？」

もやもやした眠気が一気に吹っ飛んでいくのを感じた。

ロロが誘拐された？　天文台の愚者に？　嘘《うそ》だろ？――私はいてもたってもいられずにガバリと起き上がる。

「ど、どういうことだ⁉　夢か⁉」

「夢だったらどんなによかったことか。ロロッコ様はドヴァーニャ殿と帝都を散策していたようなのですが、昨日から帰っていないのです」

「そんなっ……」

ベッドの傍《かたわ》らには珍しく慌てた様子のヴィルが立っている。

その表情だけで悟ってしまった――こいつの言っていることは本当なのだと。

「……連絡はないのか？　それに『愚者に誘拐された』って言ったよな……？　ちょっとにわかには信じられないんだけど……」

「実際に天文台からそういう脅迫状が届きました。詳しい話はガンデスブラッド卿《きょう》や皇帝陛下にお聞きしましょう。まずは身支度を整えてください」

「う、うん」

私は大急ぎで寝巻きを脱ぎ始めた。

ここでヴィルが「お手伝いしますねぐへへ」みたいに迫ってこないことから察するに、事態は冗談ではなく逼迫《ひっぱく》しているのだ。ロロッコとドヴァーニャの身に何が起きたのか――私は一刻も早く全容を把握する必要があった。

「さあ行きましょうコマリ様」

ヴィルに連れられてガンデスブラッド邸の応接間に移動する。

テーブルについていたのは、皇帝、お父さん、プロヘリヤの三人。

こちらに気づいた皇帝が「おはようコマリ」と挨拶《あいさつ》をしてきた。

「よく眠れたようだな。エビフライみたいな寝癖《ねぐせ》があざとくて可愛《かわい》いぞ」

「どうでもいいだろ！　それよりロロッコが攫《さら》われたって本当なのか⁉」

「ああ。今朝《けさ》、朕《ちん》のもとに天文台から脅迫状が届いたのだ」

皇帝がテーブルの上を顎で示した。

ヴィルが寝癖を勝手に直してくれるのをスルーしながら確認してみる。写真と手紙が一枚ずつ置かれていた。私は言葉を失ってしまった。写真に写っていたのは——両手両足を縛られ、猿轡《さるぐつわ》を噛《か》まされた状態のロロとドヴァーニャだったのだ。

「ひ、ひどい！　何てことするんだ！」

「そしてそっちの手紙は脅迫状だ。——曰《いわ》く、『我々は天文台である。ロロッコ・ガンデスブラッドとドヴァーニャ・ズタズタスキーを返してほしければ、六月二十七日の夜までにミリセント・ブルーナイトの身柄を引き渡せ』、だそうだ」

「な、なんでミリセント……？」

「さてな。だがこれで天文台とミリセントが結託している可能性は薄まった」

その点については安心した。

やっぱりあいつが天文台に与《くみ》するとは思えなかったからな。

いや、安心している場合じゃない。ロロッコたちを助けに行かないと。

「ちなみにこの脅迫状は白極連邦の首脳部にも届けられているらしい。プロヘリヤ・ズタズタスキーよ、何か意見はあるかね」

プロヘリヤが「そうですな」と見下したように言う。

「天文台にしても書記長にしても小賢《こざか》しい。やるなら正々堂々やればよかろうに」

「ど、どういうこと？　意味が全然分かんないんだけど……」

「ドヴァーニャは我が国の要諦であり、形式上、彼女の身柄は現在ムルナイト帝国が保護していることになっている。そんな状況で誘拐騒ぎが起きれば、ムルナイトを攻撃するよい口実になると思わないか？　こちらは貴国を信用して預けたのに何たる背信か——となっつまり天文台の連中は、両国の仲を引き裂こうとしているのだ。書記長はそれを分かっていながらムルナイトをチクチク非難し始めている。まったくもって浅ましい、盗賊の思想だよ」

「なるほど……？」

正直意味不明だったが、大変なことになっていることは理解できた。

とはいえ私にとって重要なのは、そういう難しい話よりも二人の安否である。

皇帝が私の表情を見て「分かっているさ」と微笑《ほほえ》んだ。

「ロロッコとドヴァーニャは救出しなければならない。どんな手段を使ってでもな」

「いえ陛下！　ミリセントを早急に見つければいいだけの話ですよ」

お父さんが血相を変えて皇帝に直訴する。

「下手に襲撃をしかければ、ロロに危害が及ぶかもしれません。今のところは天文台の要求に従っておくのがベストでしょう」

「そのミリセントは未《いま》だに見つかっていないのだ。正確には昨日発見したのだが、寸前のところで逃げられたという報告だ」

「そんな報告は聞いてません！　取り逃がすなど言語道断《ごんごどうだん》ではないですか！」

「やつは何故《なぜ》か天文台の武器――ダガーではない殲滅外装《せんめつがいそう》を操《あやつ》っていたらしい。おそらく敵から鹵獲《ろかく》したのだろうが、あれに対抗するためには入念な準備が必要だ。仕方がなかろう」

「関係ありません。その者は帝国軍人としての職務を遂行できていないではないですか。即刻クビにしましょう」

皇帝がチラリと私を見る。

私はモジモジしながら言った。

「ご、ごめんねお父さん。ミリセントを捕まえられなくて……」

一瞬の間、

「――おおコマリだったのか！　謝る必要はないよ、相手は殲滅外装を持っていたという話だからね。捕まえられなくて当然だ。それよりもコマリに怪我《けが》がなくてよかったよ！」

ヴィルが「親バカですね」と呆《あき》れていた。

お父さんは真面目《まじめ》な顔で皇帝に向き直り、

「陛下。こうなると野蛮な選択肢しか残されていないように思えますね」

「掌返《てのひらがえ》しと切り替えの速さが尋常《じんじょう》ではないな――しかしお前の言う通りだよアルマン。こちらにミリセントがいない以上、力業《ちからわざ》でなんとかするしかないだろう」

「誰《だれ》がそんなことをするのですか」

「ドヴァーニャをムルナイトに滞在することを許可したのは朕だ。書記長に詫《わ》びを入れるという意味も含めて、朕が自ら二人を奪還しようではないか」

「皇帝が……⁉」

まさに青天の霹靂《へきれき》という感じだった。

玉座に座ってセクハラをするのが仕事だったはずなのに、どういう風の吹き回しだろうか。でも皇帝がいてくれるなら百人力だ。この人はお母さんと肩を並べる七紅天《しちぐてん》だったらしいのだから。

「陛下に動いていただけるなら安心ですね。ぜひロロッコを助けてあげてください」

「アルマン、お前も来るか？　肉壁として使ってやるぞ」

「遠慮しておきます。足手まといになるだけなので……」

お父さんは引きつった笑みで固辞した。

皇帝は「冗談だ」と呵々大笑《かかたいしょう》し、

「ではさっそく作戦を開始する！　愚者どもはご丁寧にも連絡用の通信用鉱石まで寄越してくれた。探知魔法を発動すれば、向こう側の鉱石――つまり愚者どもの居場所を特定することも難しくはないだろう」

「何故やつらはそんな初歩的なミスを犯したのでしょうか？」

「六百年前の人間など時代遅れということさ」

皇帝はニヤリと笑って魔法を発動させた。

魔法の光が通信用鉱石を照らすのを見つめながら、私はぎゅっと拳《こぶし》を握って決意を固めていた。もちろん私も皇帝と一緒に愚者のもとへ行くつもりだった。あいつらは怖いけれど、攫われたロロやドヴァーニャのほうがもっと怖い思いをしているのだから。

待ってろよ、二人とも――

その時、ヴィルが「コマリ様」と私の背中をつんつん突いた。

「エステルから連絡です。何やら大変な事態になっているようですが」

「え？　そういえば、あいつらって今何やってるんだっけ？」

「とりあえず通話をしてみてください」

ヴィルから通信用鉱石を手渡された。

すぐさま絶叫じみた声が部屋に響いた。

『――閣下！　愚者の居所を見つけました！』

びっくりしてしまった。

皇帝もプロヘリヤもお父さんも「何事か」といった様子で私のほうを見る。

エステルは息を切らしながら（全力疾走している気配）言葉を続けた。

『アルトワ広場の近くの高級ホテルに宿泊していたんですっ！　コント中尉がララ・ダガーの

髪の毛を拾って【引力の網】を発動させました……！』

皇帝が「ほう！」と嬉《うれ》しそうに手を叩き、

「あの男もなかなか優秀ではないか！　今しがた探知魔法を発動させた結果、確かに愚者どもはその辺りに潜伏しているようだな！」

『あれ？　も、もも、もしかして皇帝陛下ですか……⁉　申し訳ございません自己紹介が遅れました、私は第七部隊所属のエステル・クレールという者でありまして』

「知っているからいい。それよりも何が起こっているんだ」

『そ、それが――』

エステルの背後では爆発音《ばくはつ》が鳴り響いていた。

嫌な予感がした。まさかこいつら無断で特攻を仕掛けたんじゃ――

『中尉たちが閣下に無断で突撃をしまして！』

やっぱり。

しかしエステルの話には絶望的な続きがあった。

『そして、その、ララ・ダガーを倒して誘拐に成功してしまいました！　現在愚者たちに追われながら宮殿を目指しているのですが、そのせいで街がめちゃくちゃに』

声が途切れた。

魔力が切れたわけではない。通信用鉱石を落としてしまったのだろう。

エステルの身に何かあったのだろうか？　そもそも無断で突撃して愚者のボスを誘拐ってどういうことだ？　天文台ってめちゃくちゃ強いはずだぞ？　何で第七部隊に倒せるんだ？　強さランキングが滅茶苦茶になってないか？　というかロロとドヴァーニャは無事なのか？

――情報量が多すぎて処理が追いつかなかった。

皇帝が「ぱんっ！」と手を叩《たた》いて立ち上がり、

「まずはロロッコとドヴァーニャの安全を確認することが重要だ！　コマリとプロヘリヤは朕についてきてくれ。アルマンは宮殿に戻って七紅天に情報を伝えること。それからの判断は各自に任せるとしよう」

「わ、分かりました。しかし何故こんなことに……」

「わっはっは！　それは第七部隊が道を切り開いたからだ！　ドヴァーニャは必ず救出してやろう！　ついでにテラコマリの妹もな」

お父さんが大慌てで宮殿に【転移】。

プロヘリヤも銃を構えて不敵な笑みを浮かべている。

ヴィルが私の頭をコンコン叩きながら言った。

「コマリ様。頭が限界を迎えてしまったのですね」

「……はっ⁉　いや大丈夫だ！　さっそく出発しようじゃないか！」

もはや何が何だか分からない。

しかし、二人を助けるために全力を尽くさなければならないのだ。

☆（すこしさかのぼる）

アルトワ広場付近にある高級宿泊施設――ブラッドホテル。

天文台が密《ひそ》かに滞在している場所でもあった。

愚者06《ゼロックス》-ツキ・ランスパートが帝都の探索から戻ってくると、最上階の一室・905号室には、すでに他のメンバーが勢揃いしていた。

「遅えぞツキ！　他のやつらは昨晩のうちに集合したってのに！」

窓際のテーブルで酒を飲んでいたワドリャが睨《にら》んでくる。

ツキは慌てて「ごめんなさい！」と頭を下げた。

「夜を徹して図書館にこもってました……！　でもその甲斐あって、現代の魔法体系はほとんど頭に入れましたよ」

「偉いですねツキ。やはりあなたは天文台の頭脳を名乗るに相応《ふさわ》しいです」

「そ、そんなことないです！　頭脳はいつでもララ様です！」

愚者01《ゼロイチ》-ララ・ダガーに褒められ、ツキは頰《ほお》を染めてモジモジした。ツキにとってララは憧《あこが》れの的なのだ。きれいだし、かっこいいし、ちょっと抜けているところが愛らしい。

ララは「ありがとうございます」と言ってティーカップに口をつけた。

その瑞々《みずみず》しい唇にしばし見惚《みと》れてしまった。

「……？　何か？」

「い、いえ！　ララ様はおきれいだなと思って……」

「ふふ。私がきれいに見えるのは、ツキの瞳《ひとみ》に曇りがないからでしょうね」

「そ、そうでしょうか」

「むしろ曇ってるだろー」

と鼻白んだのはカンガルーの獣人・ルーミンである。

「それよりよー。こいつらどうすんだ？　傷は治してやったけどさ」

ルーミンのすぐ近くには、猿轡を噛まされた二人の少女――ロロッコ・ガンデスブラッドとドヴァーニャ・ズタズタスキーが座っていた。

ルーミンの殲滅外装02《ゼロニ》-《映《エイ》》によって、ワドリャがつけた傷はすっかり回復している。

しかしその表情は絶望一色といった有様で、怯《おび》えるような目で――特にロロッコのほうはガクガクと震えながら愚者たちを見上げていた。

ララは「そうですね」と一息をつき、

「そのお二人は大事な人質なのです。なるべく手荒な真似はやめてくださいね」

「ロロッコはテラコマリの妹で、ドヴァーニャは白極連邦の大事な人なんだっけ？」

「その通り。この二人が我々の掌中《しょうちゅう》にある限り、天文台の優位は揺るぎません。必ず《刻《コク》》は戻ってくるでしょう」

「さすがですララ様……！」

ツキは素直な賞賛を送った。ララは「それほどでもありません」と紅茶を口に含む。

ララ・ダガーの作戦――それは単純な〝脅迫返し〟である。

ワドリャが攫ってきた二人の少女は、偶然にも人質としての価値がある要人だった。愚者03《ゼロサン》‐ニタ・カイテンの調べによれば、特にドヴァーニャ・ズタズタスキーのほうは白極連邦の姫君（？）らしい。彼女を盾に脅迫すれば、白極連邦との関係悪化を恐れたムルナイト帝国に大きな揺さぶりをかけることができるのだ――というのがララの考えである。

さすがは天文台のトップ。銀盤《インセイント》の一番弟子。

ツキの思いつかないような遠謀を平然と実行に移すからすごい。

「ところでツキ。魔法の調査の進捗はいかがでしょうか」

「あ、そうでした！」

ツキはリュックからノートを取り出した。

狐面《きつねめん》の少女のおかげで大量の情報を得ることができたのだ。

「収穫はたくさんありますが、まずはララ様から言われていた【亜空炸弾】についての情報をお伝えしますね」

「お願いします」

「【亜空炸弾】は、一言で言えば時限爆弾です。煌級《こうきゅう》魔法に分類されていて、かなり面倒くさい仕組みのようですね。特定の人物あるいは物体を亜空間に封じ込め、三日間が経過すると爆散するように設定します。いったん発動して亜空間に閉じ込めた物体は、同じ煌級魔法で何とかするしか取り出す方法はありません。でも煌級魔法を使える人間なんて限られているため、非常に難しいですね」

「なるほど」

「【亜空炸弾】の施術者は、最初に必ず〝解除条件〟も設定します。たとえば『三日のうちに誰誰《だれだれ》が100万メル用意したら解除される』といった感じですね。爆散を逃れることができる唯一の道は、この条件が達成されることです。それ以外では解除することはできません。この条件は施術者本人にも変更できないそうです。もちろん施術者を殺したら条件が達成不可となるので、亜空間に取り残されたモノは必ず爆散します。ちなみに条件を達成した場合でも即座に人質を解放することはできず、必ず三日待つ必要があるとか」

「…………」

「昔はこの魔法を使える者が存在して、脅迫とかに使われていたようですね。三日待ってやるから指定のブツを用意しろ。さもなくばお前の大事なモノは爆散するぞ――といった具合に。その強制力の高さゆえに、どうやっても一方的な脅迫になりますね。脅迫をやり返すことは無てありましたから、使える者はたぶんいないんじゃないかなと思いますが」

意味です。……といっても、【亜空炸弾】はすでに滅びた魔法。詳しい発動方法は不明と書い
「……ふむ。そうですか」

ララの頬を冷や汗が伝っていくのが見えた。

何かマズイことを言っただろうか――とツキは不安になる。

「ど、どうしましたか？　ララ様」

「ミリセントはその【亜空炸弾】を発動したと言っていました」

「え……!?　そ、そんなはずは……」

「ないとは言い切れません。我々は魔法についてほとんど知らないのです。ミリセントがもし本当に【亜空炸弾】を発動したのだとすれば、我々が《刻》を取り返すためには残り四つの殲滅外装を差し出さなければなりませんね」

「はあ!?　んなの許せねえよ！　俺《おれ》の《砕》《サイ》は渡さねえ！」

ワドリャが吼《ほ》えた。《刻》と比べたら《砕》の優先度は低いだろうに――と思ったがツキは口には出さなかった。

ララは「分かっていますよ」と不敵に微笑んだ。

「ミリセントはなかなか揺さぶりが上手《うま》いですね。天文台をここまで翻弄《ほんろう》するとは天晴《あっぱれ》です」

「どうすんだよ。俺がミリセントをぶっ殺すしかないってことか？」

「それは早計ですよ。魔法が発動したかどうかを確かめなければならないので、結局はミリセントに接触するしかないのです」

「ではララ様。この人質作戦は継続でしょうか……？」

「【亜空炸弾】が本当に発動していて、かつムルナイト側がその事実をもとに動いているのならば、根本的な解決にはなりません。しかしそもそも発動していない場合なら別。あるいはそれを確かめるためにミリセントを誘《おび》き出すという目的のためであれば非常に有効です」

「ややこしくてワケ分かんねえよ！　何すりゃいいんだ⁉」

「相手の出方を観察すればいいのですよ」

ララはティーカップをテーブルの上に置いた。

「人質作戦は継続です。これで相手の動きが変わるようであれば、私たちの優位は揺るぎません。そうでないならば、新たな希望を見つけるために作戦を練り直さなければなりませんね」

「じゃあムルナイトから連絡があるまでノンビリしてればいいんだなー」とルーミンが欠伸《あくび》まじりに言った。

ところがララは「いいえ」と首を振って否定する。

「倫理観の差異に注目することは大切ですよ。昨日テラコマリの部隊に襲撃されて確信しましたが、魔核《まかく》に溺れた六百年後においては傷害や殺人に対する忌避《きひ》感が異常なまでに薄らいでいるようです。そのような野蛮な社会のもとで、このような生ぬるい人質事件がはたして通用するでしょうか」

「？　何言ってんのさ」

「乱暴は趣味ではありませんが、秩序のためにはやむを得ぬ時があるということです。こういうのはツキが得意でしたね」

ララは「さて」と優雅に立ち上がり、

「私は席を外します。証拠写真はきちんと宮殿に送っておくように」

「おいララ。まさか……」

「お願いしますね、ツキ」

それだけ言って部屋を後にした。

ララのことを崇拝するツキには、その言葉の真意が手に取るように分かってしまった。猿轡を噛ませて縛ってあるだけではムルナイトの危機感を煽《あお》ることができないかもしれないから、もっと過激に痛めつけろ——暗にそういう命令を下したのである。

その手の仕事はツキにぴったりだった。

殲滅外装０６《ゼロックス》-《剔》《テキ》を起動。

ツキの手に握られたのは、身長の二倍ほどの長さもある槍だった。部屋の中で扱うには少し不便だが、ちょっと弱い者いじめをするくらいなら問題あるまい。

「おいおいおい。せっかく治療してやったのにまーた傷つけるつもりかよ」

「ルーミンさん、これはララ様のご命令なんです。仕方のないことなんですよ」

「まあそうだけど……やっぱりお前、楽しそうじゃね？」

「そ、そんなことはありませんっ！」

ツキは《剔》を携えて人質たちの前に立った。

まずは蒼玉のドヴァーニャ・ズタズタスキーを見下ろす。絶体絶命の窮地《きゅうち》にいるくせに、その瞳にはあまり感情が宿っていない。人形のように無機質な目でツキを見上げている。

一方、その隣で怯えたように震えているのは、金髪の吸血鬼——ロロッコ・ガンデスブラッドだ。確かにテラコマリと顔立ちがよく似ている。見ているだけでムカムカしてくる。こいつらがいるから世界は安寧から遠ざかる。ツキとララの穏やかな秩序は破壊されていく。だから必ず仕留めよう。まあロロッコはテラコマリじゃないけど。

「あなたからにしますね。痛くするので覚悟してください」

「——ッ！　——……っ！」

「はいどうぞっ」

《剔》の先端で露出している肩口を抉《えぐ》ってやった。血が噴き出し、花柄のワンピースがじんわりと赤く染まっていく。ロロッコはそれだけでジタバタと大暴《あば》れだ。隣のドヴァーニャも拘束を脱しようと大騒ぎをしているが、両手両足を固く縛られているため意味をなさない。

「ふふ……ふふふ。痛いですか。苦しいですか。でも仕方のないことなんです。ララ様のご命令には逆らうことはできませんから――はいもう一突き」

声にならない悲鳴があがった。

今度は槍がロロッコの脇腹《わきばら》を抉ったのである。

苦痛に歪《ゆが》む表情、充満する血の臭気。久方ぶりに味わっていなかった恍惚《こうこつ》に、ツキは思わず頬が緩んでいくのを感じた。六百年間封印してきた衝動が、徐々に解き放たれていく。

天文台におけるツキの役目は拷問。

人を突くたびに奇妙な幸福がじんわりと湧《わ》く。

「涙が出ていますよ。まだ始まったばかりなのに」

「ッ――！　――……、」

「大丈夫です。死ぬまではいきません。そのほんのちょっと手前――あとビー玉一個入れたらあふれちゃうってくらいで留《とど》めておきます。大丈夫です大丈夫です」

突く。突く。突く。突く。突く。突く。突く。突く――

ツキは一心不乱にララの命令を遂行した。

それを見ていた仲間たちが複雑そうな顔をしていることにも気づかない。

「……趣味が悪いぜ。あそこまでする意味あんのかよ」とワドリャ。

「ないこたないだろ。ヘイトを買わなきゃなんだから」とルーミン。

ツキだって自分の性質がちょっと普通ではないことは理解している。翦劉《せんりゅう》はもともと血の気が多い種族だが、ツキのそれは常軌《じょうき》を逸していた。

銀盤《インセイント》すら眉《まゆ》をひそめた過激な性癖。

しかしララだけは「個性ですから」と認めてくれたのだ。

だからツキはララについていくと決めた。

「こんなものでしょうか。ちょっと部屋が汚れてしまいましたが……！」

しばらく二人を甚振《いたぶ》った後、ツキは頬を赤らめてつぶやいた。

《剔》を分割しながら「ふう」と一仕事終えたような吐息《といき》を漏《も》らす。

ロロッコもドヴァーニャも真《ま》っ赤《か》になって倒れ伏していた。

ギリギリのところで加減してあるため死んではいないが、か細い呼吸によって胸が上下する様を見ていると、今にも事切れてしまいそうだった。衝動が少し収まったツキは、そこはかとない不安を覚えてうろたえた。

「だ、大丈夫でしょうか？　はやく写真を撮りましょう」

「急に冷静になるなよ。今カメラ探すから待ってろー」

ルーミンが荷物をごそごそと漁《あさ》る。

とにかく、これでララから与えられた命令は完遂だ。

褒めてもらえるでしょうか——そんなふうにご褒美《ほうび》を妄想して口角を吊《つ》り上げていた時のことだった。

「――魔力が感じられる」

椅子《いす》で読書をしていた愚者03‐ニタ・カイテンが、にわかに声を発した。

ツキを含めた愚者たちは、不審な気分で忍者装束《しょうぞく》の少年を振り返る。

「どういうことだ？」とワドリャ。

「ララが帰ってくるのが遅いと思わないか」とカイテン。

「そういやそだなー。てかあいつ、どこに行ったんだ？」とルーミン。

「そりゃトイレだろ」とワドリャ。

「そうだとしたら遅すぎる。それ以外の何であったとしても遅すぎる。得体の知れぬ魔法で掠《かす》め取られていなければいいがな」

カイテンが皮肉っぽく言った瞬間――

ブラッドホテルを揺るがすような震動がとどろいた。

ツキは虫の知らせのようなものを感じた。

いや、これがカイテンの言う「魔力」の気配なのかもしれなかった。

「み、見てきますっ！　ララ様の身に何かあったら大変ですから……！」

「おいツキ⁉　ったく、俺たちも行くぞ！」

「はあ？　人質はどうすんだよー」

「ルーミンさん、二人の監視をお願いします！」

ツキは大急ぎで廊下に出た。

震動は階下から響いたようだ。エレベーターを使うのも億劫《おっくう》だったため、非常階段を猛スピードで駆け下りていく。やがて一階のエントランスにたどりつくと、大慌てで右往左往している人々の群れに遭遇した。

「なっ……」

壁に巨大な穴が開いているのだ。まるで誰かが爆弾を爆発させたかのような有様だった。そしてその壁の向こうに、見覚えのある吸血鬼たちが走っていくのが見えた。

テラコマリの部下――第七部隊。

そして犬頭の獣人に抱えられているのは、色素の薄い金髪の吸血鬼――ララ・ダガー。ツキが敬愛してやまない人物。あんな荷物みたいに運ばれちゃいけない人物。あんな雑な扱いをした者は殺さなくちゃいけない人物。

頭の血管がブチブチと切れる気配がした。

「殲滅外装」

背中から取り出した三本の棒を接続する。これで《剔》の起動が完了。

ツキは怒りの炎に焦《こ》がされながら槍を握りしめて――

「――よくもよくもよくもよくも！　ララ様に触れたなッ!!　この盗人があああああああああああああああああああああああああッ!!」

ぶおん。

力いっぱい投擲《とうてき》した。

《剔》はバチバチと火花を散らしながら愚か者へと吸い込まれていく。

☆（すこしさかのぼる）

ララ・ダガーの誘拐は驚くほど簡単に成功してしまった。

暴走するカオステルとベリウスとヨハン（今朝蘇《よみがえ》ったらしい）（メラコンシーはどっか行ったので不在）に随行する形で愚者の潜伏先――ブラッドホテルにやってくると、最上階のカフェテリアでティータイムを楽しんでいるララ・ダガーを発見したのである。

柱の影に身を潜《ひそ》めたカオステルが歴戦のストーカーのような顔で溜息《ためいき》を吐《つ》いた。

「おやおや、単独行動とはずいぶん余裕ですねえ。危機管理能力が欠如《けつじょ》しているようです」

「閣下に連絡するべきだな。我々だけで勝てる相手とは思えん」

「何を言っているのですかベリウス！　我々だけで仕留めれば、閣下はいっそうお喜びになることでしょう！」

「テロリストに容赦《ようしゃ》する必要はねえ！　燃え尽きやがれ！」

「ちょっ、待ってくださいヘルダース中尉――」

ヨハンはエステルの制止を無視すると、野球のピッチャーみたいなフォームで火炎魔法を発射した。炎の弾丸が回転しながらララ・ダガーに迫る。異変に気づいた客たちから悲鳴があがった直後、

「なっ」

ララはかすかに身を捻《ひね》って攻撃を回避。

火炎は背後の柱に激突して大爆発した。

ホテルがぐらりと揺れ、そこかしこで人が絶叫した。天井《てんじょう》に設置されたスプリンクラーから水流魔法がほとばしるのを尻目《しりめ》に、ララ・ダガーは落ち着いた表情でこちらを見据える。

「相変わらず過激ですね。一般市民の方々に危害が及ぶとは思わないのですか？」

余裕綽々《よゆうしゃくしゃく》の態度。

しかしエステルは彼女の頬がわずかに痙攣《けいれん》しているのを目撃した。

もしかして——焦っている？　リウ・ルクシュミオより格上の猛者《もさ》のはずなのに？

カオステルが「当然！」とにこやかに微笑んで、

「考えているに決まっているじゃないですか！　一般人を害する危険性と天文台の愚者を捕らえる功績を天秤《てんびん》にかけた結果、一般人の方々には我慢していただこうという判断に至ったまでのことです！」

「おいカオステル！　あまり派手にやると警察に通報されるぞ！」

「構いませんねえ。警察には圧力をかけておきますので――さあ！　第七部隊の権力を使えば何とかなりますので存分に暴れましょう！」

「っしゃあ！」

「そんなことしたら閣下に怒られると思います！　ケルベロ中尉、何とかしてこの二人を止めましょう！」

「分かっている！　おい糞餓鬼《がき》、そうやって公共の場で暴れるから何かあった時に第七部隊が疑われるのだ！」

「でもこんなチャンスを逃すわけにはいかないだろ、こいつらはテラコマリを傷つけようとしてるんだ！　その前に僕が退治してやるぜ――オラア！」

ヨハンが再び火炎魔法をぶっ放した。

ララ・ダガーは不敵に微笑んで――そのまま真っ赤な炎に呑《の》み込《こ》まれてしまった。すさまじい爆発。爆風。カフェテリアのテーブルが面白《おもしろ》いように吹っ飛んでいく。エステルとベリウスは身を寄せ合って衝撃をやり過ごした。

そもそも天文台の愚者に真っ向から勝負を挑むこと自体が無謀なのだ。すぐに想像を絶するような反撃をされるに決まっていた。

ごめんなさい閣下。ケルベロ中尉を連れてきても止めることができませんでした――そんな感じで懺悔《ざんげ》しながら〈チェーンメタル〉を握りしめる。

「やったか……⁉」

ヨハンが期待を孕《はら》んだ声で叫んだ。

そんなセリフは間違っても言っちゃいけませんよ――という忠告をする余裕は少しもなかった。割れた窓から吹き込む夏風が、もくもくと広がる黒煙を洗い流していった。

エステルはおそるおそる敵のほうを見る。

どうせ殲滅外装で防御しているのだろう。

そう思ったのだが。

「――っしゃあああ‼　やったぜえええええ‼」

「え？」

エステルは驚くべきモノを目撃した。

床で目を回して倒れていたのは、愚者01‐ララ・ダガーだった。

衣服はところどころ焦げているが、炎の直撃は免れたらしい。ただしその際にどこかにぶつけたのか、後頭部にどでかいたんこぶを作ってのびている。

カオステルが「ふっ」と呆れたように肩を竦《すく》めた。

「拍子抜けにもほどがありますね。これが最近話題のテロリストだなんて」

「天文台のボスを打ち取ったのは僕ってことだよな⁉　さっそくテラコマリに報告してやろうぜ！」

「チッ。私が倒しておけば閣下からご褒美がもらえたかもしれないのに……！」

ベリウスが「お、おい」とヨハンに目を向けた。

「何かの間違いじゃないのか？　あれは本当に倒したのか……？」

「当たり前だろ！　こいつ完全に気絶してるぜ」

ヨハンがつま先でララ・ダガーの脇腹をつんつんしていた。

エステルもベリウスも呆然と立ち尽くしていた。閣下じゃなくて私たちが倒しちゃっていいの？　だって敵組織のボスだよ？——そういうよく分からない不安すら湧いてくる。

カオステルが無罪を確信した殺人犯のような顔で「さて」と振り返った。

「殺すつもりでしたが、生きているのならば利用しない手はありません。さっそくやつを宮殿に連行しましょう。拷問すれば他の愚者の居場所も分かるはずですから」

「おいベリウス！　こいつ運ぶの手伝ってくれよ！」

「「………」」

こうして何故かララ・ダガーの討伐に成功してしまったのである。


それが二分前のこと。

そして現在、第七部隊の幹部たちは宮殿に向かって疾走していた。

ちなみにホテルの従業員がテロリストを閉じ込めるために入口を封鎖していたため、ヨハンが壁を破壊することによって強引《ごういん》に脱出。

「ああっ……あああああっ……！　法律を……法律をたくさん破っちゃってます……！　もう駄目です世界の終わりですっ……！」

「警察には軍の圧力をかけておくから大丈夫ですよ。第七部隊がこれまであんまり逮捕されていない理由は、閣下のご威光があるからに他ならないのです」

「た、逮捕……警察……閣下のご威光……ああああ！　ツッコミが追いつきませんっ」

走りながらエステルは叫んだ。

後のことは後で考えればいいや！――なんて開き直りができるほどエステルは柔軟ではない。破った法律の数だけお母さんに謝りたくなってくる。

だが、こうなったら仕事をまっとうするしかないのだ。

ララ・ダガーを宮殿に連行すれば、天文台に大きな楔《くさび》を打つことができるのだから。

「ぬっ」

ベリウスがぴんと耳を立てる。

その時、背後から高速で何かが迫ってくる気配がした。

エステルは何気なく振り返ろうとして――

真横をカオステルが吹っ飛んでいくのを目撃した。

「え」と声が出た。血を棚引かせながら地面の上をゴロゴロと転がる枯れ木のような吸血鬼。

通行人たちが「ケンカだ！」『人殺しだぁー！』と熱狂していた。

だがエステルはイヤなものを感じて閉口する。

脇腹を抉られ、ぐったりと倒れ伏しているカオステル。

「おいカオステル⁉　どうしたんだよ⁉」

「攻撃されたのだ！　向こうから殺意のにおいがするぞ！」

ヨハンとベリウスが警戒心をにじませて振り返った。

そうしてエステルは見た。すぐそこに落ちていた謎の槍が――おそらくカオステルの脇腹を抉った槍が、引き寄せられるようにして後方に飛んでいく光景を。

その槍をつかみとったのは、紫色の髪の少女である。

目元が隠れているので分かりにくいが、憤怒《ふんぬ》の形相《ぎょうそう》でこちらを睨みつけている。

「あ、あなたは、確か天文台の……！」

「愚者06・ツキ・ランスパート。ララ様に手を出す不埒《ふらち》者は確実に殺す」

あまりの剣幕にぞくりとしてしまった。

愚者ということは――あの槍が殲滅外装。

ベリウスが「しまった」と表情を歪めて叫んだ。

「魔核で回復する傷ではない！　ここはいったん退くぞ」

「くそ、あいつも燃やしてやるぜ！」

「人質と怪我人を抱えている状況では対応できん！　エステル、ここはフォーメーションBで行くぞ！」

「承知いたしました！」

「はあ⁉　何だよフォーメーションBって――」

　エステルはヨハンを無視して煙幕魔法を発動させた。またたく間にモクモクとしたスモークが広がっていく。ツキ・ランスパートが「何ですかこれ⁉」と狼狽《ろうばい》していた。その隙にベリウスがカオステルとララ・ダガーを担《かつ》いでその場を離れ、エステルも状況が分かっていないヨハンの手を引いて走り出す。

「ララ様を……返せええええええええ――――――――ッ‼」

　ぶおん。

　再び槍が投擲された。音にも等しい速度で繰り出された一撃は、しかし微妙に狙《ねら》いが外れてエステルの近くに建っていた倉庫を粉々に粉砕するにとどまる。

　人々が建物の倒壊に巻き込まれまいと大慌てで逃げていった。

　背後からはツキ・ランスパートの怨嗟《えんさ》の声が響いている。

　やっぱりあんなバケモノに真っ向勝負を挑むのは馬鹿《ばか》げているのだ。

　閣下に連絡しなくちゃ――エステルは大急ぎで通信用鉱石を取り出すのだった。

☆

帝都は奇妙な喧噪《けんそう》に包まれていた。

皇帝、プロヘリヤ、ヴィルと一緒に市街地まで足を運んだ瞬間、そこかしこで何かがぶっ壊れるような音が聞こえてきたのだ。

誰かがケンカをしているのだろうか――なんていう現実逃避をしている暇はない。

エステルの報告によれば、愚者たちがララ・ダガーさんを奪還するために暴れ始めたらしいのである。つまり全部第七部隊のせいである。

「くそ！　考えることが多すぎだろ！」

「コマリ様、今はロロッコ様を救出することを第一に考えましょう。それ以外のことは他の者たちに任せておけばいいのです」

「そ、そうだな……」

運動不足が祟《たた》って脇腹が痛くなってきたが、気にしている場合ではなかった。

必死で帝都を駆けながら、私は攫われた二人のことを想像せずにはいられなかった。

ロロは気が強そうに見えて弱いところもあるから泣いているかもしれない。すぐにでも助けてあげないと。

「――皇帝陛下。ピトリナからの連絡はどうしますかな」

プロヘリヤが急に立ち止まってつぶやいた。

皇帝が「ああ」と頷いて、

「あちこちで面倒ごとが起きているな。確かに愚者どもが暴れているようだ」

「何で立ち止まってるんだ？　はやくロロたちのもとへ行かないと……！」

「そうしたいのは山々だが、プロヘリヤ・ズタズタスキーの部下から看過できない情報が入ったのだ。おそらく第七部隊の連中はホテルに特攻をしかけ、ララ・ダガーの身柄を確保した。天文台の愚者どもはこれを奪還するために帝都を駆け回っていると思われる――やつらにとっては人質事件が意味をなさなくなっているのだ」

「よく分からないけど、あいつらが人質になっているのは確かだろ！」

「その通りだ。しかし朕が行くべきはホテルではなくなった。そこらで戦闘をしている愚者を捕らえることのほうが重要だ。このままでは別の犠牲者が出るからな」

皇帝はくるりと踵を返し、

「プロヘリヤ・ズタズタスキーよ。コマリと一緒に人質の救出に向かってくれ」

「無論《むろん》。皇帝陛下は蒼玉のほうですか」

「うむ。できれば今日中に始末しておきたい――コマリは朕の代理として人質を救出してくれたまえ」

意味深なことをつぶやくと、皇帝は私たちを置き去りにして別の方向へと走っていってしまった。豪奢《ごうしゃ》なドレスを着ているのに、その動きは鳥のように素早かった。呆然として彼女の後ろ姿を見送っていると、ヴィルが「コマリ様」と脇腹をつまんでくる。

「皇帝陛下には事情があるようです。私たちも私たちの目的地へと急ぎましょうか」

「分かってるよ！　あと脇腹の痛みなんて気にならないから撫《な》でなくてもいい」

「おいテラコマリ。アレを使えばいいじゃないか」

プロヘリヤが腕を組んで私のほうを見つめた。

アレ？　アレって何だ？

「烈核解放《れっかくかいほう》のことだ。足で移動するのは甚《はなは》だ非効率だから、お前の【孤紅《ここう》の恤《とむらい》】を発動して飛行系の魔法を使えば一瞬で着くだろう？」

「あ……」

冷静に考えればそうなのだ。自分に超パワーが秘められているという実感がないから、そういう発想が咄嗟《とっさ》に出てこないのである。

私はジッとプロヘリヤの首筋を見つめた。

何故か彼女は慌てて「こっちを見るな！」と叫んだ。

「血など他にいくらでもあるだろう！　そこにいるメイドとかな！」

「そうですよ。ズタズタ殿なんかよりも私の血のほうが一億倍甘くて美味《おい》しいはずですよ。お好きなだけ吸ってください」

「う、うむ……」

ヴィルが頰を膨らませて両手を広げた。なんだその顔とポーズの組み合わせは。そんな状態で待ち構えられてもやりにくいんだが――しかし文句を言っている場合ではない。

私はおそるおそるメイドに近づくと、その手首を握ってかぷりと歯を立てた。

ヴィルが「そこですか⁉」と驚いていたが、気にしてやる必要性は皆無である。

☆

爆発音のようなものが聞こえてくる。

その出どころは、リンズの園芸店・光彩花《こうさいか》から見て西方――アルトワ広場のほうからだと思われる。何か事件があったことは確実なのだが、リンズとしてはそれよりもロロッコとドヴァーニャの行方が心配だった。

「どうしよう？　コマリさんの家に行ってみようかな？」

「んー」

リンズの従者、リャン・メイファが悩ましげに腕を組み、

「状況がよく分からないな。光彩花を訪れたワイシャツの吸血鬼ってのは、何故そんな情報をリンズにもたらしたんだ？　明らかに怪しくないか？」

「でもあの二人の安否は確認しないと。本当に行方が分からないなら一大事だから」

「まあそうだな。やっぱりガンデスブラッド邸に行ってみるか」

「うん」

リンズは身支度を整えると、メイファと一緒に大急ぎで店を出た。

朝だというのに肌を刺すような日差しだった。往来はいつも以上に人であふれており、何故か浮足立ったような空気が感じられる。

「何だろう？　やっぱり事件があったのかな？」

「分からないな。帝都でテロなんていつものことだけど――」

メイファが言い終えるか否《いな》かの時だった。

誰かの悲鳴。

そして激甚《げきじん》な衝撃がとどろいた。

リンズの進行方向、ちょうど左手に建っていた教会の壁が吹っ飛んだのである。リンズは思わず「きゃっ」と声を漏らして尻餅《しりもち》をついてしまった。いったい何が起こったのだろう？　まさかここでもテロだろうか。

目の前でモクモクと立ち上がっていく砂煙。

その中に、一人の男の影が浮かび上がるのをリンズは見た。

「――あああああっ！　あいつらどこに行きやがったんだ！　ちくしょうちくしょちくしょ

うちくしょう！　またララが攫われちまったじゃねえか！」

忌々《いまいま》しそうな目をしてガンガンと地面を蹴《け》りつける。

それは蒼玉の男だった。教会の壁を破壊して飛び出してきたのだ。

呆気《あっけ》に取られるリンズ。逃げていく通行人たち。それらには一切《いっさい》目もくれずに「はああ」と盛大な溜息を吐いた。

「せっかく六百年の眠りから目覚めたってのに、いきなり壊滅寸前なんて冗談じゃねえぜ。ララのやつも少しは学習してくれよな。このままじゃ天文台はオシマイだっつうの」

支えてくれているメイファの鼓動が速まっていくのを感じた。

六百年。ララ。そして――「天文台」。

ブツブツと紡《つむ》がれる独り言の中には、無視してはならない単語が混じっていた。ムルナイト帝国政府を通じてリンズにも連絡が来ているが、曰く、天文台の愚者たちは徐々に蘇りつつあるらしいのだ。

であるならば、この男も――

そこまで考えた時、蒼玉の男が「ん？」とこちらに視線を向けた。

「おお！　そこのガキ！　こっちに赤髪の女と金髪の男が来なかったか？」

「え、え……？」

「そいつらを追ってるんだが、見失っちまったんだ。邪魔な建物を壊しまくってるのが悪いって言われちまったらグゥの音も出ないけどな！」

はっはっはっは――と蒼玉の男は豪快に笑っていた。

メイファが警戒心を剝《む》き出しにして口を開く。

「僕らは何も知らないよ。それよりあんたは何者なんだ」

「俺は天文台の愚者05《ゼロゴ》‐ワドリャ・レスコーフだ！」

あっけらかん。

そこまで明け透けに自己紹介するなんて。

「そういうお前たちは――ん？　んんん？　なんか見たことがあるような気がするぞ？　いや短髪のほうじゃない、そっちのちびっこいガキのほうだ。ララが見せてくれた写真に載っていた気がするんだが」

「気のせいだろ。この子は人に間違われることが多いんだ」

「いいや見覚えがある！　もしかして破壊者のアイラン・リンズじゃねえか⁉」

事態は取り返しのつかない方向へと進んでいる。

天文台は破壊者と呼ばれる存在の命を狙っているらしい。リンズがいつそれに分類されたのかは不明だが、それを抜きにしてもリウ・ルクシュミオの件で復讐《ふくしゅう》される可能性は大いにあった。

「こりゃ運がいいなあ。ここで獲物に出会えるとは思わなかったぜ」

指をポキポキと鳴らしながら、ゆっくりとこちらに近づいてくる。

メイファが「待て」とワドリャの前に立ちはだかり、

「お前は人を捜してるんだろ？　そっちを優先させなくていいのか？」

「ああ、そういえばそうだったな」

「実は僕たちも人探しで忙しいんだ。今日のところはお互い身を引かないか」

「確かにな――」

ワドリャは少しだけ考える素振りを見せた。

すぐに交渉は決裂した。

「やなこった」

何かが起動した。ガントレットを装着した拳がメイファに向かって迫る。あまりにも突然だったのでメイファは身動きがとれないようだった。やはり天文台の愚者には話が通じないらしい。帝都が騒がしいのもこの人たちのせいかもしれない――

ガキン。

金属音が響いた。

「――だめです。そんなことをしたら」

「……！」

リンズは鉄扇で拳を受け止めながらワドリャを見上げた。

天文台はコマリを殺そうとしている野蛮な人たちだ。ロロッコたちのことは心配だけれど、衝突が避けられない以上、こっちの問題を先に処理するしかない。

ワドリャがニヤリと笑って言った。

「――面白い。止められるとは思わなかったぜ」

「メイファ。お願い」

「分かっているさ――烈核解放・【屋烏愛染《おくうあいぜん》】」

メイファの瞳が紅色のかがやきを発した。ワドリャは「何ぃ!?」と叫んで後退しようとしたが、すでに何もかもが手遅れだった。かつてコマリを恋の泥沼に陥《おとしい》れた最終奥義が発動。

どくん。

心臓が爆発する気配がした。

☆

「ゆるさない……」

ツキ・ランスパートは《剔》を握りしめて歯軋《はぎし》りをする。

あと少しでならず者のテロリストを殺害できそうだったのに、姑息な煙幕のせいで見失ってしまったのだ。煙が晴れた頃にはすでに敵どもの姿はなく、周囲にたむろしているのは「惜しかったな！」『がんばれよー！』と面白がっている通行人だけだった。

仮にも人が殺されそうになったんですよ？　この時代の人間はおかしいんですか？――そういう疑問が芽生えたが、すぐに怒りの炎によって焼却されてしまった。

「ゆるさないゆるさないゆるさないゆるさないゆるさないゆるさないゆるさないゆるさないゆるさないゆるさない――――――――ッ‼」

ツキは力任せに《剔》を突き出した。

亜音速で放たれた一撃が目の前のアパートメントに突き刺さり、耳をつんざくような大爆発が巻き起こった。がらがらと建物が崩れていき、周囲の人間たちが悲鳴と歓声をあげながら逃げていく。

完全に八つ当たりである。でも建築物を破壊したことで多少は頭が冷えた。

ツキは「ふう」と溜息を吐いて面《おもて》を上げる。

「待っていてくださいララ様。私が必ず助けますから……」

「ものに当たるのは感心しませんな」

ハッとして振り返る。

先ほどまで気配はなかったはずなのに、広場の噴水のところに誰かが立っていた。

宗教っぽい祭服を身にまとった吸血鬼の男である。

そしてその男の隣では、白銀の髪の美少女――サクナ・メモワールが杖《つえ》を構えてこちらを凝視していた。

「ヘルデウスさん。この人が天文台の愚者だと思います」

「なるほどなるほど。確かに六国《りっこく》新聞に載っていた顔と一致しますね。建物を簡単に破壊するあの武器から判断するに、我々が仕留めるべき敵で間違いないのでしょう――嗚呼《ああ》！　神は我々に『敵を討滅せよ』と託宣《たくせん》をお与えになったようだ！」

「…………」

ツキは必死で苛立《いらだ》ちを抑えながら思考した。

愚者たちの顔は新聞記者によって暴露されてしまっている。

やつらはツキを殺しにきたのだ。

死ぬほど忙しいのに。これからララ様を助けに行かなくちゃいけないのに。

邪魔な蛆虫《うじむし》どもが次から次へと湧いてきやがる――

「――七紅天ヘルデウス・ヘブンとサクナ・メモワールですね？　別の用事があるので後にしてくださいませんか？」

「そうは参りません。あなたを重要参考人として殺害させていただきます」

「ヘルデウスさん、この人たちはたぶん魔核に登録されていませんよ」

「そうでしたね。では半殺しにしましょうか」

「はい」

サクナ・メモワールがマジックステッキを構えて突貫してきた。

手加減なしの殺意。あれは確実にツキを殺す気だった。『半殺しにする』とか言っていたはずなのに、瞬時に覆してきやがる。やっぱりこの時代の人間は野蛮すぎるのだ。そっちがその気であるならば、手加減をしてやる必要はなかった。

「返り討ちにしてあげます」

ツキは《剔》を握りしめて地を蹴った。

そのまま神速の突きを解き放ち――

「⁉」

避けようとする気配がなかったので戸惑ってしまった。反応できていないだけか。別の策があるのか。考えているうちに槍の先端がサクナ・メモワールの心臓に突き立てられて、かきん。

超硬度のマンダラ鉱石を突いた時のような感触。

否、受け流されてしまっている。

サクナ・メモワールが寸前のところでわずかに身体の向きを変えたのだ。

軌道を捻《ね》じ曲げられた《剔》が、敵を穿《うが》つことができずに背後へと流されていく。

その拍子に手から力が抜け、《剔》が文字通り槍投げのように吹っ飛んでしまった。

いったい何が起きたのだろう――しかし歴戦の猛者としての直観がささやいた。

サクナ・メモワールの身体は、溶けかけた氷によってコーディングされていたのだ。槍の先端が水で滑ったため、やつの心臓を打ち砕くことができなかったらしい。

蒼玉は氷結魔法で己《おのれ》の身体を保護しながら戦うことが多かった。

しかし、彼女の場合は冷気の片鱗《へんりん》すら感じられなかった。

ここまで緻密なシールドを張ることができる人間が六百年前にいただろうか。

「そんな――」

「死んでください」

目の前にはサクナ・メモワールのマジックステッキが迫っていた。

防ぐことはできない、わけではなかった。

強く念じる。槍が高速で戻ってきた。

殲滅外装06‐《剔》――その第一解放は、いかなる場所にあっても瞬時に所持者の手元へと帰還する〝回帰の槍〟。ララの《刻》のように紛失する恐れがないのだ。

槍の柄とマジックステッキが衝突し、甲高《かんだか》い音が鳴り響いた。

鍔迫《つばぜ》り合いの間、テロリストと視線が交錯《こうさく》する。

「サクナ・メモワール……！　やはりここで仕留めます！　破壊者は放置しておくわけにはいきませんっ」

「コマリさんを狙っている人には全員死んでもらいます」

「この異常者が――え？」

ピキピキと《剔》が凍りついていった。マジックステッキから尋常ではない冷気があふれているのだ。このままでは身体まで波及するだろう。こうなったら第二解放を使うしかありませんね――そう覚悟を決めた時のことだった。

足元に違和感。

視線を下に向けた瞬間、背筋がぞっとするのを感じた。

ツキの足首が、何者かによって握られていた。

それは、地面からヌルリと生えてきた腕だった。

「な、んだこれ――!?」

一本ではない。無数の腕である。昔の抽象画のようにカラフルな配色。およそ人間のものとは思えない。いつの間にか地面も腕と同じような配色に変化している。腕どもはバケモノのようにツキの身体を這《は》い上がってくる。

ケラケラと子供のような笑い声が響く。

何かを祝福するかのようなファンファーレも聞こえてきた。

幻聴？　聞き間違い？　そんな馬鹿な――

「――ありがとうございます。サクナが足止めしてくれたおかげで準備が整いました」

ハッとしてサクナ・メモワールの後方を見た。

少し離れたところで、ヘルデウス・ヘブンがにこやかに微笑んでいる。

サクナ・メモワールが少し不安そうに首を傾《かし》げた。

「これでよかったのでしょうか……？」

「はい。後は私がなんとかいたしましょう」

「そうですか……分かりました。お願いしますね」

「――ま、待ってください！　いったい何をしたのですか⁉」

立ち去ろうとしていたサクナ・メモワールが、くるりと振り返って言った。

「ヘルデウスさんの烈核解放です。名前は【サイケデリックヘヴン】」

「烈核解放……⁉」

「地上に天国を呼び出す力だって聞きました。私もあんまり見たことがないのですが、一度嵌《は》まったら抜け出す方法はもうないそうですよ」

「サクナ。あまり私の手の内を話さないように」

「ご、ごめんなさいっ」

サクナ・メモワールがとてとてと離れていった。

かわりにヘルデウスが悪魔のような表情で近づいてくる。

脳内に笑い声が反響している。

いつの間にか《剔》を取り落としてしまっていた。

念じても何故か手元に戻ってこない。

地面から出現したサイケデリックなバケモノたちが《劓》にまとわりついているのだ。

「な、ななっ、何ですか、これは――」

「可愛い天使たちです。あなたのことを祝福してくれていますよ」

「あがッ」

小人のようなバケモノがツキの首に両手を添えていた。それ以外のバケモノ――ヘルデウス曰く「天使たち」も、不気味な奇声を発しながらツキの身体を縛り上げようとする。

力任せに拳を叩きつけた。

小人の頭が破裂する。絵具のような血と脳漿《のうしょう》が飛び散った。それらはぐにゅぐにゅと生き物のように躍動して再結集。今度は七面鳥の形を作って飛びかかってきた。

目眩《めまい》と吐き気がした。

周囲の景色はいつの間にかカラフルに彩《いろど》られている。

こんなのが天国？　冗談じゃない。

「て、《劓》さえあればこんな能力……！」

「おっと。このような世界が私の心象風景であるとは思わないでくださいね」

「はあ……？」

「私は敬虔《けいけん》な神聖教徒の一人でしかありません。しかし、この素敵な天国においての神は〝へルデウス・ヘブン〟――つまり私ということになっているらしく、すべてが思いのままになってしまうのです。こんなにも冒瀆的《ぼうとく》なことはないでしょう？　烈核解放は心の力と言われますが、私がそんな野望を抱いているとは思わないでくださいね」

ヘルデウスの眼鏡《めがね》の奥に、紅色の燐光《りんこう》が揺らいでいるのが見えた。

ツキはたまらず絶叫した。

「い、いったい何の弁解ですか！　はやくこのバケモノたちをどかしてください！」

「それはできない相談です。敵に情けをかけると皇帝陛下に怒られてしまいますからね――ああ神よ！　その御業《みわざ》の一端をお借りする罪をお許しくだされ！」

「ふざ……ける、なあああああああ!!」

ケラケラ。ケラケラ。

天使たちが笑いながらツキの身体を縛《いまし》めていく。

殲滅外装が使えない愚者なんてただの人間と同じである。どれだけ暴れても拘束を解くことはできず、結局ツキはサイケデリックな天使たちの中に埋《う》もれていくことしかできなかった。

息ができなくなる。

熱に浮かされたように思考が定まらない。

ララ様、ララ様、ララ様――呪文のようにその名を唱えながら、やがてツキはあっさりと意識を手放すのだった。

☆

「あ……あああっ……ああああああああああああっ…………!!」

愚者05‐ワドリャ・レスコーフが膝《ひざ》をついた。メイファァによる【屋烏愛染】が機能したらしい。これでワドリャはリンズに対して少なからず好印象を抱くことになるはずである――

しかし効果は予想以上だった。

わなわな震えながらリンズを見上げたワドリャの表情。

そこには、まるで神に遭遇したかのような煌《きら》めきが宿っていた。

「天使！　天使がここにいるぅううぅう……！」

「え……？」

「なんて可憐《かれん》なんだ！　俺はお前みたいな人間には初めて会ったぜ！　この胸のトキメキは嘘じゃねえ、俺はアイラン・リンズを愛するために生まれてきたのかもしれん……！」

「そ、そうですか……」

リンズはちょっと引いた。メイファが「やれやれ」と肩を竦めて言った。

「テラコマリの時と同じだよ。こいつは感受性が異常に高いタイプらしいな」

「どうしよう……？」

「今ならリンズの言うことは何でも聞くんじゃないか？　ムルナイト宮殿に出頭するよう命令してみたらどうだい」

賛成だ。戦わずして解決するのならそれが最善である。

ひとまず投降を呼びかけようか――そう思って振り返った時だった。

ものすごい勢いで拳が迫ってきているのが見えた。

「え？――ぎゅっ」

ギリギリのところを鉄扇でガードすることができたが、衝撃は殺しきることができずに吹き飛ばされてしまった。メイファが「リンズ！」と悲痛な叫びをあげる。リンズは辛《かろ》うじて体勢を立て直しながら視線を正面へと向けた。

おかしい。

ワドリャは【屋烏愛染】に嵌まったはずじゃ――

「――は。はははは。まーた防がれちまったな。俺の愛のこもった一撃をよお！」

「な、なんだこいつ……!?」

「どいてろ！　俺はアイラン・リンズに用があるんだ！」

「ぐあっ」

ワドリャが虫を払いのけるような感じで腕を振るうと、メイファは弾丸のように弾《はじ》き飛ばされてしまった。一撃で意識を刈り取られたらしく、壁際でぐったりしたまま動く気配がない。

いよいよ様子がおかしいことに気づいたリンズは、おそるおそるワドリャを観察した。

目が合った。熱烈な視線に射竦められてしまう。

やっぱり【屋烏愛染】はきちんと効いているようだった。

「どうして……⁉　いきなり攻撃してくるなんて……」

「おいおいおい。まさか俺の愛が受け止められないっていうのか？」

「愛？　まさか……」

「きょとんとするな！　愛するからこそ壊したいんだよ！　アイラン・リンズ、これはきっと運命の出会いだ！　他の誰にもとられたくねえ、この俺がこの手で砕いてやるぜ！」

絶望的な感性の違い。

メイファの【屋烏愛染】がよくない方向に働いてしまっているらしい。ワドリャは理性を失った目でリンズを見つめ、ガシンガシンと拳を打ち鳴らしていた。

リンズは鉄扇を握りしめて大きく深呼吸をする。

やはり戦いは避けられないようだ。

「――あ？　おい？　どうして武器を俺に向けるんだ？　お前は俺を愛してくれないのか？」

「ごめんなさい。私には好きな人がいます」

「好きな人？　俺以外にか？　好きな人がいるのか⁉　俺以外に⁉」

「あなたの気持ちは作りものなんです。できれば正気に戻ってください……」

「人の心を弄《もてあそ》んでおいて――許せねえええええ!!」

ワドリャがガントレットを装備した拳で殴りかかってきた。

リンズは高速で浮遊することによって回避する。

拳の叩きつけられた地面が陥没。すさまじい衝撃が辺りを舐《な》めていった。

あの力に対抗するすべはない――そう悟ったリンズは大慌てで気絶しているメイファを回収した。そのまま戦闘から離脱するべく急旋回して、

「うぐっ!?」

どこからともなく飛んできた瓦礫《がれき》が背中をしたたかに打った。

一瞬にして飛行する力を奪われたリンズは、羽をもがれた虫のように地面に墜落。

骨が折れたかもしれない。それよりも早く逃げないと。メイファだけでも逃げられるようにしないと――そういう心配はすべて水の泡となった。

周囲に影が落ちる。

ワドリャ・レスコーフが、すぐそこでリンズを見下ろしていた。

「どうしたんだ?　逃げないのか?　やっぱり逃げなくていいかって思ったのか?　それはいいな!　いい!　今すぐ愛の拳で叩き壊してやるぜ……!」

「ま、待ってください、」

「待てるか!　死ねや破壊者めがああああッ!!」

拳がものすごい勢いで降ってきた。

リンズは咄嗟に障壁魔法を展開する。しかしワドリャの攻撃によってみるみる破られていく。このままでは死んでしまう。なんとかして活路を見つけ出さないと。でも彼我《ひが》の力量差がすさまじいことは明らかだ。

仕方ない。こうなったら烈核解放を使うしかないか。

コマリさん。ごめんなさい――

「これで終わりだああああっ!!」

意志の力を解放しようとした瞬間。

雷鳴のような音がとどろいた。

雷？　今日はこんなに晴れているのに？――不思議に思って目を開けてみると、いつの間にかリンズの目の前に見覚えのある人物が立ちはだかっていた。

金色の髪。豪奢な赤いドレス。一国を束《たば》ねるのに相応しい不遜な後ろ姿。

その人は、右手でワドリャの拳を受け止めていた。

あのガントレットは噂《うわさ》に聞く殲滅外装に違いない。それを素手で防いでしまうなんて。

驚きのあまり呆然としていると、その人物が――ムルナイト帝国皇帝カレン・エルヴェシアスが、ちらりとリンズのほうを振り返って微笑んだ。

「コマリじゃなくて悪かったな！　しかしよくぞ愚者を見つけてくれた！」

「ど、どうして……⁉」

「プロヘリヤ・ズタズタスキーから教えてもらったのさ。きみが不審者に襲われて大変な目に遭っているとね――なるほど確かにこれは大変だ。六国新聞に掲載されていた愚者で間違いないな」

「なんだてめえ……！　《砕》の一撃を食らって何故平然としていられるッ……⁉」

「お前の拳が朕に届いていないからだよ」

バチバチバチ――何かが弾けるような音が連続していた。

皇帝の身体には、白く弾ける稲妻のようなものがまとわりついていた。

魔力による雷――だろうか。ワドリャの拳が砕いたのは、ヴェールのようにまとわりついている雷の一部にすぎなかったのだ。

「はっ、思い出したぜ！　お前ムルナイトの皇帝だよな？　ミリセントを使って俺たちに大打撃を与えやがった畜生だ！」

「ミリセント……」

そこで皇帝は少し考える素振りを見せ、

「わっはっはっは！　その通りだ！　その反応を見るに、朕の策はよほど上手くはまったようだな！　重畳重畳《ちょうじょうちょうじょう》！」

「あァアアア～ムカついてきたぜ。よくも天文台に土をつけてくれやがったな⁉」

「だったらどうする？　朕を殺すか？」

「当たり前だろうがよおッ！」

ワドリャが曲芸のような回し蹴りを放った。

その爪先が皇帝の首筋に触れるか触れまいかといったところで、「バチィッ‼」と白い閃光《せんこう》が弾ける。カメラのフラッシュを何万倍にも強化したかのような光。

次の瞬間、ワドリャが苦痛の咆哮《ほうこう》を解き放った。

「あ、があああああああああああああああああぁっ‼」

絶叫して地面の上をのたうち回るワドリャ。

見れば、彼の足首から下が炭のように真っ黒になってしまっている。蒼玉の硬質な肉体すらもたやすく破壊する雷の魔力——あまりの威力にリンズは身震いをしてしまった。

しかし当の皇帝は「ふむ」と呑気《のんき》な様子で指を顎に添え、

「お前たちは魔核に登録されていないのだったな。少しやりすぎてしまったか？」

「ふ、ふざけやがって！　よくも俺の足を……」

「まあいいか。尋問するのに足など関係ない」

「殲滅外装ッ！」

ワドリャが左足を駆使して跳ね上がった。ガントレットに何かのエネルギーが溜《た》まっていくのが感じられた。そのまま勢いをつけて拳を振り上げると、その場に棒立ちしている皇帝の腹部に力いっぱい叩きつけた。

空間を砕くような衝撃。

皇帝の背後で尻餅をついていたリンズには見えてしまった。

ワドリャの握《にぎ》り拳が、皇帝の腹を貫通してこちら側に到達してしまっていたのだ。

ガントレットから放たれた衝撃は光のような速度でリンズの後方へと解き放たれ、背後に建っていた住宅群に命中。レンガが吹っ飛んで壮絶な音を立てた。

だが。そんなことよりも。

神具でお腹《なか》を貫かれた皇帝の安否は――

「――はっ。大したことなかったな」

「それはこちらの台詞《せりふ》だ」

「え」

驚きのあまり言葉を失ってしまった。

未だにお腹を抉られているのに、皇帝は微動だにしていなかった。少しも変わらない傲岸不遜《ごうがんふそん》な態度で目の前の敵を見つめている。よく見れば、傷口からは一滴も血が出ていなかった。おそるおそる観察してみると、貫かれたところはすべて金色の魔力によってコーティングされているではないか。

「な、何だそりゃ⁉　魔法か……⁉　いや、目の色が……」

「朕にはどんな攻撃も通用しないのだよ。とはいえ――」

皇帝がワドリャの右腕をつかんだ。

聞いているだけで底冷えのするような声でささやく。

「――お気に入りのドレスに穴が開いたのは残念だ。この罪は万死に値するぞ」

「くそ！　こうなったら最終解放を」

「させるか。痺《しび》れ死ね」

「おいちょっと待――ばあああああああッああッあああッああああああッ⁉⁉⁉」

バチバチバチバチバチバチバチバチバチバチバチバチバチバチィッ――‼

目を覆《おお》いたくなるほどの光量。

皇帝の身体からあふれた雷の魔力が、ワドリャの全身を包み込んで蹂躙《じゅうりん》していった。あまりに過激な魔力の気配にあてられ、リンズは座り込んだまま動くことができなかった。

断末魔のような絶叫。それをかき消すように猛《たけ》る雷鳴。

ワドリャの身体がちかちかと点滅し、皇帝の身にまとっている服が焼け焦げていき、世界そのものが真っ白に染め上げられていく。

気づけば辺りは静かになっていた。

路地に転がっているのは、ぷすぷすと黒煙をあげて気絶しているワドリャ。

衝撃で右腕から外れてしまったガントレットの殲滅外装。

そして――

「――わっはっはっは！　存外に脆弱《ぜいじゃく》だ！　これではムルナイト帝国の敵にもなれないな。もっと研鑽《けんさん》を積んで出直してくるといい」

「あ、あの、陛下……」

「おおアイラン・リンズ！　怪我がなかったようで何よりだ！　よければこの男を宮殿に運ぶのを手伝ってくれないか？」

「そ、それよりも！　服！　服を着てください！」

「服？　ああ、朕の力に耐えられなかったようだな」

皇帝は愉快そうに呵々大笑した。

全裸。紛うことなき全裸。

陽光のもとにさらけ出された白い肌。目に毒という範疇《はんちゅう》をはるかに超えている。リンズは思わず赤くなって目を背《そむ》けてしまった。この人は戦うたびに裸になっているのだろうか？

――いやいやそんなことよりも。

「と、とりあえず、いったんうちに来てください！　服をお貸ししますから！」

「それはありがたい。さすがにこれで往来を闊歩《かっぽ》したら変態になってしまうからな」

コマリがこの人のことを「変態」呼ばわりしていたことを思い出す。

すでに変態なのでは――というツッコミはぐっと堪《こら》えた。

帝都で何が起こっているのか分からないが、まずはメイファの治療、ワドリャの確保、そして皇帝に服を着てもらうことが必要なのである。

「お？」

にわかに皇帝が頭上を振り仰《あお》いだ。

全裸のままで立ち止まられると困る。

「陛下。その。この辺りは子供たちの通学路にもなってますから……」

「見たまえ。空の色が変わっているぞ」

「え？　あ」

見上げると、青かったはずの空が紅《あか》く染まっていることに気づく。

どこからともなく魔力の波動が感じられた。

間違いない。この優しい殺意に満ちあふれた空気は――

「――【孤紅の恤】。すでに天文台は虫の息だ」

☆

どうしてこんなことになったのだろう？

両手両足を縛られ、猿轡まで噛まされた少女――ロロッコ・ガンデスブラッドは、苦痛を紛らわすために思考を巡らせていた。

全然笑わないドヴァーニャに帝都を楽しんでほしかっただけなのだ。

それなのに、こうしてホテルに連行されて暴行を受けている。

何か悪いことをしただろうか？　自分はあんまり他人の気持ちを考えるのが得意じゃない。知らないうちに傷つけてしまうことだってある。そのせいで友達が友達でなくなってしまったことも何回かあった。姉からは「お前は邪悪だよ！」とよく言われる。邪悪だからいけないのだろうか。人にいたずらをしてきたから罰《ばち》が当たったのだろうか。ドヴァーニャも全然楽しくなかったのだろうか。分からない。痛い。

「ひえ。痛そうだなー」

目の前にはカンガルーの獣人が立っている。

傷だらけになったロロッコを見下ろし、ニヤニヤと笑っていた。

「そんな目で見るなって。私らにも事情があるんだからさー。ララにもツキにもワドリャにも悪気はないんだ。世界全体で考えると名誉の負傷だよ」

ロロッコには少しも理解できない。

世界のため、秩序のため――そういう綺麗《きれい》ごとを免罪符にして好き放題やってるだけなんじゃないかと思う。

「ま、静かにしていれば命までは取らねーよ。トイレしたくなったら合図しろよな。そこで漏らされても困るから」

「……ふざけんな」

「ん？」

カンガルーが振り返った。いつの間にか猿轡が緩んでいた。

ロロッコはうつろな瞳で誘拐犯を見上げ、

「何でこんなことするの……あんたのせいでお休みが台無しよ。せっかく楽しかったのに。ドヴァーニャと仲良くなれたのに……」

「んなこと言われてもなー。こっちだって仕方なくやってるんだよ」

「こんなことする必要ないでしょ……⁉　痛いんだよクソボケっ……‼」

特にドヴァーニャを傷つけたことは許せなかった。

ロロッコの隣では、同じように縛られた縹色《はなだいろ》の髪の少女がぐったりと倒れていた。あのツキとかいう翦劉にもてあそばれた苦痛で気を失ってしまったのだ。

カンガルーは「はあ」と面倒くさそうに溜息を吐いた。

その場にしゃがみ、ロロッコに目線を合わせて言い聞かせてくる。

「あのなー。私たちは世界のために戦ってるんだ。お前らがちょっと傷つくだけで世界は救われるんだぞ？　秩序のために我慢してみようって気にはならないのかー？――まー無理か。子供には何も分からないよな。いいよいいよ、悪かったって。もう写真も撮ったし治療してやるよ。また《映》を引き戻して――」

「死ね‼」

ブーッ‼――血反吐《ちへど》まじりの唾を吐きかけてやった。

べちゃりとカンガルーの頬に命中。

そのマヌケ面に向かってロロッコは吼えた。

「何が世界のためよ、そっちの事情なんて知ったこっちゃないわ！　無関係の人を傷つけるようなやつに世界が変えられるわけないでしょ⁉　このばか！　世間知らず！　あんたに比べたら、コマ姉のほうが一億倍世のため人のために働いているわ！　引きこもりだけどね！」

「…………」

ずーっと言葉を封じられていたので、溜まっていたものをぶちまけられた爽快感はひとしおである――が、それを言ったらどうなるのか想像できないのがロロッコの欠点でもあった。

視界に火花が散った。

いつの間にか絨毯《じゅうたん》に頬を押しつけている自分に気づく。

突然殴られたらしい。拳を振り抜いたカンガルーが、冷ややかな目でロロッコを見下ろしていた。

「――治療はしてやんねー。悪口雑言《あっこうぞうごん》をばらまくやつに情けは必要ないよな」

「や、やめてよ！　そんなことしたら捕まるわよ⁉　今に見てなさい、帝国の七紅天が私たちを助けに来てくれるんだから！」

「あのさー。訂正してくれねーか？」

　髪をつかまれた。怒りに染まった視線で射抜かれる。

「私たちは変えるためにやってるんじゃない。変えないためにやってるんだ。テラコマリが世のため人のために働いているだって？――はっ、反吐が出るぜ。そんなテロリストと比べられたくもねーよ。テラコマリは私たちが殺すべき敵なんだ」

「ど、どういう、こと……？」

「よく考えたら人質は一人で十分だよな。テラコマリの妹なんだから、そのうち破壊者に成長するかもしれねー。今のうちに処分したってララも文句は言わねーだろ」

「うッ……」

　カンガルーがロロッコの首を両手で握りしめた。

　息ができなくなる。視界が薄暗くなってくる。

　苦しさのあまり手足を動かそうとするが、縄で縛られているため意味がない。

　嘘でしょ？　本当にこのまま死んじゃうの？――そういう絶望が胸の中に広がっていった。

「死んじまえ。天文台に唾を吐きかけた罰だぜ」

「っ……、…………」

　薄れゆく意識の中、ロロッコはぼんやりと考える。

今日は月曜日。学校がある日。ドヴァーニャも一緒に連れていってあげようかと思っていたのに。いったいどこで間違えてしまったのだろう？　先週礼拝をサボったのがいけなかったのだろうか？　やっぱり罰が当たったのだろうか。

――いやだ。誰かたすけて。

そんなふうに救いを求めていた時。

「――⁉　何だ⁉」

カンガルーが驚愕《きょうがく》して振り返った。

ロロッコはおそるおそる目を開ける。

いつの間にか、窓の外が真っ赤に染まっていた。

まるで世界中の人間の血をぶちまけたようなおぞましさ。

だがロロッコにはあの現象に見覚えがあった。おそらく六国に住む人ならほとんどが目にしたことのある奇跡――世界を変えるための超絶奥義に他ならない。

「コマ姉……！」

カンガルーが「何だって⁉」と絶叫した。

次の瞬間――莫大なエネルギーがホテルを蹂躙していった。

窓が割れる。壁や天井が破壊される。吹きさらしとなった室内目がけて大波のような魔力が流れ込んでくる。その中心でフワフワと浮いている三人組を見て、ロロッコは思わず泣きそうになってしまった。

ヴィルヘイズ。プロヘリヤ・ズタズタスキー。

そして、ロロが大好きなお姉ちゃん――テラコマリ・ガンデスブラッド。

その小さな唇が、かすかに震えた。

「――ろろをきずつけるやつは。ゆるさない」

☆

ルーミン・カガミは天文台においてはサポート役に回ることが多い。

それはルーミンの愛武器が――殲滅外装02-《映》が、単純な戦闘にはとことん不向きだからである。何故なら《映》は鏡の形状をした殲滅外装だ。握って振り回すこともできなければ、盾のように敵の攻撃を防ぐこともできない。

ゆえにこうして破壊者たちと単独で相対することなど想定外。

はやく仲間たちを呼ばなければ。

「だめ」

「ひいいっ⁉」

回れ右をして逃げ出そうとした瞬間、目の前に紅色の吸血鬼が出現した。

ワープ？　高速移動？　とにかく尋常じゃない。ルクシュミオはこんなやつと真っ向から勝負したらしいが、ルーミンには到底できそうになかった。

ガシッと腕をつかまれた。

殺意に満ちた紅色の瞳が、まっすぐルーミンを捕捉する。

「――ろろに、なにしたの？」

「そ、それは、」

「なにしたの⁉」

「……………」

もはや人質作戦は水泡に帰している。

こいつらはロロッコやドヴァーニャの命が惜しくないのだろうか――いやいや違うのだ。力で押し切れば人質を解放できると確信しているのだ。だからムルナイト側にとってはこちらの要求に従う必要性もない。

ルーミンは内心で呪詛《じゅそ》を吐いた。

――おいララ。こいつらバケモノすぎるだろ。

作戦が最初から破綻《はたん》してるじゃないか――‼

「コマリ様！　ロロッコ様は天文台からひどい暴行を受けたようです」

「ドヴァーニャもひどいな。しかもこれは神具による傷だぞ」

「クーヤ先生殿に連絡をしましょう」

メイドとプロヘリヤ・ズタズタスキーが人質たちの拘束を解いていた。

やばい。やばい。やばい。やばい――こんなの一人で何とかできる相手じゃない。

しかもメイドに支えられているロロッコが「コマ姉！　そいつやっつけちゃって！」などと大声をあげていた。苛立ちのあまり頭が割れるかと思った。

こうなってしまったら――

「――腹を括《くく》るか」

ルーミンは小さくつぶやいた。

他に手段がないのであれば、出し惜しみをしている場合ではない。

《映》の最終解放を発動するしかなかった。

プロヘリヤが「愚者よ」と険しい視線を向けてきた。

「白極連邦の要人に手荒な真似をするとは見上げた度胸だな。だが我々とて鬼ではない、大人しく投降するならば命だけは助けてやってもよいぞ。その無抵抗な振る舞いから察するに、何らかの理由で殲滅外装を使えないのだろう？」

「無駄ですよズタズタ殿。今からちょうど一分後、そのカンガルーはコマリ様が放った光に包まれて消滅してしまいます。【パンドラポイズン】で予知したので間違いありません」

「それでは情報を引き出せないではないか。やつらは魔核に登録されていないのだぞ」

「だそうですコマリ様。死なない程度でお願いします」

「ううん」

テラコマリが首を横に振る。

「ていこうしないなら、このままつれていく」

ルーミンの腕を握る力が強まった。

このまま連れていく？　一発殴り返すことすらせずに？

やはりこの少女はルクシュミオから聞いていた通り――いやそれ以上に甘ちゃんだ。ちょっとした油断が命取りとなることを知らずに今日まで生きてきたに違いない。

「可哀想《かわいそう》だなー。お前らはここで死ぬことになるんだ」

「？」

「お前らにとって殲滅外装は未知の神具なんだろー？　ちょっと警戒心がなさすぎじゃないかー？　すでに罠《わな》にかかってるっていう発想が出てこないのが心配になるぜ」

破壊者たちはきょとんとした目でルーミンを見つめる。

メイドが「戯言《ざれごと》ですね」と鼻で笑った。

「耳を貸さないでくださいコマリ様。そのカンガルーが武器を持っている気配はありませんので」

「あーあ。ここで『ごめんなさい』をするなら許してやろうかと思ったけど、そういう挑発的な態度をとるんじゃ仕方ねー。全員焼き尽くしてやるよ」

「――おい待て。何を企《たくら》んでいる？」

さすがに異変を感じたプロヘリヤが一歩前に出た。

しかしすでに準備は整ってしまったのだ。

帝都のはるか上空に設置してある大鏡――《映》。

一日ちょっとの滞空によってチャージできた太陽エネルギーは、マックスの三分の一程度でしかない。だがホテルごと破壊者どもを破壊するには十分な量だ。

テラコマリがハッとして頭上を振り仰いだ。

遅い。遅すぎる。敵前でもたもたしているからそうなるのだ。

「おいテラコマリ！　何かが来るぞ！」

「わかってる」

「もう手遅れだっつーの‼」

殲滅外装02‐《映》・最終解放。

ルーミンが指をパチンと鳴らした瞬間――

真っ赤に染まっていたはずの空が、眩《まばゆ》いかがやきを発した。

☆

「な、何ですかアレ――!?」

「スクープ！　見るかに大スクープ！　ほらバカティオ、ぼけっとしてんじゃないわよ！　さっさとカメラを構えなさいカメラを！」

上司のメルカに後頭部をぶん殴られた。

しかしティオはバカのようにぼけっとして上空を見上げていた。

昨日からティオが「何だろう?」と不思議に思っていた雲居の物体――その中央部が、二つ目の太陽のごとく光りかがやいたのである。

これを見たメルカは大喜びだ。さっきまで「愚者のプライベートを暴露してやるわよ！」と息巻いていたのに、あの光を発見した瞬間から愚者のことなんてどうでもよくなってしまったらしい。

だが、ティオの嗅覚が異常を察知していた。

あれはたぶん危険なやつだ。素人が無闇《むやみ》に手を出していいネタじゃない。

「あれは……鏡!?　何で上空に鏡があるの!?　何かの魔法道具かしら!?」

「知らないですよ！　それより危ないにおいがするので逃げましょう！」

「逃げるなティオ！　職務放棄の罪で給料マイナスにするわよ!?」

「これ以上減らされたら最低賃金よりも低くなるんですけど!?」

「そのぶんやり甲斐が増えるわ！　さあ地獄へレッツゴーよ！」

「一人で地獄に落ちてください！　ちょっ、引っ張らないで――」

メルカに尻尾《しっぽ》を握られて連行されそうになった瞬間だった。

上空の鏡が、まるで固定砲台のように火を噴いた。

正確には極太のレーザー光線を発射した。

「きゃあああああああ!?」

「っしゃああああああ!!」

ティオは悲鳴をあげてひっくりかえる。

メルカが歓声をあげてガッツポーズをする（意味が分からない）。

想像を絶する轟音《ごうおん》・衝撃。

通行人たちはひとたまりもなくその場にうずくまる。そこらの車を引いていた騎獣たちが嘶《いなな》きをあげて暴れ始めた。空気を抉る音、建物が破壊される音、世界が崩れていく音――帝都の景色は太陽の中に放り込まれたかのように漂白されていく。

もうダメだ。暑すぎるから神様がキレたんだ。

どうせ滅ぶなら会社も一緒に滅んでください――ティオはそんな願いを胸に抱きながら、ガクリと意識を失うのだった。

☆

カンガルーが指を弾いた瞬間、視界が真っ白に染まっていった。

ロロッコは本能的な恐怖を感じて動けなくなってしまった。ヴィルヘイズが「大丈夫です」と抱きしめてくれるが、不安は一向に消え去ってくれなかった。

ホテルの天井が破壊された。

瓦礫がドカドカと降ってくる。

その奥に見えるのは、すべてを無に帰す神の光だ。

全員あれに呑み込まれて死んでしまうのだろうか——そういう途方もない絶望に苛《さいな》まれていると、にわかにロロッコの前に小さな影が躍り出た。

「コマ姉……！」

「きえろ」

コマリがロロッコとヴィルヘイズを庇《かば》うようにして魔力を解き放った。

無数の障壁がまたたく間に展開され、襲来するレーザーからロロッコたちを守ろうとする。

しかし障壁は次から次へと破壊されていった。メリメリメリ——いやな音とともに魔力の破片が散っていく。それでもコマリは諦《あきら》めずに障壁魔法を連続で発動させ続ける。

「こ、コマ姉……？　なんかやばくない……⁉」

「だいじょうぶ」

「コマリ様！　光の勢いが増しています……！」

「だい、じょう、ぶ…………」

もはや互いの顔も分からないほどの光。

コマリの放つ障壁が、バキバキと割れていくのが見えた。さらにはコマリの耳から血が流れるのも見えてしまった。魔力を一度に大量に使いすぎると、ああやって身体が耐えられなくなることがあると聞いたことがある。

ありえなかった。この状態のコマリは最強のはずなのに——

「——ろろ。しんぱいするな」

「！」

それでもコマリは諦めていなかった。意志の熱量は少しも衰えていない。

そうだ——この姉はいつだって妹のことを考えてくれている。

だからロロはコマリのことが大好きなのだ。

心を動かされたロロは、ヴィルヘイズを振り払って傷だらけの身体を引きずると、姉の身体を背後からぎゅっと抱きしめてあげた。

少しでも魔力を分けてあげようと思ったのだ。

しかし光のエネルギーは圧倒的だった。

コマリがじりじりと背後に押されていくのが分かった。

プロヘリヤが「無理はするな」と腕を組んで立ち上がった。

「煌級の障壁魔法を百二十六連発――【孤紅の恤】を発動していても負担が大きすぎるはずだ。守るものがあってはそれ以外の手で全力を出すわけにもいくまい」

そうだ。下の階には逃げ遅れた人たちがいる。

だからコマリは【転移】を使わずに攻撃を防ぐ道を選んだ。

「へいき……」

「気にするな。ここは私がなんとかしよう」

プロヘリヤが懐《ふところ》から拳銃を取り出した。

それを自らのこめかみに当てたところで――

「――プロヘリヤ様。それは。いけません」

「ドヴァーニャ？　何だ、目を覚ましていたのか」

傷だらけのドヴァーニャが、プロヘリヤにしがみついて拳銃を奪い取ってしまった。相変わらず無表情だったが、まとう空気には奇妙な緊迫感が宿っていた。

「駄目です。寿命が……」

「このままでは私がくたばる前に全滅してしまうではないか。書記長には事後報告するから問題ない」

「駄目です」

ドヴァーニャは拳銃をどこかへ放り捨ててしまった。

プロヘリヤが「あああああっ！」と叫んだ。

「どうしてくれる！　それは心中を選択したようなものだぞ！」

「それよりもコマリ様が！　しっかりしてくださいコマリ様！」

「へいき。へいきだから」

ロロッコは悲鳴をあげてしまった。

コマリの耳からあふれた血が、ロロッコの肩口にぽとりぽとりと落ちてきたのだ。

ぱりいいいいいん!!——また障壁が一枚割れた。

コマリの身体がぐいぐいと背後に押されていく。辺りは目が痛くなるほど真っ白。ロロッコは必死でコマリの名前を叫んだ。このままでは全員あの光に焼かれて死んでしまう。

ヴィルヘイズが「コマリ様！」と叫んだ。

「もう無理です！　【転移】の魔法石を発動しましょう！」

「それは……そんなことをしたら」

「気持ちは分かります。でもこのままではコマリ様が——」

「——相変わらず甘いのね。テラコマリ」

その場の全員が振り返った。

ロロッコでもコマリでもヴィルヘイズでもドヴァーニャでもない。ましてやさっきのカンガルーの少女でもない。まったく別の人間の声が聞こえたからだ。

しゅるるるるるる……――

眩い光の中、華やかな帯が縦横無尽に交錯していく光景を目撃した。

その帯の檻《おり》の中から、狐面をかぶった謎の人物が飛び込んでくる。

ヴィルヘイズが「あっ」と声を漏らした。

コマリも信じられないといった表情で彼女を見つめる。

彼女は崩壊しかけた床に立つと、狐面を外して不敵な笑みを浮かべた。

「どうしたの？　殲滅外装の攻撃を防ぎきれないっていうの？　あんたの力ってその程度だったっけ？」

「ミリセント・ブルーナイト……！」

その顔はロロッコにも見覚えがあった。

かつてコマリをイジめていた極悪人。そして今は七紅天の一角を担《にな》っている吸血鬼。

ミリセントは「まあいいや」とつまらなそうに腕を組み、

「下の階の人間は全員避難させたわ。好きなようにやりなさい」

「！」

「大サービスだ。ここにいる連中も守ってあげる」

ミリセントの帯がロロッコたちを守るようにしてまとわりついていく。コマリから強制的に引き離され、ロロッコは「コマ姉！」と悲鳴をあげた。

「ミリセント！　何すんのよ！　コマ姉が……」

「あいつなら大丈夫よ。何もできない妹は引っ込んでなさい」

「私だって……うわわっ」

文句を言っている暇もなかった。

あっという間に視界が閉ざされ、帯によって形作られたドームの中に閉じ込められてしまった。ロロッコ、ミリセント、ヴィルヘイズ、プロヘリヤの四人は外界から隔絶されたのだ。

ふと気づく――これはシェルターだ。

あの光の攻撃を防ぐことができるほどの防御壁。

「あなたは！　いったい何を企んでいるのですか！」

暗闇《くらやみ》の世界でヴィルヘイズがミリセントにつめよった。

「ここから出してくださいっ。コマリ様を一人にするわけにはいきません」

「少しは主人を信じてみたらどうなの？　あいつはお前たちが足手まといだから本気が出せなかったのよ？」

「それはそうかもしれませんが！　でも！」

「まあ待てヴィルヘイズ。ミリセントの言うことを聞いてみようじゃないか。我々は他に採れる手段がないのだよ」

「ズタズタ殿！　ご存知《ぞんじ》ないかもしれませんが、この吸血鬼はかつてコマリ様を傷つけた張本人なんですよ⁉　しかも天文台に与《くみ》している疑いもあります！　信用できるはずが――」

「静かにしろと言っているだろうが」

プロヘリヤがヴィルヘイズを押さえつけながら、

「ミリセントよ。このシェルターであの光を防ぐことができるのかね」

「無理に決まってるでしょ。テラコマリの障壁魔法でも防げないんだから」

「じゃあ何の意味があるんだ」

「受け流すだけ。殲滅外装同士は傷つけ合えないようになっているらしい。細かいルールは色々あるみたいだけれど、ここにいれば安全よ」

「なるほど……」

プロヘリヤが何故か不満そうに眉をひそめた。

その時、隕石《いんせき》が落ちたかのような大激震がとどろく。

シェルターの外で何かが崩れていく気配がした。

ロロッコは悲鳴をあげてうずくまる。ヴィルヘイズがバランスを崩して転倒する。プロヘリヤがドヴァーニャを支えて周囲の様子を探っている。

震動はそれから十秒ほど続いたが、やがてシンとした静寂が戻ってくる。

ロロッコはおそるおそるミリセントのほうを見た。

余裕綽々といった笑みが返ってきた。

「終わったみたいね」

「おいミリセント。明らかにホテルが倒壊した音がしたが、本当に一般市民は巻き込まれていないのかね」

「死体は一つも出てこないはずよ。まあ殲滅外装の光じゃなくてホテルの倒壊に巻き込まれて死んだのなら、一日二日もすれば魔核で蘇るでしょうけれど」

ミリセントが軽く腕を振った。

シェルターの一角の結び目が解け、夏の日差しが差し込んでくる。ロロッコは大急ぎでその穴へと向かい――勢い余って落っこちそうになった。ヴィルヘイズが「危ないっ」とロロッコの腕をつかんで引っ張り上げてくれる。

シェルターはふわふわと空中に浮いているらしい。

眼下に広がっているのは、めちゃくちゃに破壊されたホテルの姿だ。

カンガルーの光のせいなのか、コマリの魔法のせいなのかは分からないが、大きな瓦礫がゴロゴロとアルトワ広場に転がっている。野次馬たちが歓声をあげているのを見るに、やっぱりムルナイトの吸血鬼たちは野蛮人ばっかりらしかった。

そして——その瓦礫の中央で、一仕事を終えたようにたたずむ一人の吸血鬼。

通常状態に戻ったコマリが、こちらに気づいて笑みを浮かべた。

ああ、無事だったんだ——ロロッコは安堵《あんど》のあまりへなへなと座り込んでしまった。

ヴィルヘイズが「コマリ様今行きますッ!!」とシェルターから飛び降りようとしてプロヘリヤに止められている。だがその気持ちはよく分かった。

「ほらね。私の言う通り」

得意げにそう言ったのはミリセントである。

瓦礫の上で手を振っているコマリを見下ろして、

「あいつは殺したって死ぬような人間じゃない。私が殺してあげるまではね」

「あんた……コマ姉をいじめてたんでしょ？　どういう関係なの……？」

「テラコマリに聞いてみれば」

ミリセントはそっぽを向いてしまった。

何故助けにきてくれたのか。その胸の内にどんな情念を抱えているのか。

分からないことばかりだが、みんな無事だったのは確かだ。今はこの人に感謝しておこうかな——ロロッコはそんなふうに考えながら溜息を吐くのだった。

☆

「――おや。本当に《刻》を回収してきたのか」

「ああ。リンズさんの店に置いてあった」

「リンズ？　アイラン・リンズのことかい？　何でまたそんなところに？」

「何故なのかは確認するのを忘れた。昨日の時点では川を流れていたような気がするから、リンズさんが拾ったのかもしれない」

「なんかボロボロになっているような気がするんだけど」

「ヒビも入ってるな。馬車にでも踏み潰されたんだろ」

「まあどうでもいいか」

ムルナイト宮殿七紅府《しちぐふ》の一階。

七紅天大将軍ペトローズ・カラマリアは、テーブルの上に置かれたナイフ――殲滅外装01《ゼロイチ》-《刻》に手をかざすと、少量の魔力を込めてその表面を軽く撫でた。

ばちんっ。

それだけで《刻》に施されていた探知魔法が破壊されてしまう。ペトローズは用済みになった《刻》をつまむと、ポイッと〝燃えないゴミ〟のゴミ箱に放り捨ててしまった。

それを見た金髪の男が、不審そうに眉をひそめる。

「いいのか姉貴。ララ・ダガーから苦労して奪ったんだろ」

「苦労はしてないよ。やつが粗末に扱っていたから、軽くスッてやっただけだ」

「でもミリセントが必要としているかもしれないぞ」

「お前は何を心配しているんだ？　あいつは必要なモノをなくしたりしないよ。私のもとに戻ってきたということは、すでにこの武器は計画の要ではなくなったということだ」

ペトローズは引き出しから風前亭《ふうぜんてぃ》の羊羹《ようかん》を取り出した。

その包装を破きながら適当に口笛を吹く。

そもそも《刻》を最初に手に入れたのはミリセントではなくペトローズである。ミリセントが必要としているから貸与しただけ。このことは皇帝陛下――カレンには伝えていないし、これからも伝えることはない。

《刻》を運んできた弟が、呆れたように肩を竦めてみせた。

「のんびりしていていいのか？　帝都は天文台との戦いで大騒ぎだぞ？　高級ホテルもぶっ壊れてしまったみたいだし」

「そんなのは他の七紅天に任せておけばいいのさ」

羊羹をもぐもぐ。

弟は「そうかい」と諦めたように手を振った。

「で、計画は順調なのか」

「私は計画なんて立てた覚えはないよ。ミリセントに任せてあるからね。そもそも今回の事件の全容を把握できている人間はいないんじゃないか？　ミリセント然《しか》り、コマリちゃん然り、カレン然り、そして天文台の愚者然り——わけも分からぬまま戦わされているんだ。もちろん私もよく分からない」

「でも裏で糸を引いているのはあんただろ。何が目的なんだ」

「もちろん闘争のためさ。七紅天はそういう仕事だ」

ペトローズは欠伸をして羊羹の包装を放り捨てる。

弟はそれを律儀に拾ってゴミ箱に入れた。

「近頃は本当に生ぬるいからねえ。ユーリンがいなくなってからムルナイトは平和そのものじゃないか。こんな状況では退屈すぎて死んでしまいそうだ。今起こっている愚者どものケンカ騒ぎなんて、トマトで言えばミニトマトみたいなものだよ」

「だから、あんたは何がしたいんだ」

「国の爆破《ばくは》だ」

空気が凍りついた。

ペトローズは冗談なのか本気なのかよく分からない声色で告げる。

「もう爆破できるものは爆破してしまった。そろそろ次の段階に進みたいと思っている。血をぶちまけてバラバラになる国土、お前も見てみたくないかい？」

「それは……」

「あはは。冗談だよ」

弟は「ごほん」と誤魔化《ごまか》すように咳払《せきばら》いをする。

「……頼まれていた花束《はなたば》を買ってきた。あれは何に使うんだ」

「あーそうそう。それね。実は今日、カレンの誕生日」

「皇帝陛下の？　それはめでたいな。もう四十か」

「毎年花束を贈っているのさ。真っ赤な花束をね。——今年は色々と忙しくて誕生日パーティーができないみたいだから、タイミングを見て渡しておくとしよう。明日になったらもっと素敵なプレゼントがあるかもしれないけれどね」

「前から気になっていたが、姉貴と皇帝陛下はどっちが強いんだ」

ペトローズはくすりと笑って言った。

「そりゃカレンに決まってるじゃないか。強さが至宝とされるムルナイトで皇帝をやってるんだから」

「…………」

七紅府がいっそう騒がしくなってきた。

天文台によるテロ行為が露見したため、帝国軍もその調査に奔走《ほんそう》しているのだ。聞いた話によれば、すでに三人の愚者が捕らえられて宮殿に護送されているらしい。これから尋問が始まるのかもしれなかった。
しかしペトローズは「関係ない」と言わんばかりに笑みを深めるのだった。
帝都の大争乱は収束に向けて加速していく。

「コマ姉だいすき～♡」

「はいはい。分かったからそろそろ離れてくれないか？」

「やだぁ！　ずっとコマ姉と一緒にいるのっ！」

「頼むから安静にしててくれよ。クーヤ先生からも言われただろ」

「やだやだぁっ！　コマ姉と一緒にいれば治るもん！　そうだ、リンゴを食べさせてよ！　ヴィルヘイズが剝《む》いてくれたやつがそこにあるわ」

「それくらい自分で食べろよ」

「あーん」

「そんな雛鳥《ひなどり》みたいに待ち構えられても……」

「あーんっ!!　あーんなのっ!!」

「わ、分かったよ！　食べさせればいいんだろ食べさせれば！」

リンゴをロロッコの口に放り込んでやると、やつは「おいしい～！　コマ姉とおんなじくらいおいしい～！」とよく分からない感想を漏らした。

ガンデスブラッド邸、ロロッコの部屋である。

天文台の愚者――ルーミンというカンガルーの少女に痛めつけられたロロとドヴァーニャは、しばらくベッドで療養することになったのだ。わざわざ夭仙郷《ようせんきょう》から駆けつけてくれたクーヤ先生によれば、「傷は深くないから安静にしていれば治るだろう」とのこと。

そう言われても安心できるわけがなかった。

ロロとドヴァーニャは神具によって傷つけられたのだ。

魔核《まかく》による回復効果が望めない以上、治療には万全を期さなければならない。

だというのに、ロロのやつは何故《なぜ》か私にべったりだった。

「着替えさせて」『歯磨きして～』『お風呂《ふろ》に入れてよ！』『身体拭《ふ》いて～！』云々《うんぬん》。

しかもことあるごとに抱きついてきては、私の身体におでこをすりすりと擦《こす》りつけるのだ。

ロロの身体からハートマークが弾《はじ》けているのを幻視できるほどの甘えっぷりだった。こいつは山の天気を擬人化したような存在だから、ときたまデレ期が来るのである。

といっても今回のはちょっと想像を絶するデレだけど。

「コマ姉、今日は一緒に寝ようよ！　私のことを抱き枕《まくら》にしてもいいわ！」

「しょうがないな。今日くらいはつきあってやるよ」

「やったぁ！――あ、でもでも！　私が眠った後にベッドから抜け出すのはナシだよ⁉　朝までちゃんと一緒にいてよね！」

「私が寝ている間にイタズラするなよ？」

「えへへ～♡　コマ姉すき～♡」

「否定しろよ⁉」

　ロロがこうなったのは、考えるまでもなくホテルでの一件が原因だ。

怖い目に遭ったんだし、誰《だれ》かに甘えたくなるのも無理はない。

　まあ、ここは姉として偉大なる包容力を見せつけてやるとするか――ロロにしがみつかれながらそんなことを考えていると、

「ロロッコ様と仲がよろしいのですね」

　背後から声が聞こえた。

　振り返ると、不満そうに頬《ほお》を膨らませたメイドが立っていた。

「ヴィル？　どうしたんだ？」

「雑務をすませてきたところです。――ところでコマリ様、私は異議を申し立てずにはいられません。私と一緒に寝るのは嫌がるのに、ロロッコ様だとすんなり受け入れてしまうとは何事ですか？」

「いやまあ、だってロロは妹だからな」

「そうだよ～？　妹だから特別なのっ！」

「ずるいです。私もコマリ様の妹になります。コマ姉～！」

「あっち行け‼」

猪突猛進《ちょとつもうしん》してくる偽妹を押しのけてやった。

押しのけられたヴィルは目をうるうるさせて「そんなっ……！」と叫んだ。

「どうして……どうしてメイドと妹でここまで差があるのですか……⁉　ロロッコ様だってコマリ様に実害を与えるという点では同じじゃないですか！」

「自覚があったのかよ」

「ちょっとヴィルヘイズ～？　私がいつコマ姉に実害を与えたっていうの～？」

「お前は自覚がねえのかよ」

「ないも一ん！」

ロロは朗《ほが》らかに笑ってぎゅ～っと抱きついてきた。

その様子を見ていたヴィルが「やれやれ」と溜息《ためいき》を吐《つ》いて肩を竦《すく》める。

「……今日のところはコマリ様を譲りましょうか。ロロッコ様、コマリ様で遊んでゆっくり身体を労《いた》わってくださいね」

「言われなくてもそうするぜ～？　コマ姉は私のオモチャだからねっ」

「やっぱりオモチャ扱いなのかよ！」

とにかくロロには安静にしていてほしいものだ。

早く治ってくれればいいんだけど――　そんなふうに心配していると、にわかに通信用鉱石を握りしめたヴィルが「コマリ様」と険しい表情でこちらを見つめてきた。

「呼び出しがかかりました」

「呼び出し？　また会議でもするのか？」

「いえ。それが……」

何故かヴィルは少し躊躇《ためら》ってから、

「ミリセント・ブルーナイトから連絡があったのです。今すぐ宮殿の展望台まで来いと要求しておりますが……どうしましょう？」

あまりに予想外だったので一瞬フリーズしてしまった。

しかし拒否する理由はないのだ。

あいつには聞きたいことが山ほどあるのだから。

☆

夜。ほっそりとした月が藍色《あいいろ》の空にかかっている。

「コマ姉行かないで～！」と大騒ぎをするロロッコを宥《なだ》めて部屋を後にした私たちは、ミリセントが指定した展望台に向かっていた。

ムルナイト宮殿は大忙しだ。

ヴィルの報告によれば、なんと天文台の愚者五人のうち三人が捕獲されたらしい。吸血種のララ・ダガー、蒼玉種《そうぎょく》のワドリャ・レスコーフ、翦劉種《せんりゅう》のツキ・ランスパート――いずれも実際に会ったことはないが、恐竜を百億倍凶暴化したような連中に違いない。

宮殿の回廊を歩いていると、すれ違う軍人たちが「ガンデスブラッド閣下！　今回も素晴らしいご活躍でした！」とか言って拍手をしてきた。カンガルーの獣人が放った光線から市民を守ったことに対する賞賛らしい。ホテルは完全に倒壊してしまったが、犠牲者は一人も出なかったので万々歳だ。

「よかったですねコマリ様。ロロッコ様もドヴァーニャ殿も助けることができて」

「そうだな。もっと早く駆けつけてあげられればよかったんだけど……」

「ちなみにコマリ様が破壊したブラッドホテルはムルナイト帝国随一の高級ホテルです。被害総額を聞いたらコマリ様はおかしくなって犬のようにくるくる走り回ることになると思いますが、聞きたいですか？」

「聞きたくねえよ！　だいたいあれはカンガルーの人のせいだろ！」

ロロによれば、カンガルーは〝ルーミン・カガミ〟と呼ばれていたらしい。

そのルーミンさんは、大量の光が降《ふ》り注《そそ》いだあの時、どさくさに紛れて姿を消してしまったのだ。捕獲できればよかったのだが、まあ、今回はみんな無事だったのでヨシとする。

そして、すべてはミリセントのおかげなのだ。

あいつが最後の最後で助太刀《すけだち》してくれたから、被害を最小限に抑えることができた。

やっぱりミリセントは私たちの味方で間違いないのだ。

「おや。ガンデスブラッド殿ではありませんか」

「コマリさん！　体調のほうはもう大丈夫なんですか？」

暗闇《くらやみ》の向こうから見知った二人組が姿を現した。

ヘルデウスとサクナである。この二人も皇帝から命令されて帝都を奔走《ほんそう》していたのだが、ツキ・ランスパートさんを捕らえるという大手柄を立てたのである。

サクナが心配そうに近寄ってきたので、私は苦笑をして手を振った。

「もう大丈夫だよ。クーヤ先生も心配はいらないって」

「でも煌級《こうきゅう》魔法を連発したって聞きましたよ……？　いくら【孤紅《ここう》の恤《とむらい》】を発動していたとしても、さすがに身体に悪いんじゃないかなって思うんですけど」

「サクナの言う通りです。あまりご無理はなさらないほうがいいですぞ」

ヘルデウスがにこやかに微笑《ほほえ》みながら近づいてくる。

「烈核解放《れっかくかいほう》は強力であればあるほど制約や代償が大きくなる傾向にあります。煌級魔法を連発できるほどの異能となれば、その制約が〝発動するために血を吸う必要がある〟だけとは思えません。何らかの代償もあって然《しか》るべきですよ」

「そ、そうなの？」

「確かにそうですね」

　ヴィルが顎に手を当てて考え込む。

「コマリ様は烈核解放を発動すると、魔力がごっそり抜けてへなへなになってしまいます。最近は意志力が成長したおかげでダウンする頻度も減ってきたようですが……」

「奥義が奥義たる所以《ゆえん》は気軽に使うことができないからなのですよ。私の烈核解放にも制限がついています。サクナの【アステリズムの廻転《かいてん》】には殺さないと発動できないというハンデがありますし、ヴィルヘイズ殿の未来視にしても相手に血を吸われないと意味がないでしょう？　これは現時点で帝国最強と言われる皇帝陛下やカラマリア殿にも言えることで――」

「ヘブン殿。どうして私の個人情報を知っているのですか」

「あなたのお祖父《じい》さん――クロヴィス・ドドレンズ殿とは七紅天《しちぐてん》時代からの知己《ちき》です。ヴィルヘイズ殿の話はよッッッッく聞かされておりますぞ！」

「なっ……」

　ヴィルが驚愕《きょうがく》に目を見開いて固まった。

　すぐさま警戒心マックスの視線をヘルデウスに突き刺して、

「……何か変なことを聞いたりしていないですよね？」

「はっはっは。プライバシーの問題があるのでノーコメントにさせていただきます」

「…………………」

ヴィルのお祖父さんに色々と聞いてみたくなってきたな。

ひょっとするとメイドの抑止力を獲得できるかもしれないし。

「いずれにせよ体調には気をつけてくださいね。烈核解放が寿命を削る――そんなパターンもあるらしいので」

「わ、分かったよ。肝《きも》に銘じておこう」

「コマリさん、天文台のテロリストたちは私が必ず捕まえますっ！　だからコマリさんはゆっくりしていてくださいね」

サクナが笑顔で私の手を握ってきた。

あまりにも美少女だったので涙が出そうになってしまった。

「ありがとうサクナ……！　頼りにしてるぞ！」

「はい！　まずは逃げたカンガルーを殺害できるように頑張りますっ！」

「そうだな。……ん？　さつがい……？」

「間違えました。捕獲です。えへへ」

そうだよな。ホテルをぶっ壊すようなやつは早急に捕獲しなくちゃだよな。サクナが正義感にあふれた頼りになる美少女だということが再認識できてよかった。

「ところでお二人はどちらへ」

「仕事ですよ。捕らわれているワドリャ・レスコーフのところへ」

「情報の引き出しですか?」

「ええ。すでにツキ・ランスパートから話は聞いたのですが、どうも訓練されているようで口が堅くて仕方がないのです。サクナの烈核解放も試そうと思ったのですが――」

「愚者さんは魔核に登録されていないみたいなんです。これでは【アステリズムの廻転】を使うことができません」

サクナが困ったように眉根《まゆね》を寄せた。

いまいち話が見えないんだけど――ん? あれ? サクナの軍服に赤いものがついてないか? 月明りが微弱なので気づけなかったが、まるで返り血のように点々とした痕跡が見られるような見られないような。かすかに血っぽいにおいもただよってくるぞ。

「魔核に登録することも不可能なのですか?」とヴィルが首を傾《かし》げた。

サクナが「はい」と頷《うなず》いて、

「魔泉に血を捧げてみてもダメでした。たぶんあの人たちが魔核の管理者だったからだと思うんですけど」

「なるほど。さすがに死んでしまっては困りますからね」

「も、もちろんですっ! そんなこと怖くてできませんっ!」

「だから我々は残り二人にもオハナシをする予定なのですよ。あまり手荒な真似はしたくありませんが、彼らから殲滅外装《せんめつがいそう》などの情報を引き出すことは急務です」

「そうですか。では頑張ってくださいね」

「あ、コマリさん！　コマリさんはしっかり休んでてくださいね」

「うむ……？　サクナも無理せず頑張れよ」

「はいっ」

サクナとヘルデウスは手を振って去っていった。

なんかよく分からないが、二人には大事なお仕事があるようだ。

私も頑張らなくちゃな。まずはミリセントと話をつけるのが先だけど。

☆

「やっと来たのね。待ちくたびれて死んじゃうかと思ったわ」

宮殿の城壁。

展望台というよりも見張り台といった感じの場所である。

市街地の景色がぼんやりと見渡せる一角にて、かすかな月明りに照らされた少女――ミリセント・ブルーナイトが待っていた。

こうしてマトモに相対するのは久しぶりだったので、自然と背筋が伸びてしまった。すると背後のヴィルが「堂々と行きましょう」と両肩に手を置いてくれる。

ヴィルの言う通りだ。こいつには強気な態度で臨むくらいがちょうどいいのだ。

それに今回は円滑《えんかつ》なコミュニケーションをとるための武器を持ってきたのである。

ポケットをごそごそ漁《あさ》り、〝例のブツ〟を取り出しながら、

「待たせて悪かったな、ミリセント。お詫《わ》びにこれをやろう」

「……何これ」

「常世《とこよ》で買ってきた〝オムライス妖精《ようせい》のキーホルダー〟だ」

「…………」

オムライスに手足が生えた妖精である。

ちょっとキモいが、それゆえに奇妙な魅力があるのだ。

しかしミリセントは真顔でキーホルダーを見下ろすばかりだった。

え？　ノーリアクション？　ミリセントってオムライスが好きって言ってたよね？――そんな感じで不安に駆られていると、彼女は「ふっ」と嘲笑《ちょうしょう》し、

「あんた、常世に行って遊んでいたの？」

「そ、そんなことはない！　ものすごい死闘の連続だったんだからな」

「あっそ」

ミリセントはキーホルダーを私の手からつかみ取ると、そのまま自分のポケットにねじ込んでしまった。

あ、ちゃんと受け取ってくれるんだ。

「コマリ様。この吸血鬼と慣れ合う必要はありませんよ」

ヴィルが私の服をつまんだ。

「ミリセント・ブルーナイトには国家反逆の疑いがかかっています。何故こうして宮殿をうろついているのかは不明ですが、さっさと懲《こ》らしめて捕獲してしまったほうが世のため人のためです」

「あら、ヴィルヘイズじゃない。いつからいたの？」

「最初からです。私の仕事はコマリ様の近くに侍《はべ》ることですから」

「ふふ。三年前とは——いえ、四年前とはずいぶん様変わりしたのねえ」

にやりと口端を吊《つ》り上げて近づいてくる。

一方でヴィルは苦い顔をしてミリセントを睨《にら》んでいた。

こいつ、わざわざ「四年前」なんていう単語を出すなんて。

害意がないことは分かっているけれど（私はこいつを信じているからだ）、それでもセンシティブなネタでヴィルを脅かすのは看過できなかった。

私はミリセントを迎え撃つように前へ出て、

「あんまり変なことをすると怒るぞ。オムライス妖精は返してもらうからな」

「その通りです。それ以上コマリ様に近づいたらオムライスにしますからね」

「……分かっているわ。今更どうにかしようなんて思わないもの」

ミリセントは興覚めしたように一歩退いた。

「今は敵対するつもりはない。もちろん慣れ合うつもりもないけどね」

「何言ってんだよ。同じ七紅天なんだから慣れ合えばいいじゃないか」

「虐《しいた》げられたほうは時が経《た》っても忘れることはできない。本当は関《かか》わり合わないほうが理想的だと思うんだけど――あんたは異常なのよ、テラコマリ。私に歩み寄ろうとするなんて」

そこらに跋扈《ばっこ》している変態を差し置いて、真っ先に私を異常者扱いか？

殺人鬼なだけあって変わった感性の持ち主なのかもしれないな。

いずれにせよ、こいつとは可能な限り仲良くしていきたいのだ。

「……ありがとうミリセント。今日はお前のおかげで助かったよ」

「あんたを助けたわけじゃないわ。天文台の実力がどの程度か見極めたかったのよ」

ツンデレ？

と思ったけど口に出すのはやめておいた。おそらくバラバラ死体にされる。

「それでもお前には感謝しているよ。――で、これまでどこで何をしていたんだ？　みんなお前のこと心配してたんだぞ。あとララ・ダガーさんから回収したダガーはどうしたの？　皇帝とかに怒られなかった？　あ、そうそう！　そういえば、何でお前がルクシュミオの帯を操《あやつ》ってたんだ――ふべっ⁉」

「質問が多い」

　ミリセントが私のおでこを上から押さえつけた。

　ヴィルが悲鳴をあげて私の腰に抱きついてくる。

「コマリ様！　大丈夫ですかコマリ様！　やっぱりこの吸血鬼はメモワール殿に頼んで挽肉《ひきにく》にしてもらうのがいちばんです！」

「だ、大丈夫だって！　こんなの単なるツッコミみたいなもんだから！　なあミリセント⁉」

「そうよ。この程度で騒いでたら処置なしね。私はいずれテラコマリを殺す予定なんだから」

「急に殺害予告すんなっ！」

「コマリ様、テロリストが馬脚を露《あら》わしたようです。やっぱりミリセント・ブルーナイトは危険人物なのですよ。メモワール殿の手を借りずとも、今ここで毒殺を……」

「待て待て待て待て待て！」

　ポケットから謎《なぞ》の丸薬を取り出したヴィルを慌てて止めた。

　ヴィルは「離してください！　コマリ様のためです！」と大暴《あば》れ。私のために本気になってくれるのは嬉《うれ》しいが、これでは一向に話が進まない。

「わ、悪いミリセント。ヴィルには冗談が通用しないんだ」

「私がいつ冗談を言ったの？」

「え？　本気で殺す予定なの？」

「さあね」

ミリセントは意味深に笑った。

思い返してみれば、レハイシアでも「お前を殺す」みたいな宣告をされた記憶があった。

やっぱりこいつはフレーテとかと同じでテロリストタイプの人間なんだろうな。うん。

だが、こうして相対してみて分かったけれど――ミリセントにはサクナやスピカ、フーヤオとは違った雰囲気が宿っている。なんというか、陳腐な言い方だけれど、光と闇《やみ》の両方を併せ持っているというか。

「……順番に教えてくれないか？　どうしてしばらく姿を消していたんだ？」

「天文台を嵌《は》めるためよ。姿を消したくて消したわけじゃないけど、七紅府《しちぐふ》に連絡するのを忘れていたの」

「じゃあ天文台の仲間になったわけじゃないんだな？」

「当たり前でしょ？　あんなお笑い集団に興味はないわ」

「では何故あなたは殲滅外装を自在に操っているのですか」

ヴィルが警戒心マックスで尋ねる。

ミリセントは髪をくるくるいじりながら視線を逸《そ》らした。

「……これは拾い物にすぎない。ララ・ダガーと接触した時に奪ってやったの」

「メモワール殿の報告によれば、天文台のララ・ダガーは《縛《バク》》に適合する者を捜していたそうです。リウ・ルクシュミオにかわる愚者を選別していたという話ですが」

「たまたま適合しただけだ。それ以上面倒な追究するなら殺すわよ」

ヴィルは不審そうにミリセントを見つめた。

確かに変なところはいくつもあった。

「あのダガーはどうしたんだ？　あれもお前が持ってたはずだよな？」

「《刻《コク》》のこと？　ララ・ダガーを誘《おび》き寄せるために使ったのよ。もう必要ないから川に捨てちゃったけど」

「ええ……」

「今頃《いまごろ》皇帝たちが血眼《ちまなこ》になって探してるらしいわよ？　ご苦労なことね」

ミリセントはくすくすと笑った。

壁に向かって話しているような気分だ。こいつが敵じゃないってことは分かったが、その源泉にある動機が霞《かすみ》のようにつかめなかった。

いや――

つかめないわけじゃない。

今までの行動を整理すれば、こいつが何のために動いているのか分かるはずだった。

「なあミリセント。お前は何が目的なんだ？」

「それは……」

ミリセントは少し言い淀む。

「それを話すために呼び出した。邪魔をされたら面倒だからね」

「どういう意味だ……？」

「去年のことを覚えている？　あんたが私を徹底的に打ちのめした日のことを」

「ああ……」

私が七紅天に就任して間もない頃――

こいつは突然私の前に現れて無体を働いた。私もヴィルも大いに傷つき、その一方で、過去にケリをつけて新しい一歩を踏み出すことになった。忘れられるわけがない。

「あんたに負けたあの日から、私はどうやって生きればいいのかをずっと考えてきたわ」

「一丁前に葛藤してきたというわけですか。コマリ様にあんなヒドイことをしておいて」

「ヴィル、こいつにだって事情があるんだよ。今は話を聞こうじゃないか」

「ふん。反吐《へど》が出るほど優しいのね」

ミリセントはそっぽを向き、

「……私は小さい頃から『強くなれ』と言われて生きてきた。英雄のような七紅天大将軍になって世界を駆け巡りたいと思ってきた。でも、そんな非現実的な夢を今更叶《かな》えられるとは思えなかった」

「そんなことないだろ。お前ならできるよ。七紅天になったんだし……」

「コマリ様。それは不可能かと思います」

「メイドの言う通りよ。——七紅天にはなったけれど、あんたの振る舞いを見ているうちに、私の性には合わないってことがよく分かった。世界中で大活躍して色々な人たちから応援される、なんてのはテラコマリ・ガンデスブラッドにしかできないことだ」

その言葉には多種多様な重い感情が乗っていた。

褒めているようにも聞こえるし、貶《けな》しているようにも聞こえる。

私は返答に窮して黙り込んでしまった。

「コマリ様のように活躍できる人間はコマリ様しかいません。ミリセントコールが巻き起こる余地はありませんよ」

「そんなことをするやつがいたら殺してあげるわ」

「え、えっと、つまり、ミリセントは何が言いたいんだ……？」

「私は別の生き方をすると決めた」

夜風がミリセントの髪を揺らした。

それは彼女にとっての訣別《けつべつ》なのかもしれなかった。

腹が決まった——そんな雰囲気が感じられた。

「七紅天としての仕事もやるわ。でもあんたにできないような仕事もする。そして必ずブルーナイト家を復興してみせる」

決意のこもった宣言に聞こえた。

しかし、私はかすかに嘘《うそ》のにおいを感じ取った。

「……本当にそうなのか?」

「そうよ。今はそういうことにしておくの」

「理解できなくはないけど……」

「ブルーナイト家の爵位は四年前の事件で剝奪《はくだつ》されてしまった。だからそれを回復することが最初の目的かしら」

ブルーナイト家。

千年も前からムルナイト帝国の名家として君臨してきたものの、四年前、国家反逆の罪で国外追放されてしまった一族だ。その際にどんな策謀があったのかは知らないが、現状、ブルーナイト家は地位を失って没落してしまっている。

でも、ミリセントが今更そういうものに拘泥《こうでい》するとは思えない。

彼女にも何か考えがあるのかもしれなかった。そうだ、こいつは徹頭徹尾《てっとうてつび》〝手段〟しか話していない。それを用いて何を成し遂げるつもりなのかが判然としない。

ヴィルが訝《いぶか》しそうにミリセントを睨み、

「世俗的な地位が惜しいのですか。あなたはもっと高尚で残虐《ざんぎゃく》な目的のために動いているのかと思っていました」

「俗か高尚かは関係ないわ。ブルーナイト家が再興されて初めて、私はすべての呪縛から解き放たれて自由に振る舞うことができるんだから」

ミリセントは笑っている。

嘘はついていないが、すべてを語ってはいないという様子だった。

少なくとも、ブルーナイト家を再興するために動いていることは確かなのだろう。

「……なるほどな。そういうことなら応援するよ」

私はひとまず頷いておいた。

裏の裏に隠された真意をここで聞いても意味はない。

私には推理することしかできないのだ。

「でも今回の行動と何の関係があるんだ？　というか何をやってたんだ？　天文台と関係してるってことは分かるけど、それでブルーナイト家を復活させることができるの？」

「それを説明するために呼び出したのよ。あんたには伝えておく必要があるから」

ちょっとドキリとしてしまった。

話してくれるの？　てっきり教えてくれないかと思っていたのに。

もしかして、私のことを信頼してくれているのだろうか――

しかしミリセントは「ちっ」と舌打ちをして睨みつけてきた。

「勘違いするな。勘違いされたら困るから伝えておくのよ」

「へ？」

「いいから耳を貸しなさい。私がやろうとしていることはね――」

ミリセントがゆっくりと近づいてきた。

再び夜風が吹く。

耳元をくすぐるような囁《ささや》きで計画が紡《つむ》がれていった。

それを聞いた私は、あまりに予想外だったのでしばし硬直してしまった。

ミリセントが「ふふふ」と妖艶《ようえん》に笑って離れていく。

「邪魔をしないでね？　他の誰にも口外しちゃダメよ」

「ちょ――」

頭が再起動した。

「ちょっと待て⁉　そんなの許せるわけがないだろ⁉」

「すべて了承は得ている。誰にも文句を言われる筋合いはないわ。一年以上七紅天をやってるんだもの、あんたもムルナイトがどういう国なのか分かってるでしょ？」

「そ、それはそうだけど」

「これは布石なのよ。すぐそこで見学しているといいわ」

ミリセントは「もう用はない」と言わんばかりに踵《きびす》を返した。

彼女の後ろ姿を見つめながら、私は言葉が紡げずに固まっていた。

そんなことを考えていたなんて。

となるとミリセントにとって天文台は――

いや違う。それすらも真意ではない。手段のための手段にすぎない。やっぱりミリセントはまだ野望を隠している。

その時、ウェーブのかかった青髪がくるりと翻《ひるがえ》った。

「――アマツ先生から聞いたわ。私とあんたは親友になれる未来もあったんだって」

「アマツ先生？　親友……？」

「笑っちゃうわよね。でもそうはならなかった。今のほうがよかったのかもしれないわ。おかげで私は別の道を見つけることができたんだから」

そうだ。何故ミリセントがアマツを半殺しにしたのか聞いてなかった。

きっと想像を絶するような因縁があるんだろうけど――

「明日の夜、天文台が攻めてくる。せいぜい死なないように気をつけることね」

「あ、ミリセント！　ちょっと待て！」

「じゃあね。お休み」

ミリセントは私の声を無視して展望台から飛び降りた。

慌てて城壁から身を乗り出して下を確認する。やつは華麗に着地すると、猫のようにすたすたと闇の中へ消えていった。私だったら確実に骨折している高さなのに。

いやそんなことよりも。

ミリセントの計画。それはまさにムルナイト帝国らしい暴力的な計画だった。

あいつを応援してやりたいのは山々だが、平和を愛する正義の吸血鬼としては阻止したほうがいいような気もするのだが。うむむ。難しくて頭がどうにかなりそうだ。

「コマリ様。やはり陛下に報告しましょうか」

「うーむ……」

五秒ほど悩んでから告げた。

「……いや。やめておこう。あいつは私を信頼して話してくれたんだ。裏切ったらミリセントに殺されるかもしれない」

「コマリ様は本当に甘っちょろいですね。それが美点でもあるのですが……」

「大丈夫だよ。やばいことになったらヴィルが助けてくれるんだろ?」

ヴィルはきょとんとした目で私を見返した。

すぐに「はい」と笑って答えるのだった。

「何があってもコマリ様はお守りしますよ。それがメイドとしての務めですから」

「うむ。頼りにしているぞ」

「それはそうと、ミリセントに睨まれて怖い思いをしました。身体の震えを抑えるためにはコマリ様と密着する必要があるのですが、今日は一緒のベッドで寝てもよいでしょうか?」

「え？　今日はロロと一緒に寝る予定なんだけど……」

「ではロロッコ様を説得してください。でないと全身が痙攣《けいれん》して力尽《ちからつ》きてしまいそうです……

ふわ……ふわあああああああああッ……!!」

「わ、分かったよ！　今日は三人で寝よう！」

「なおどうしても無理なら明日の晩でも可」

「割と柔軟だな⁉」

大騒ぎをするヴィルをなんとか宥めてその場を後にした。

ヴィルの発作《ほっさ》が演技であることは百も承知だったが、こいつが私のために頑張ってくれているのは分かっている。ちょっとくらい要望を聞き入れてやるのは上司としての義務だろう。セクハラしてきたら即座に追い出すけどな。

それはさておき――天文台とミリセント。

今心配するべきなのは、明日の決戦についてなのだ。

☆

「――くそっ！　何なんだよあいつらはよー！」

とある廃墟《はいきょ》。

愚者02《ゼロニ》‐ルーミン・カガミは、木箱を殴りながら口惜しさを露わにした。

ブラッドホテルでの一戦――テラコマリ・ガンデスブラッドをあと少しのところまで追い詰めたのに、結局仕留めることはできなかったのだ。

すべてはミリセント・ブルーナイトのせいである。

《映《エイ》》の最終解放が発動した瞬間、ルーミンは愚者03《ゼロサン》‐ニタ・カイテンに抱えられてその場を離脱した。

その後、ブラッドホテルは完全に倒壊。

テラコマリも一緒に灰と化したはずだ――そう思っていたのだが。

「しぶとすぎるだろ⁉　私の最終解放を防いだやつなんて夕星《ゆうせい》以外じゃ初めてだぞ⁉」

「犠牲者も怪我《けが》人もゼロか。なかなか手強《てごわ》い相手だな」

カイテンが新聞を眺めながら皮肉っぽく笑っていた。

その様子にルーミンは少しムッとする。

「なに余裕ぶってんだよ。この状況分かってんのかー？」

「分かっているさ。ララもワドリャもツキも捕らえられてしまった。残った愚者は俺《おれ》とルーミンだけ。挙句《あげく》ルクシュミオは夭仙郷で呑気《のんき》にバカンスを楽しんでいると来た――笑ってしまうくらいに窮地《きゅうち》だな」

「笑うんじゃねー！　お前は昔っから緊張感ってものがないんだよー！」

ルーミンはカイテンの胸元《むなもと》をぽかぽかと叩《たた》いた。

忍者装束《しょうぞく》は表情一つ変えずに視線を逸らした。

「緊張感ならあるさ。強大な敵と相対した時に感じられる甘美な緊張。やはり破壊者は普通の人間とは違うな、血が騒いで仕方がない」

「けっ、そういやお前はツキと一緒でバトルジャンキーだったな！」

「ツキは拷問マニアなだけだ。そして俺もバトルジャンキーではない。勝てる時だけ高揚《こうよう》する性質なんだよ」

カイテンはニヤニヤと笑って新聞を放り捨てた。

勝てる？　この状況を引っくり返すことができるのか？――ルーミンは希望の光が灯《とも》るのを感じながらカイテンを見上げた。

「……策でもあるのか？」

「これまでは敵の居場所が分からないから苦戦していた。冷静になってみれば、敵を求めて奔走すること自体が失策だったのさ――これは無知ゆえの過《あやま》ちだ」

「何言ってんのか分かんねー！　作戦があるなら教えてくれよ！」

「ララが言うには、ミリセント・ブルーナイトは最初から三日後の夜を指定していたらしい。しかも三日後まではこちらに打つ手がないことはミリセント自身が示唆《しさ》していたのだ。だから俺たちは最初から指定した時間に動くしかなかった。三日後に備えて準備をしておかなければならなかった――」

そこでカイテンが首を傾げた。

「……どうしたんだ？」

「いや。何でもない。気のせいかもしれない」

「さっきからお前が何を言ってるのか分からねーんだけど」

「俺にもよく分かっていない。何かの罠《わな》に嵌まっているのかもしれない。――ただ、準備期間が与えられていたにも拘わらず、俺たちは魔法を――【亜空炸弾】を知らなかったから無闇《むやみ》に動き回る羽目となった。結果としてララ、ワドリャ、ツキの三人は捕獲されてしまった。これはミリセントも想定していなかったことだろうよ」

「はあ？」

「考えなしの獣人には難しい話だ」

「おい、馬鹿《ばか》にしたな⁉　人種差別するたぁーいい度胸だな⁉　この陰気忍者め‼」

カイテンは柳に風といった感じでルーミンの罵倒を受け流す。

マスクの向こうで口の端を吊り上げる気配がした。

「俺たちは無知だ。だが相手も殲滅外装のことは知らない。ミリセントはムルナイト宮殿で迎え撃つつもりのようだが、そんな籠城《ろうじょう》みたいな作戦が天文台に通用すると思うか？」

「分かんねーよ。相手は未知の魔法を使うんだぞ」

「その点は問題ない。現代の魔法の限界はホテルの一件で確認することができた」

ルーミンはハッと気づいた。

テラコマリの障壁魔法でも防ぐことができなかった一撃――殲滅外装02《ゼロニ》-《映》の最終解放。それを遠方から宮殿に打ち込んでやれば、一瞬でケリがつくではないか。

しかし問題が一つあった。

「なあ。どうしても明日の夜じゃなきゃ駄目なのか？」

「駄目だな。その機を逃せば【亜空炸弾】で《刻》は木端微塵《こっぱみじん》になるらしい」

「でもよー……ってことはチャージできる太陽光は一日ぶんだろ？　ホテルにぶっ放したやつよりも弱くなっちゃうぞ？」

カイテンは「そうだな」と笑った。

いつの間にか、その手には手裏剣が――殲滅外装03《ゼロサン》-《回《カイ》》が握られていた。

「――それを補うために俺がいる。足りないぶんはサポートしてやるさ」

「か、カイテン！　お前ってやつは……！」

「獣人なんかに全部任せるのは不安なんだよ」

「一言多いんだよーっ！」

ルーミンは憤慨《ふんがい》してぴょんぴょん飛び跳ねた。

しかし、カイテンのおかげで光明《こうみょう》が見えてきた気がする。

天文台の愚者は家族のようなもの。これ以上は一人も喪《うしな》うわけにはいかない。六人で世界の秩序を守り抜くこと――それが亡き銀盤《インセイント》のためにできる唯一の恩返しなのだから。

「さあ、奪還作戦の始まりだ」

カイテンが静かに宣言した。ルーミンはこくりと頷く。

かくして天文台の最後の反撃が始まるのだった。

4　六月二十七日

時刻は夕方。

日中、七紅天《しちぐてん》たちは残りの愚者――ルーミン・カガミというカンガルーの獣人と、ニタ・カイテンという忍者っぽい少年を血眼《ちまなこ》になって捜していたが、結局見つけることはできなかったらしい。

私はもちろん怪我《けが》をした部下のお見舞いに行った。

聞いた話によれば、カオステルがツキ・ランスパートの攻撃によって負傷したらしいのだ。

クーヤ先生が言うには「命に別状はない」とのことだが、だからといって安心できるわけもなかった。

七紅府《しちぐふ》に足を踏み入れると、壁に背を預けてタバコを吸っていたお団子頭の夭仙《ようせん》――クーヤ先生が、「おお」と手をあげた。

「ガンデスブラッド閣下じゃないか。コント中尉のお見舞いかね」

「クーヤ先生！　カオステルは無事なのか？」

「そっちの医務室で寝ているよ。傷は縫合しておいたから問題ない」

「よ、よかった……」

私はほっと胸を撫《な》で下ろした。さすがはクーヤ先生だ。

ロロやドヴァーニャの面倒も見てくれたし、どれだけ感謝をしてもしきれないな。

ヴィルが「クーヤ先生殿」と真剣な表情を浮かべ、

「このたびは色々とお世話になりました。治療費と謝礼はガンデスブラッド家からお支払いいたします」

「いやいや。そういうのはいらないよ」

クーヤ先生はわざと悪者みたいな笑みを浮かべた。

「私は恩を売っているだけさ。前にも言っただろう？――〝大扉《おおとびら》〟の通行許可証を得るための条件、『困っている者を百人助けること』を達成しなければならないのだからね」

この人の目的――それは常世《とこよ》へ行って逆さ月の連中と再会すること。

正確には、さらにその先の世界でスピカと会うことなのだ（常世やスピカの現状については帝国政府から情報を渡されているらしい）。

そしてその目的を達成するためには、常世へとつながるゲート――〝大扉〟を自由に通行する許可証が必要らしかった。クーヤ先生は皇帝陛下から前述の条件を提示されたため、世のため人のために頑張っているというわけだ。

ちなみに先日「強行突破すればいいんじゃないの？」と提案してみたが、すぐさま「そんなことをしたら犯罪者だろう」という正論が返ってきた。そりゃそうである。希代の賢者としたことが、第七部隊のやつらに脳を毒されかけていたらしい。

ふとヴィルが「困りましたね」と眉《まゆ》をひそめ、

「すでに金塊《きんかい》を持ってきてしまったのです。受け取ってもらわないと困ります」

「だから要らないと言ってるだろ——ってでかすぎないか？　そんなのどこに隠し持っていたのだキミは」

「後生ですから受け取ってください」

「しかし……」

「そうでないとコマリ様から世にも恥ずかしい折檻《せっかん》を受けてしまうのです——ああっ！　想像しただけで身体が火照《ほて》ってきましたっ」

「わ、分かった。分かったから泣かないでくれたまえ。……まったく、ガンデスブラッド将軍は普段メイドにどんな仕打ちをしているんだ」

「何もしてないよ！　全部メイドの妄言に決まってるだろ！」

「それはそうとクーヤ先生。さっさとお見舞いを済ませてしまいたいのですが」

こいつ話を逸《そ》らしやがった。

そうやって周囲の私に対する認識をどんどん歪《ゆが》めていくんだな。そっちがその気なら私もヴィルの変態性を声高《こわだか》に叫んでやろうじゃないか——と決意したのだが、クーヤ先生が「ついてきたまえ」と歩き出してしまった。

「それにしても第七部隊の吸血鬼は働き者だよな。エステルくんといいコント中尉といい、すぐにベッドから抜け出して仕事をしたがるんだ」

「え？　そうなの？」

「あまりにも聞き分けがないからベッドに縛りつけておいたよ。もちろん【転移】もできないように魔力封じの結界も張ってある――ここさ」

医務室に足を踏み入れると、本当に縄でベッドに括《くく》りつけられているカオステルが目に入った。その周囲にはエステルとベリウスの姿もある。彼らもちょうど様子を見に来たタイミングだったのかもしれない。

カオステルが幻でも見たかのように目を見開き、

「か、閣下……⁉　何故《なぜ》ここに……⁉」

「もちろんお見舞いだよ。怪我したって聞いたけど大丈夫か？」

「あ、ああ、あああっ……！」

「お、おい……どうしたんだ？　様子がおかしくないか？」

「あああああああ‼　閣下が……閣下が私のお見舞いをしに来てくださるなんて‼　これは夢？　幻？　いいえ、そのどちらでもありません！　私が閣下のお声を聞き間違えるはずがない！　もうこの世にやり残したことはありませんね。ベリウス、殺してください」

「命を粗末にするなよ⁉」

私は慌ててツッコミを入れた。カオステルは滝のように涙をこぼしながら歓喜に打ち震えている。常識的な感性を持つ私には理解できない領域だった。

ベリウスが「はあ」と呆《あき》れたように溜息《ためいき》を吐《つ》き、

「閣下。お見舞いなどしてやる必要はありませんよ。この男は殺しても死なないタイプの変質者なのです」

「それはそうかもしれないが、部下の体調を慮《おもんぱか》るのは上司の役目でもあるからな」

「なんという慈悲深い御心‼　閣下の聖なる光によって私の身体が浄化されてしまいそうです‼」

カオステルはベッドをガタガタと揺らして大暴《あば》れしていた。

まるで悪霊が憑依《ひょうい》したような様相である。

「……何で縛られてるんだ？」

「勝手に抜け出そうとするからだな」とクーヤ先生。

エステルが「そうなんですよ」と困ったように耳打ちをしてきた。

「敵はまだ残っているから捕まえるんだーって。安静にしてなくちゃいけないのに……私では手に負えないので、閣下から注意していただけると助かるのですが」

「エステルくんの言う通りだ。上司としてきつく叱ってやってくれ」

「私が注意してても聞いてくれる気がしないんだが……」

「やつはそういう男です。参謀を自称しているわりに血の気が多い」

「コマリ様、飽きたので一緒にケーキでも食べに行きませんか」

「自由すぎるだろお前」

まあ、カオステルが元気そうだったのでよかった。

それはそうと、こいつらには聞いておきたいことがあったのだ。

「なあカオステル。愚者ってどんなやつらだったんだ？」

「もちろん閣下の足元にも及ばない有象無象《うぞうむぞう》でした」

「う、うむ。もちろん私が最強であるのは事実なんだがな。そうじゃなくて、もっと冷静な分析に基づいた情報が欲しいというか何というか……」

「いえ。これは真面目《まじめ》な分析ですよ」

カオステルはマジで真面目な顔をして天井《てんじょう》を見上げていた。

「相対してみた所感なのですが、やつらはあらゆる面で未熟な雰囲気がただよってきます。確かに殲滅外装《せんめつがいそう》はそれなりに強力なのかもしれませんが、使い手があれではムルナイト帝国の脅威にはなりません」

私はベリウスのほうを見た。

難しそうな顔をして腕を組む。

「確かに――カオステルの言う通り、思っていたほど圧倒的ではありませんでした」

「で、ですが！　愚者は長い眠りについていたのだと思います！　寝惚《ねぼ》けているだけのような気もしますが……」

「クレール少尉の意見にも一理ありますね。未熟というよりも〝コンディションが万全ではない〟と表現するのが適切でしょうか。もう少し頑張ってくれれば面白《おもしろ》くなるのですがねえ――まあそれでも閣下には遠く及びませんが」

つまり、まだ本調子ではないということなのかもしれない。

ルクシュミオはもっと強者オーラが出ていた感じがするんだけどな。

まあ、油断したらもれなく死ぬ気がするので気を引き締めないといけない。

「ありがとうカオステル。おかげで天文台のことがなんとなく分かったよ」

「いえいえ。報連相は重要ですから」

「そうだ、これあげるよ」

私は持参した小袋を取り出した。

カオステルはきょとんとして私の顔を見つめ、

「何でしょうか？」

「私が焼いたクッキーだ。頑張ってくれたお前に対するご褒美《ほうび》みたいなものだな」

「⁉⁉⁉⁉」

「じゃあ私はこれで失礼するよ。ゆっくり休んでくれよな」

「あ、あああぁあ、あああぁあああああぁ……‼」

背後でトドみたいな呻《うめ》き声が聞こえてきたが、私は気にせず七紅府を立ち去るのだった。

☆

その後はロロッコと一緒に部屋で休んでいた。

天文台の捜索をするべきかと思ったが、実は私もクーヤ先生から「休んでおけ」と言われてしまったのだ。たぶん烈核解放《れっかくかいほう》で魔法を発動しまくったからだろう。

休めと言われたら休むのが希代の賢者の流儀である。

やたらめったら甘えてくるロロッコとボードゲームをしたり、やたらめったらへばりついてくるヴィルを引きはがしたりしているうちに、太陽はゆっくりと西のほうへと傾いていった。

こういう一日も悪くないな——とは思いつつも、私の心の片隅には山のように心配事が積もっていた。

それはもちろんミリセントと愚者のことだった。

今日の夜に天文台が攻めてくると聞いたが、どこまで信憑性《しんぴょうせい》があるのか分からない。

とはいえミリセントがあのタイミングで嘘《うそ》をつくとは思えないので、何らかの確証があるのは間違いないのだが。

そんな感じで悶々《もんもん》としていると、急に皇帝から連絡が入った。

曰《いわ》く、「情報共有するから『血濡《ぬ》れの間』に来るように」とのこと。

せっかく憩《いこ》ってるのに冗談じゃねえ！――なんて文句を言っている状況ではなかった。

おそらく天文台の動向についての話に違いない。

「コマ姉もっと一緒に遊ぼうよ～！」と駄々を捏《こ》ねるロロッコを辛《かろ》うじて宥《なだ》めすかした私は、ヴィルと一緒に『血濡れの間』へと向かうのだった。


「――さて。全員揃《そろ》ったようだな」

円卓を見渡した皇帝が口火を切った。

今日は急いだおかげで誰《だれ》よりも早く到着できたのだ。こないだみたいに文句を言われる筋合いはないからな――と若干得意になってフレーテを見やると、やつは不審そうな表情で「カレン様」と声をあげた。

「カラマリア様の姿がまだ見えません。もう少しお待ちしましょう」

言われて気づいた。

この場にいるのは――私、ヴィル、皇帝、ヘルデウス、フレーテ、デルピュネー、ミリセント、サクナ、プロヘリヤ（今回も特例で参加を許されていいるらしい）の九人。第一部隊隊長ペトローズ・カラマリアの姿がどこにもない。

なんか七紅天が全員集合している絵面を見たことがない気がするな。前回もミリセントいなかったし。

「いや、ペトローズはいい。あいつにはすでに伝えてある情報だ」

「そうなのですか？　そういうことであれば承知いたしました」

「つまりすでに全員揃っている。これから七紅天会議を始めたい――といっても簡単な情報共有にすぎないがな」

皇帝はニヤリと笑って一同を見渡した。

「諸君のおかげで天文台の愚者を三人も捕らえることができた。彼らが所持していた殲滅外装――《砕》《サイ》と《剔》《テキ》については帝国で回収して解析を進める予定だ……ああそうそう、ミリセントが共有した殲滅外装の名称については念のため把握しておけ。形状や性能がなんとなく予想できるからな」

「カレン様。ところで《刻》《コク》はどうなったのでしょうか？」

フレーテがギロリとミリセントを睨《にら》んだ。

当然の疑問である。ミリセントは《刻》を奪って消えたことになっていたのだ。ひょっこり帰ってきて普通に会議に参加しているのは明らかにおかしい。

「言いたいことは色々あるのですが、まずは何故ブルーナイト将軍が平気な顔をしてそこに座っているのかを知りたいです。──あなた、ムルナイトを裏切ったんじゃありませんの？」

「さあ？　どうかしら？」

「『どうかしら』って何ですの⁉　あなたは自分のことも分からないんですか⁉」

「あんたに言う必要がないってだけのことよ。それくらい分からないの？」

「こ、の、言わせておけば──！」

何でこいつら顔を合わせただけでケンカを始めてるんだよ。仲の悪いネコかよ。

見かねたヘルデウスが「落ち着いてください」と割って入る。

「ここは七紅天会議の場ですぞ。節度を弁《わきま》えた言動をするように」

「……そうでしたわね。私としたことが幼稚な挑発に惑わされてしまいました」

「ふふ。すぐに沸騰《ふっとう》するから遊び道具にちょうどいいのよね」

「ッ──カレン様！　やはりブルーナイト将軍は危険です！　よくよく考えてみれば、彼女は国家反逆罪で追放されたブルーナイト家の生き残り！　どうせろくでもないことを企《たくら》んでいるに決まってて」

ドスッ‼

フレーテの目の前にミリセントが投げたナイフが突き刺さった。

場がしんと静まり返る。私はテーブルの下に潜《もぐ》りたい気分になってしまった。

このままバトルに発展してしまうのだろうか──ビクビクしながら成り行きを見守ってい

ると、皇帝が「やめたまえ」と呆れ気味に注意した。

「揉《も》めている場合ではなかろう。これ以上諍《いさか》いを起こすなら二人まとめてチュウするぞ」

「なっ……⁉　チュウ……⁉」

フレーテが目を見開いて固まった。

そうだぞ。この皇帝は変態なんだぞ。チュウされたくなかったら大人しくしていろ。こんなところで殺し合いが始まったら私が流れ弾で死ぬかもしれないからな――あれ？　フレーテのやつ、なんか顔を赤くしてモジモジしてないか？　嘘だろお前？

一方でミリセントは「チッ」と舌打ちをして、

「どうでもいいから始めてくれないかしら？　時間の無駄なんだけど？」

「お前がそれを言うのは驚天動地だが、まあ、ひとまず不問に処しておこうか。さっそくだがフレーテの質問に答えよう――《刻》は行方《ゆくえ》が分からなくなってしまったようだ」

フレーテは頰《ほお》をパシパシと叩《たた》いて気持ちを入れ替えながら、

「行方が分からない？　それはどういうことでしょう？」

「朕《ちん》はミリセントに《刻》を預け、それをエサに天文台を誘《おび》き寄せるよう命令した。だからミリセントは裏切っていない。この点については安心してくれたまえ」

ミリセントって皇帝の命令で動いてたの？

昨日の雰囲気的に違う感じがしたんだけど――駄目だ。よく分からん。

「そしてミリセントはまんまと天文台のララ・ダガーに接触することに成功、そのまま戦闘が勃発《ぼっぱつ》したそうだ。しかし結果は引き分け。ララ・ダガーには逃げられてしまった。しかもその際に《刻》がどこかへ紛失してしまったのだ」

「天文台の手に渡ったわけではありませんわよね？」

「それはない。ララ・ダガーはミリセントが《刻》を持っていると思い込んでいた。だからロッコとドヴァーニャを人質にした際に、『ミリセントの身柄を引き渡せ』と要求してきたのだろう。サクナ、この点については間違っていないな？」

「は、はいっ」

　サクナが慌てて返事をする。

「昨日お話ししてみましたが、嘘はついていないと思います。ララ・ダガーさんは《刻》の行方を知りません」

「よろしい。つまりララ・ダガーが奥義を隠し持っている可能性は潰《つい》えた。――ただし、《刻》の所在は本質的にはどうでもいいのだ。我々が考慮するべきなのは、残りの愚者たちが今日の夜に必ず仕掛けてくるという事実だ」

　ミリセントもそんなことを言っていたな。何故攻めてくると分かるのか――いやまあ、仲間が三人も捕まっているのだ。奪還するために動き出してもおかしくはないか。

　しかし、実際はもっと複雑な事情があったらしい。

ミリセントが「そうね」と頷《うなず》いて、

「私が【亜空炸弾】を発動していると嘘をついたのよ。起爆するのは二十七日の夜、つまりその時間までにこちらが提示した条件をクリアしなければ《刻》は破壊される。私が提示していた条件は――《刻》以外の殲滅外装をすべて差し出すこと」

「はあ？　いつそんな話をしたんですの？」

「ララ・ダガーと交戦した時だそうだ。天文台の愚者どもは《刻》を取り戻すために必ずムルナイト宮殿を訪れるだろう」

「でもカレン様。相手が自分の武器を素直に差し出すとは思えませんわ」

「こちらを動けない状態にしてから差し出せばいいと思ってるんじゃないか？　いずれにせよやつらはムルナイト帝国の中枢を破壊し尽くす気構えでやってくるだろう。ミリセント、そういうことで合っているな？」

「そうね。おそらくは」

ミリセントはミステリアスな微笑を浮かべた。

「おそらくは」なんて言っているが、額面通りに受け取ってはならない。

あいつは嘘をついているのだ。敵に対しても――味方に対しても。

だが私にはそれを止めることができなかった。ロロッコやドヴァーニャたちの安全を確保するためには、ミリセントよりも天文台を止めることのほうが重要だからだ。

「さて。方針は整ったな」

皇帝が愉快そうに笑って立ち上がった。

「今回の作戦は実に明朗。宮殿に押し寄せる襲撃者どもを、七紅天総出で迎え撃てばいいだけだ。やつらの目標は存在しない【亜空炸弾】の解除であるからして、どうやっても不可能だ。それに対してこちらは愚者をすべて捕らえるだけ――これほど楽な戦いも珍しいだろう?」

絶対楽じゃねえ。

天文台のやつらはとんでもない武器を持っているのだ。

だが、七紅天たちは（私とサクナを除いて）自信満々に頷くのだった。

「皇帝陛下」

それまで黙っていたプロヘリヤが口を開いた。

「書記長から『好きにしたまえ』という許可をいただきました。ドヴァーニャを傷つけられた借りもあることですし、私も七紅天の方々とご一緒させていただいてもよろしいですかな」

「それこそ好きにしたまえ。その選択肢を提示するために会議に呼んだのだからな」

「ふっ。ではお言葉に甘えるとしましょうか」

プロヘリヤも天文台に対しては思うところがあるらしい。

療養しているドヴァーニャに「仇《かたき》は討ってやる」と何度も言っていたからな。

ちなみにロロとドヴァーニャを攫《さら》った張本人はワドリャ・レスコーフという蒼玉《そうぎょく》らしい。

ワドリャはすでに捕まっているが、だからといって彼女の怒りの炎が弱まるわけではないのだ。

もちろん私だって天文台にはムカついている。

ロロをあんな目に遭わせたやつらは簡単には許せない。

ふとプロヘリヤが私のほうを向いて、

「安心しろ。テラコマリの護衛もきちんとこなしてやる」

「あ、その話ってまだ続いてたんだっけ？」

「当たり前だ！　仕事を有耶無耶《うやむや》にして終わらせるなど社会人としてあり得ん！　ホテルでの戦闘で私が寄与したことは何一つなかったからな、次こそあのカンガルーを仕留めてみせようではないか」

何だその責任感。私よりもドヴァーニャのそばにいてあげてほしいのだが。

「とにかく準備をしなければなりませんわね。天文台の愚者は一人で世界を破壊するほどの力を操《あやつ》るそうですから」

フレーテが腕を組んで言った。

皇帝が頷き、

「とはいえコマリたちが常世で戦った愚者――リウ・ルクシュミオは、瘴気《しょうき》というエネルギーで強化されていたようだ。ワドリャ・レスコーフと戦ってみて分かったが、やつらの素の力は七紅天には及ばない程度だろう」

「しかしカレン様。それは油断をする理由にはなりません」

「フレーテの言う通りだ。諸君、心してかかるがよい」

私はぎゅっと拳《こぶし》を握った。

やつらは最終的に私を殺そうとしている。私の友達にもひどいことをしようとしている。優雅な引きこもりライフのためには、彼らを全員捕まえて更生させなければならないのだ。

「――ん」

プロヘリヤがふと頭上を見上げた。

どうしたの――と声をかけようとしたところで第六感がアラートを鳴らした。

あれ？　なんか外が光ったような気がするぞ？

「ッ」

そこで私は強烈な寒気を感じた。

何かが高速で近づいてくる。高濃度のエネルギー。吸血鬼が嫌う太陽の光。

そうして気がついた――これはブラッドホテルで味わったあの衝撃とまったく同じだった。

愚者02《ゼロニ》・ルーミン・カガミが、再びあの一撃をぶっ放したに違いなかった。

メリメリと『血濡れの間』の天井が破壊されていく。

ぐらぐらとムルナイト宮殿全体が揺れている。

「カレン様！　攻撃を受けていますッ！」

フレーテが叫んだ。

プロへリヤが銃を構える。ヘルデウスが「嗚呼《ああ》」とつぶやいて神に祈る。デルピュネーは硬直したまま動かない。サクナは大慌てで私に抱きついてくる。続いてヴィルが私を守るように覆《おお》いかぶさってくる。

まずい。【孤紅《ここう》の恤《とむらい》】を発動する時間はない。

このままじゃ全員死んじゃう。

「――なるほど。さっそくお越しのようだな」

巨大な魔方陣が出現した。

何かが高速でバチバチと弾《はじ》ける音が聞こえる。

気づけば、皇帝の周囲には雷の魔力がおそろしい勢いで駆け巡っている。

雨も降っていないのに雷鳴がとどろいた。

ヴィルが「ひゃあ」と悲鳴をあげて私を押し潰《つぶ》してくる。

それはまるで雷の龍。

森羅万象《しんらばんしょう》を焼き尽くすために顕現《けんげん》した最強の魔法。

皇帝は龍をつかみ取るようにして拳を作り上げると、天から降ってくる殺戮《さつりく》の光線をまっすぐ見据え――

「消えろ」

一気に叩きつけた。

目を覆いたくなるような閃光《せんこう》。衝撃。破壊音。

私たちはなすすべもなくその場にひれ伏していた。

☆

愚者《ゼロックス》06-ツキ・ランスパートは虫の息だった。

ヘルデウス・ヘブンとサクナ・メモワールによって捕らえられた後、ゴミを放り捨てるような感じで独房に放り込まれたのである。

もちろん武器は手元にない。《剔》の第一解放は〝所持者のもとに戻ってくる槍〟である。しかしどこかに縛り付けられているのか、どれだけ念じても戻ってくる気配がなかった。

ぽたぽた。ぽたぽた。

抉《えぐ》られた傷から血がしたたった。

「サクナ・メモワール。許せません……」

前髪で隠れた瞳《ひとみ》の奥で、復讐《ふくしゅう》の炎をめらめらと燃やす。

あの不埒《ふらち》な破壊者は、情報を引き出すためにツキを拷問したのだ。

ロロッコ・ガンデスブラッドやドヴァーニャ・ズタズタスキーへの仕打ちに対する意趣返し

もあったのかもしれない。

「ご、ごめんなさい！」「痛いですよね……？」「口を割ってくれれば楽になれますっ」――申し訳なさそうにしながら何度も何度もこちらの傷口を抉ってきやがった。そのくせやつの手つきは日頃から拷問を生業《なりわい》としている者に特有のえぐさがあった。

平たく言えば地獄のような苦しみ。

しかしツキとて訓練を積んだ戦士だ。あの程度の拷問に屈するほどヤワな精神力ではない。歯を食いしばって耐えていると、やがてサクナ・メモワールは「また後で来ますね」と言って去っていった。こちらが微動だにしないので諦《あきら》めたのだろう。

「……ざまあみろ。仲間の情報は一かけらも売ったりしませんからね……」

――しかしツキは知らなかった。敬愛する愚者01《ゼロイチ》‐ララ・ダガーは、サクナの拷問にちょっとだけ屈してぽろぽろ情報を漏《も》らしていたことを。

それはともかく、絶体絶命であることに変わりはない。

他の愚者たちは何をしているのだろう？

どうすればこの危機的な状況を脱することができるのだろう？

ああララ様。愚かな私に道をお示しください――

「外に出たいか？」

「⁉」

鉄格子の向こうに人影が現れた。

蠟燭《ろうそく》の炎でぼんやりと輪郭が霞《かす》んでいる。また別の誰かが拷問をしに来たのだろうか――

と身構えてしまったが、敵意や害意が少しも感じられなかったので警戒を解く。

「……えっと。あなたは……？」

「天文台に手を貸してやろうと思ってな。このままでは目的が達成されないのだ」

すぐそこにいるはずなのに顔がよく見えない。

何かの魔法で隠しているのだろうか。

「手を貸す？　そう簡単には信じられません」

「ではこれを返却しよう」

その人物が何かを差し出してきた。

ツキは思わず目を見開いた。何故ならそれは――

「――《剔》⁉　どうして⁉」

「これがあれば牢獄《ろうごく》を破ることも容易《たやす》いだろう？」

鉄格子の隙間《すきま》から《剔》を手渡される。

そうだ。これさえあればツキは無敵の戦士に変身できるのだ。

この謎《なぞ》の人物の正体は気になるが、細かいことを気にしている場合ではなかった。すぐにでもここを脱出して仲間たちの——ララの安否を確認しなければならなかった。

ツキは《剔》を受け取ると、静かにつぶやくのだった。

「——ララ様。必ず役目を果たしてみせます」

殲滅外装が起動する。

三つに分割されていた《剔》が接続され、一本の長大な槍が手に収まった。もう出し惜しみはしない。サクナ・メモワールを見つけたら何が何でも殺害してやろう。

その時、牢獄全体を揺るがす衝撃。

攻撃されたのかと思って焦《あせ》ったが、そうではない。

このエネルギーの感覚はよく知っている。

愚者02・ルーミン・カガミの最終解放だ。

「ルーミンさん……！　助けに来てくれたのですねっ」

ツキは《剔》を握りしめて走り出した。

ようやく反撃の準備が整ったらしい。

破壊者どもめ、天文台を虚仮《こけ》にしたことを後悔させてやろうではないか。

いつの間にか牢獄を訪れた謎の人物の気配は消えていたが、今のツキにはどうでもいいことだった。

☆

「防がれた……⁉　いや、威力を軽減された……⁉」

殲滅外装02《ゼロニ》-《映》《エイ》の最終解放。

それは最大三日ぶんまでの太陽光を蓄積し、それに応じた威力の光線をぶっ放すという究極の破壊兵器である。今の一撃は一日程度しかチャージできなかったので破壊力は控え目だが、それでもムルナイト宮殿を丸ごと焼け野原にする予定だったのだ。

しかし、何故か光線は宮殿の天井のあたりを吹き飛ばすに留《とど》まった。

バチバチと弾ける雷のようなエネルギーが見えたので、誰かが魔法によって迎撃したのだろうが――

「と、とにかくカイテン！　突っ込むしかねーぞ！」

「分かっているさ。もうララたちは死んでるかもしれんがな」

「縁起でもないこと言うんじゃねー！」

カイテンが身を屈《かが》めて疾走を始めた。

ルーミンも上空から《映》を引き戻すと、大慌てでカイテンの後を追った。

その瞬間、どこかで何かが爆発《ばくはつ》するような音が聞こえた。

びっくりして振り向くと、敷地内の建物が衝撃波によって吹っ飛んでいくのが見えた。

あの攻撃には見覚えがあった――愚者05《ゼロゴ》・ワドリャ・レスコーフの《砕》の第一解放。

ガントレットから高威力の衝撃を解き放つ能力だ。

「あ、あいつ脱出してたのか……⁉」

だとしたら朗報だ。

形勢は天文台のほうへと傾いている。

☆

「朕は魔力が尽きた。後のことは七紅天でよろしくやってくれ」

皇帝がニヤリと笑ってそう言った。

雷の魔力の残滓《ざんし》がパチパチと飛び交っている。

『血濡れの間』は見るも無残な有様になっていた。というかムルナイト宮殿自体がすさまじい破壊に見舞われたらしい。崩れた天井、散乱する瓦礫《がれき》、そこかしこで飛び交う軍人や使用人たちの怒号――ついに戦いが始まってしまったのだ。

「コマリ様。お怪我はありませんか」

「う、うん。ヴィルこそ大丈夫か？」

「はい。皇帝陛下のおかげで最悪の事態は免れたようです」

私はハッとして円卓の上座へと目を向けた。

皇帝は優雅に足を組んで椅子《いす》に座っていた。

しかしその衣服は黒焦《くろこ》げのボロボロ。ほっぺたにも無数のかすり傷が見受けられた。絶対無敵の変態皇帝だと思っていただけに、その姿は少なくないショックを私にもたらした。

「か、カレン様⁉　だ、だ、だ、大丈夫ですかっ⁉」

「心配するなフレーテ。ちょっとしたかすり傷だ――しかし予想外に強力だったな。ララ・ダガーから引き出した情報によれば、ルーミン・カガミの一撃は威力が弱まっていたはずなのだが――存外にやるではないか！　あっはっはっは！」

「笑っている場合ではありませんっ！」

「その通りだ。何故か捕らえた愚者どもも動き出したらしいな」

「え――？」

プロヘリヤに「何だって？」と聞き返そうとした瞬間――どこからともなく巨大な爆発音が聞こえてきた。第七部隊のせいで耳と目が肥えているから分かるが、あれはたぶんガチのテロだ。遊びで建築物を爆破《ばくは》しましたっていう感じじゃない。

「――大変です陛下！　いつの間にか愚者の牢獄が破られています！」

『血濡れの間』に転がり込んできた衛兵が絶叫する。

それを聞いたフレーテが「ちっ」と舌打ちを一つ。

「見張りは何をやっていたんですの？」

「何故か全員殺害されておりまして……神具による傷ではないので魔核《まかく》で蘇生《そせい》中ですが」

「くっ……すでに侵入を許していたということですか！」

「しかしそれは奇妙ですな。ムルナイト宮殿には吸血鬼以外が入れないように結界が張られております。今は破壊されておりますが、それは今の攻撃によるものであり――」

ヘルデウスの言葉の途中で爆発音。

どこかで兵士たちが戦闘をしているのかもしれない。

フレーテが歯軋《はぎし》りをしながら踵《きびす》を返し、

「デル、行きますわよ！　帝都に害をなす愚か者は暗黒の彼方に葬って差し上げますっ！」

「そうだな。血を全部抜いて私の武器にしてやる」

物騒なことを言いながら二人は『血濡れの間』を出ていった。

「ふん、自ら袋のネズミを志願するとは見上げた心意気だ！　私がその眉間《みけん》を撃ち抜いてやろうではないか！」

続いてプロヘリヤが風のように飛び出していった。おい。私を護衛してくれるんじゃなかったのかよ。

「コマリさん。私たちも行きましょうっ」

「わ、分かった！　あいつらだけに任せてはおけないよな！　めちゃくちゃ怖いけど……」

「大丈夫ですコマリ様。私が必ずお守りしますから」

ヴィルがぎゅっと私の手を握ってくれた。

戦いは死ぬほど嫌いだけれど、私にはヴィルやサクナといった仲間たちがついていてくれるのだ。みんなの期待に応《こた》えるためにも頑張らなければならない。

「ガンデスブラッド殿。ご活躍を祈念しておりますぞ」

ヘルデウスが言った。

「私は皇帝陛下の護衛をしますが、ピンチになったら遠慮なく呼びつけてください。とはいえあなたの力にかかれば天文台の愚者など虫けらも同然でありましょうがな！」

「う、うむ、そうだな！――って護衛？　そんなに傷が重いのか……⁉」

「なんだコマリ、朕のことを心配してくれるのか？」

「いや、皇帝も普通の人間だったんだなあって……」

「わっはっは！　コマリは冗談が上手《うま》いな！　朕ほどか弱い乙女もいなかろう」

皇帝は冗談が下手だな。

だが――あの変態が本当に動けないのならば。

色々な意味でマズイ状況なのかもしれなかった。

私はちらりとミリセントのほうに目をやった。

「……お前はどうするんだ？」

「もちろん愚者を倒すわ」

ヴィルが警戒してクナイを取り出した。

サクナが「まあまあ」とヴィルを羽交《はが》い絞めにして宥める。

ミリセントは私の近くまで歩み寄ると、耳元で囁《ささや》くようにして、

「私はあんたを超えるために七紅天になった。その気持ちは今でも変わっていないわ」

やっぱりそうだ。

こいつは私のことをライバル視している節がある。

「そ、そうか。それがどうしたんだ？」

「今すぐ殺してやりたい気持ちは山々だけれど、そういう局面じゃないってことはよく分かってる。だから今は力を蓄えるための雌伏の時間――今日くらいはあんたの殺戮に手を貸してやってもいい」

「………………！」

あまりにも意外な提案だった。

四年前の事件以来――そして去年の騒動以来、私とミリセントの関係は複雑怪奇を極めていた。殺し合いをする敵同士、いじめっ子といじめられっ子、同僚の七紅天、そして一緒にムルナイトのために戦った仲間。

だが、あえて言葉で表す必要なんてないのだ。

こいつは私を殺そうとするライバルだが、私を助けてくれる仲間でもある。

それだけで十分だった。

「――よし、ミリセント！　一緒に頑張ろうじゃないか！」

「コマリ様。背中を刺されないように私が目を光らせておきますね」

「刺すわけないだろ！　味方なんだから！」

「そ、そうですよ！　ミリセントさんだって改心したはずです！　ねえミリセントさん？」

「……まあ。ここで仲間割れをしても仕方がないからね」

ミリセントがいきなりナイフを取り出した。

は？　まさか本当に刺すつもりなの？――と不安に駆られた瞬間、そのナイフで自分の指先にシュッと切れ込みを入れた。突然すぎて悲鳴にも似た声を漏らしてしまった。

「おい、何やってるんだよ⁉　血が出てるじゃないか！」

「本気を出すには血が必要なんでしょ？　私のをあげるわ」

「へ――むぐっ」

いきなり口の中に小指をつっこまれた。

ヴィルとサクナが何故か怪鳥のような奇声をあげた。

これは。この味は。決して甘くはない――むしろほろ苦い風味すらあるが、むしろそれがちょうどよい刺激となって私の精神を鼓舞《こぶ》していった。

身体から力が湧《わ》いてくる。

すべてを包み込むような紅色の魔力が。

天文台の愚者はたおさなければならない。

あいつらを放っておいたらたいへんなことになるから。

「――さあ。あんたの力を見せてよ、テラコマリ」

「わかった」

☆

「おおっ！　ルーミンじゃねえか！　無事だったのかよ⁉」

ルーミン・カガミが宮殿の庭を疾走していると、いきなり城壁が吹っ飛んで蒼玉の男が現れた。愚者05‐ワドリャ・レスコーフ。身体のあちこちに痛ましい傷が刻まれていたが、雰囲気からして息災そうである。

「ワドリャ！　まさか一人で逃げてきたのか⁉」

「ララも一緒だぜ」

ワドリャの隣にはげっそりした様子のララが立っていた。

服は血塗《ちまみ》れ。筆舌にしがたい拷問を受けたことは明らかだった。

「おや、ルーミンさん。こんなところで会うとは奇遇ですね」

「強がってんじゃねーよ！　心配したんだからなー⁉」

「ふふ。すべては計算のうちですよ――私は窮地《きゅうち》に陥《おちい》ったフリをしていたのです」

「んなわけあるかっ！」

「あいたっ」

ぽかんとララの頭を叩いた。ララが本気で痛そうにしていたのでちょっと焦った。

「わ、悪い。その傷……やっぱり拷問されたんだよな」

「下手な拷問でしたけれどね。あれでは情報を吐く気にもなりません」

「でも無事でよかった。どうやって脱出したんだ？」

「出ようと思えば私はいつでも出ることができましたよ」

「そういうのいいから！」

「そりゃアレだよ。謎の人物が助けてくれたんだ」

ワドリャが不思議そうに腕を組んで言った。

「突然俺《おれ》の牢屋の前に現れて、奪われていた《砕》を返してくれたんだよ。そのおかげで檻《おり》を破壊できたって寸法さ。ララもそうだろ？　たぶんツキもな」

「謎の人物ぅー？　何だそりゃ……」

「たぶん天文台のファンだぜ！　それよりもララ、これからどうすんだ？　ここでツキが来るのを待つか？　カイテンのやつも来てるんだろ？」

「カイテンはお前らを捜してるんだよ！　見つかったことを知らせないと！」

「なるほど。では私たちが採るべき選択肢は――」

ララが顎に手を当てて思考を始めた。

ルーミンとしてはさっさと敵を殲滅したいところである。

【亜空炸弾】というよく分からない魔法が発動しているらしいが、ミリセントを何とかすれば《刻》は戻ってくるに違いないのだ。そのついでに破壊者も殲滅できれば御《おん》の字だった。

ララは「ふむ」と頷いて、

「――決まりました。私たちの方針は」

その言葉が最後まで紡《つむ》がれることはなかった。

突風。

振り返る。

宵闇《よいやみ》の向こうから、闇《やみ》の塊《かたまり》が高速で襲いかかってくる。

そのさらに奥には、レイピアを構えた吸血鬼の女――七紅天フレーテ・マスカレールが険しい顔をして立っていた。

「闇に呑《の》まれなさい。テロリストども」

「テロリストは――そっちだろうがあああああああッ!!」

ワドリャが吼《ほ》えた。殲滅外装05《ゼロゴ》‐《砕》が起動。ガントレットから放たれた衝撃波が闇の塊と激突し、天地を揺るがすような大音がとどろいた。

どぱあんっ!!――闇が一気に霧散する。

その残滓を貫くようにしてフレーテが突貫してきた。

ワドリャは大地を踏みしめて加速すると、鋼鉄の拳を敵の顔面に叩きつけようとして――

その瞬間、フレーテの姿までもがフワリと闇に溶け消えてしまった。

魔法だ。幻影を作り出す魔法に違いない。

「どこだ!? どこに消えやがった――」

「ワドリャ上だ！ 上を見ろ！」

「ッ――」

上空。フレーテはかすかな星光を背にして浮遊していた。

レイピアの先をワドリャの脳天に合わせ、水のようにしなやかな動作で急降下してくる。しかしワドリャとて歴戦の猛者《もさ》だ。あんな攻撃を避《よ》けられないはずがない――そう思っていたのだが、何故かワドリャは微動だにしなかった。

「おい!? 何ぼーっとしてるんだよ!?」

「いや、足が……！」

「――そうだ。そのまま血の海に沈むがよい」

闇の中から新しい吸血鬼が現れる。

奇妙な仮面をかぶった吸血鬼、七紅天デルピュネー。やつの右手から伸びた血液の鞭《むち》が、蛇のようにワドリャの右足首に絡《から》みついていた。

何てことをしやがるんだ――!!

ルーミンは心の中で絶叫してしまった。

しかしワドリャは白い歯を見せて笑った。

「――仕方ねえ！　第二解放を発動してやるぜ！」

ガントレットが閃光を放つ。

ルーミンは「わあああっ！」と悲鳴をあげてその場に伏せた。

近くでぼーっとしているララも力尽《ちからず》くでその場に組み伏せてやる。

殲滅外装05‐《砕》――その第一解放は殴ると同時に衝撃波を放つ効果。そして第二解放は所持者の意思に応じて全方位に〝仕込み棘《とげ》〟を発射する効果。六百年前はあれの巻き添えを食らって死にかけた覚えもあった。

「さあ死ね！　俺の奥義を見せてやるぜ！」

「おいフレーテ！　避け――」

「もう遅いッ」

ガントレットから容赦《ようしゃ》なく棘が射出された。

ドガガガガガガガガガガッ――そんな破壊音とともに四方八方が蹂躙《じゅうりん》されていく。明らかにガントレットの体積よりも多い棘の軍勢。土を嚙《か》み、岩を砕き、宮殿の壁を壊し――そして上空で逃げ場を失ったフレーテの腹部に突き刺さった。

「がはっ――」

鮮血が走る。デルピュネーが慌てて駆けつけようとした瞬間、その脇腹《わきばら》にも棘の一本がねじ込まれた。ひとたまりもなく吹っ飛ばされていく仮面の吸血鬼。

ルーミンは思わず快哉《かいさい》を叫んでしまった。

やった。さすがワドリャ。邪魔な吸血鬼どもを一網打尽だ――

「――無駄だ。新月の夜はカレン様でも私を止められない」

ワドリャが「なッ」と驚きの声をあげた。

飛び出た鮮血が闇と化して辺りに溶けていった。びっくりして見上げれば、フレーテ・マスカレールは表情一つ変えずにワドリャに襲いかからんとしているではないか。棘に貫かれたはずの傷口は、モヤモヤとした夜霧に包まれてあっという間に修復されてしまっている。

あれも魔法の一種だろうか。

ワドリャがギロリと夜空を睨んで拳を振るった。

「消えやがれ！　吸血鬼めが！」

衝撃波がフレーテに直撃した瞬間、どぱあん、と彼女の身体が文字通り霧散した。

え？　殺したの？――いや違う。やつは肉体を闇に変換することによってワドリャの拳を無効化したのだ。そんな出鱈目《でたらめ》な戦法があってたまるかと悲鳴をあげそうになった直後、ワドリャの背後にモヤモヤとした闇が人間の形を作り上げていった。

「不埒な侵入者は串刺しにしてあげますわ」

「な……何なんだお前はよぉおおおおっ！」

「英邁《えいまい》なる七紅天フレーテ・マスカレール。今夜だけは〝黒き閃光〟の神髄を見せてあげましょうか」

フレーテが容赦のない突きを放った。ワドリャはガントレットでガード。お返しに蹴《け》り込《こ》んでやるが、やつの身体は闇に変換されて攻撃が全然通用しなかった。

突く、殴る、突く、殴る――目にもとまらぬ速さで攻防が繰り広げられているが、ワドリャが圧《お》されているのは明らかだった。どうにかして加勢してやらないと――ルーミンはそう思って一歩前に出て、
風を切るような音が聞こえた。

直後、ルーミンのわずか十センチ隣の石畳が壮絶な勢いで弾け飛んだ。

視界の端に真っ赤《まか》な蛇のようなものが蠢《うごめ》くのを目撃した。

否《いな》。蛇ではない。

あれは――血の鞭だ。

ルーミンはハッとして闇の向こうを睨んだ。

腹部から血を流したデルピュネーが、その血を鞭に変換してこちらに差し向けたのである。

背筋が冷えていった。よく見れば、彼女（彼？）の顔を隠していた仮面が一部割れてしまっている。その奥にのぞく右目が、不気味に光っているのを目撃した。

「――仮面に傷をつけたな。蛇の力があふれてしまうではないか」

「な、何だよそれ……⁉」

意味が分からない。

仮面？　蛇の力？　そんな隠し能力があるなんて聞いていない。おそらく自分の血液を操る能力だろう。こちらがいくら攻撃したところで意味はないのだ。

ルーミンは悲鳴を漏らしてララにつめよった。

「駄目だ！　こいつら想定よりも強い！　はやく逃げよう――」

そこでふと異常に気づいた。

光が降《ふ》り注《そそ》いでいるのだ。まるで血のようにかがやく紅色の光。

ルーミンはおそるおそる夜空を見上げた。

宵闇の中に、ふわふわと浮遊する小さな吸血鬼の姿があった。

禍々《まがまが》しい眼光。大気を震動させる殺気。

破壊者を生み出す最強の破壊者――テラコマリ・ガンデスブラッド。


「みつけた」


テラコマリの右手がゆっくりと持ち上げられた。

その指先には、素人のルーミンでも分かるほどの魔力が込められている。

恐怖のあまり足が竦《すく》んでしまった。

ララがゆっくりと立ち上がって言う。

「ルーミンさん、ワドリャさん。ここはいったん退きましょう」

「そ、そうだな！　あまりにも不利すぎる！」

「はあ⁉　何言ってんだよララ、こいつらを全員殺せばOKだろうが⁉」

「いいえ。フレーテ・マスカレールやデルピュネーだけでも手に余るのに、あんなバケモノと対峙《たいじ》するのは愚の骨頂。それに目的は達成したのですよ――ミリセントが言っていた【亜空炸弾】はすべてハッタリだったようです」

何を言っているのか分からなかった。

だが、この場から離脱することには大賛成だった。

ルーミンは回れ右をして逃走の準備を始める。

しかしワドリャはどこまでも頑《かたく》なだった。

「このチャンスを逃してたまるか！　テラコマリを仕留めてやるぜ！」

「やめてくださいワドリャさん。深追いはあなたの悪い癖《くせ》です」

「しね」

ララが制止を呼びかけるのと同時――

テラコマリの指先から紅色の極大レーザーが放たれた。

《映》の最大出力よりは劣るが、それでも相手を跡形もなく蒸発させるには十分すぎる威力だった。

「ガンデスブラッドさん！　ここは私とデルに譲りなさい！　こんなところで煌級《こうきゅう》魔法なんか放ったら宮殿が滅茶苦茶になってしまいますから――」

「かまわない」

「私が構うんですの!!」

ルーミンはララとワドリャの手を引いて走り出した。

あんなやつらと真っ向からやり合うのは間違っているのだ。

ところが、どこからともなく信じられない絶叫が聞こえてきた。

「ララ様に……手を出すなァアアアア――――――――ッ‼」

紅色の魔力を切り裂きながら降ってくる流星。

ルーミンは度肝《どぎも》を抜かれた気分になった。

今まさに槍の先端をテラコマリに突き刺そうとしているのは、天文台の翦劉《せんりゅう》――愚者06‐ツキ・ランスパートである。

例によって全身血だらけだが、その瞳には燃え盛るような殺意が宿っている。

しかしルーミンは寒気を覚えずにはいられなかった。

どれだけ想像力を働かせても、あの殺戮の覇者《はしゃ》を倒せる未来がどうしても思い描けなかったのだ。

「――やめろツキ！　ララは退却しろって命令してるんだ！」

「あとちょっとなんですッ！　第二解放――万物確殺《ばんぶつかくさつ》の刺突《しとつ》ッ！」

ツキは止まらなかった。

《剔》が眩《まばゆ》いかがやきを発した。

その先端が吸い込まれるようにしてテラコマリに叩きつけられる。

☆

「あ、え？——」

ところが、ツキは奇妙な手応えを感じて勢いを失った。

《剔》の第二解放。それは刃に触れたものを必ず破壊することができる確殺の異能だ。今までこれを受けて無事だった者は一人たりともいなかった。

それなのに。

ツキが放った突きは、テラコマリの心臓を捉《とら》えた瞬間——正確には槍の先端がテラコマリの軍服を破って肌に触れた瞬間、何かに阻まれるようにして静止した。

力を入れてもびくともしない。

それどころか——ピシピシと《剔》の表面にヒビが入っていくではないか。

「何で⁉　こんなことが……」

「じゃま」

「あがッ」

テラコマリが神速の蹴りを放つ。

側頭部に衝撃。ツキはそのまま錐《きり》もみ状態で地面に吸い込まれていく。あのまま頭蓋骨を砕くこともできただろうに、テラコマリは何故か手加減をしていた。ふざけやがって——いやそんなことよりも。

手の中にある《剔》が、ピシピシと崩壊を始めた。

止めようと思っても止まらない。

やがて《剔》は限界に達し――

ぱりいいいいいいいいいいいいいいいいいいいいいんっ‼

無数の破片になって砕け散った。

「な――な、」

何で？　なんでなんでなんでなんで？

掌《てのひら》からこぼれ落ちていく《剔》の残骸《ざんがい》を見上げながら、ツキは絶望に染まった表情で呻く。

殲滅外装は銀盤《インセイント》がくださった最強の神具。六百年前、ともに戦場を駆け抜けたツキの相棒。

ララを守るための最終兵器にして宝物――それがどうして壊れてしまったんだ⁇

おかしい。ありえない。

信じられない。これは夢じゃないのか。

そうだゆめだ。わたしは悪夢のなかにとじこめられている。テラコマリがこんなにつよいはずがない。愚者が全員そろっていれば、たおせないてきなんていないはずなのに――

「うおおおおっ！　ツキ！　今助けに行くからなッ！」

ワドリャが大声をあげて駆けてくる。

ツキは悲鳴を噛み殺《ころ》しながら彼の姿を見下ろした。

だめ。来ちゃだめ。あなたの殲滅外装も壊されてしまいますから――

しかしワドリャはツキの願いも虚《むな》しくテラコマリに突貫した。

拳を振るう。《砕》がうなり、衝撃波がほとばしった。

「ぶっ壊れろやあっ！」

「むだ」

恐るべきことに、テラコマリは小指でそれを受け止めた。

あまりの光景にワドリャが目を見開いた瞬間、すさまじい爆音とともに衝撃波が霧散してしまう。その突風でツキの身体は吹き飛ばされ、勢いよく地面に叩きつけられてしまった。背中が痛い。心も痛い。《剔》が壊れてしまうなんて。

その時点で何もかもが手遅れだった。

「はっ、面白ぇじゃねえか！　次は直接ぶん殴ってやるぜ――ッ‼」

ワドリャが拳を構えて走り出した。

わざわざ魔法を止めて着地したテラコマリは、まるで指切りげんまんをするかのような気安さで再び小指を前に突き出して――

激突した。

普通ならば突き指どころではすまない一撃。

しかしテラコマリの表情はぴくりとも動かなかった。

「う、お、おおおおおおおおおおおおおおおおおおおっ⁉」

ピシピシピシピシピシピシ……。

ワドリャのガントレットに不気味な亀裂が生じていった。

さっきと同じだ。殲滅外装はテラコマリに通用しないのだ。このままでは《砕》も粉々になってしまう。ルーミンが必死になって絶叫していた。はやく逃げろ、はやく逃げろ、殺されてしまうぞ――しかしその声が届くよりも前にテラコマリが前進。

「おまえは。ふたりにあやまったのか？」

がしゃあああんっ。

ガントレットが小指で破壊されてしまった。

「な、に――あがッ⁉」

呆然《ぼうぜん》自失していたワドリャの顔面に拳が叩き込まれる。

くぐもった悲鳴。ワドリャの身体がふわりと宙に浮き、そのまま後方十メートルまで吹き飛ばされてしまった。ルーミンが「うわあ！」と絶叫して彼のもとへ駆け寄った。

「顔の骨が砕かれてる！　くそ、あいつ何てことするんだ！」

「ちくしょう……ちくしょう……ふざけやがって……ぶっ殺してやるッ……‼」

「おい動くな！　いま治療してやるから」

「そうはさせません」

ルーミンの正面に誰かが立つ気配。

見れば、青髪のメイドが冷ややかな表情でツキたちを見下ろしていた。

否、メイドばかりではない。七紅天フレーテ・マスカレールとデルピュネー、サクナ・メモワール、さらには天文台を取り囲むようにして駆けつけた帝国軍の兵士たち――いつの間にか袋のネズミの絶体絶命。

サクナ・メモワールが杖《つえ》を構えて近づいてきた。

「投降してくださいっ！　そうすれば殺すくらいで勘弁してあげますからっ……！」

「り、倫理観がおかしいだろ⁉　人は殺されたら死んじまうんだよっ！」

やつらはルーミンの叫びには耳も貸さなかった。

その背後に、紅色の悪魔が舞い降りるのをツキは目撃した。

テラコマリ・ガンデスブラッド。

《剔》と《砕》を破壊し、秩序をめちゃくちゃにした最悪の破壊者。

現状、あれに対抗する手段は何一つとしてない。

悔しい。悔しい。悔しい。なんであんなテロリストに――

「大丈夫ですよツキ。天文台が敗北することはありえません」

にわかにツキの頭に手が置かれた。

触れられた部分から無限大の温《ぬく》もりが広がっていく。

見上げると、ララが余裕たっぷりの表情で立っていた。

ツキは泣きそうになってしまった。

ああララ様。やっぱりララ様は素敵です。この状況を突破できる策があるのですね。一生ついていきます。どうか愚か者に道しるべをお与えください。

ララは「ふっ」と微笑《ほほえ》みをこぼしてテラコマリを見据え、

「驚きですね。まさかムルナイトの吸血鬼たちがここまで精強だったとは」

「当たり前ですよ。コマリ様にかかれば天文台の愚者なんてミジンコも同然です」

「ガンデスブラッドさんが暴れすぎたせいで私たちの出番がありませんでしたわ。――デル、大丈夫ですの？　気分が悪くなったりしていませんか？」

「問題ない。久しぶりだが収まった」

じりじりと敵どもが距離をつめてくる。

《剔》と《砕》は壊れてしまった。《刻》はそもそも存在しない。《映》は戦闘向きの殲滅外装ではない。となれば――そうだ。影が薄いので忘れていたが、天文台にはあと一人残っているではないか。

「ふふ。私たちを捕まえるおつもりですか？」

「もちろん。大人しくしてください」

「それは残念です。あなた方の目的が達成されることはありませんね――カイテンさん」

「御意《ぎょい》」

地響きのようなものが伝わった。

吸血鬼どもは阿呆面《あほづら》で立ち尽くすことしかできない。

ツキたちの足元から巨大な何かが浮かび上がってくる気配がした。

それは地中に埋め込まれていたナニカ。

ぐるぐると回転して土を振り払うその様子は、武器というよりも何かの工具のようにすら見えた。間違いない――愚者03《ゼロサン》‐ニタ・カイテンの殲滅外装、《回《カイ》》である。

第一解放は無尽蔵に増殖させることができる手裏剣。

そして第二解放は、サイズを自在に変更して飛行することができる手裏剣。かつて愚者たちはこれに乗って戦場を飛び回っていたのだ。傍《はた》から見ればUFOのような様相かもしれない。

「な……これは何ですか⁉」

「させませんッ！」

サクナ・メモワールが氷結魔法を放ってきた。

ツキは破片と化した《剔》を振るうことでそれを辛うじて防御。

直後、しゅたっ！――と華麗な動作でツキたちの前に忍者が降り立った。

「カイテンさん。ご苦労様です」

「ああ。首尾よく――とまではいかなかったが、当初の目的は達成された」

「傷だらけですね。あなたも戦っていたのですか？」

「プロヘリヤ・ズタズタスキーだ。回収作業の最中に妨害されたが、術を使えば撒《ま》くことは難しくもなかった」

「さすがはカイテンさん」

二人が何を話しているのかよく分からなかった。

手裏剣がふわりと宙に浮いた。

それでようやく理解する。ララとカイテンは策を用意していたのだ。

確かに《回》の第二解放ならば、少なくともこの窮地から離脱することは可能である。

ララ、ルーミン、カイテン、気絶したワドリャ、ツキ――五人の愚者たちを乗せた巨大な手裏剣は、みるみる速度と高度をあげていった。

「ざまあみろ吸血鬼ども！　次こそは絶対ぶっ殺してやるぜー！」

ルーミンが「あかんべえ」をして叫んだ。

吸血鬼たちは何故か棒立ちしてこちらを見上げていた。

おそらく《回》には追いつけないと諦めたのだろう。

「ムルナイト帝国の皆さん。今日のところは引き分けといたしましょうか。命拾いができた幸運を噛みしめてくださいね」

ララが敵どもを見下ろして微笑んだ。

「ですが次は必ず仕留めてみせましょう。我々は秩序を乱す破壊者には容赦をしません。それまで首を洗って待っているのがよろしいかと」

手裏剣が高速で飛翔した。

すでに地上の吸血鬼どもの姿は豆粒のように小さくなってしまっている。

紅色の雲を抜け、月のない夜空へと飛び出した。

そこでようやくツキは身体から力が抜けていくのを感じた。

ララが「大丈夫ですよ」と髪を撫でてくれる。

「《剔》は直せます。とある方法を使えば」

「え？　そ、それはどんな……」

「まずは帰りましょう。態勢を立て直さなければなりませんから」

希望がじわじわと湧いてくるのを感じた。

その〝とある方法〟が何なのか分からないが、ララに従っていれば間違いなんてあるはずがないのだ。ひとまずは休息することが必要だ。あの憎きテラコマリを殺す方法はその後で考えればいい。

「――――？」

そこでふと、ツキは空気が奇妙に揺らぐのを感じた。

ルーミンが気にせず「ちくしょー！」と叫んだ。

「何なんだよあいつ！　六百年前の夕星《ゆうせい》とタメ張れる強さじゃねーか！　しかも殲滅外装を無効化してたよな⁉　ありゃどういうことだよー⁉」

「分かりません。ルクシュミオさんなら何か知っているかもしれませんね」

「けっ、天文台を抜けたやつに頼るなんて冗談じゃねー。《映》の最終解放は効いてた感じがしたから、今度は三日チャージしてぶっ放してや――」

ルーミンの言葉が止まった。

ララが「どうしましたか？」と不審そうに振り返った。

ツキもルーミンの様子を確認して――思わず声を漏らしてしまった。

「にがさない」

紅色の殺意。圧倒的な魔力。

テラコマリ・ガンデスブラッドが、空飛ぶ手裏剣と平行移動するようにして浮いていた。そしてその右手は、がっしりとルーミンの手首をつかんでいる。

ルーミンが「わあああああ！」と恐怖の金切声をあげた。

「は、放せよ⁉　な、な、なな、何でお前がここにいるんだよ⁉　ここ空だぞ⁉　すごい速さで飛んでるんだぞ⁉　ありえないだろそんなの‼」

「にがさない」

「ッ――」

テラコマリの左手に魔力が収束していく。

魔法に詳しくなくても分かった。やつはこの場で天文台を全滅させる気なのだ。

ララの首筋を、たらりと冷や汗が伝っていくのが見えた。

「カイテンさん。【転移】を」

「分かっている」

カイテンが魔法石を取り出した。

ツキは慌てて指摘する。

「だ、駄目です！　テラコマリも一緒に【転移】してしまいますっ！」

「そう言われてもな。発動してしまった」

魔法石が莫大な量の光を発した。

一方、テラコマリの左手の魔力がいよいよ射出されんとしている。

このままテラコマリごと【転移】すれば、結局あの魔法で消し炭となるのがオチだ。何としてでもルーミンからテラコマリを切り離さなければならないのだが――

「しょうがない。我慢しな」

「へ」

すぱんっ。

血があふれた。

カイテンが脇差《わきざし》を振るったのである。

ルーミンの手首がすっぱりと切断されているのを目撃した。

「あ……え……？　あああああああぁああッ……⁉」

苦痛の絶叫が夜空に弾けた。

その直後、《回》が急激に加速。

ルーミンの悲鳴を棚引かせながら、テラコマリを置き去りにするような速度で雲居を駆け抜けていく。

やがてカイテンの持っていた魔法石が発動した。

愚者たちは光に包まれて――

ムルナイトの上空から忽然《こつぜん》と姿を消してしまった。

☆

――一敗地に塗れるとはこういうことを言うのか。

ルーミン・カガミは切断された右手を《映》で治療しながら涙をこぼした。

【転移】の魔法石によって窮地を脱した愚者たちは、座標もよく分からない森林の中で休息をとっていた。

ツキは《剔》を失って意気消沈。ワドリャは殴られた衝撃で未《いま》だに失神している。カイテンも銃創でボロボロ。ララだけがすました顔で倒木に腰かけているが、あの表情が虚勢であることをルーミンはよく知っていた。

そしてルーミンは右手を失った。

といっても大事に至ったわけではない。

殲滅外装02‐《映》の第二解放——それはどんな傷でも癒《いや》すことができる太陽光の力。切断された腕を直すには時間がかかるが、それでも不可能ということはないのだ。

「くっ……痛い……痛い痛い……よくもやってくれたなカイテン……！」

「仕方ないだろ。やつを振り払うにはああするしかなかった。恨《うら》むべきは俺ではなくテラコマリだ」

「分かってるけどさあっ……！」

思い出すだけでも恐ろしかった。

やつは破壊者の中でも別格だ。大昔に戦乱の世を作り上げた大悪人——天津《あまつ》夕星にも匹敵《ひってき》する強大さである。今回の目的は逃走だったので本格的な戦闘にはならなかったが、それにしたって傷一つ負わせることができなかったのは常軌《じょうき》を逸している。

銀盤《インセイント》亡き今、やつを打ち滅ぼすことはできるのだろうか。

それに、ワドリャとツキの殲滅外装は壊れてしまったみたいだし。

ルーミンはふと思い出した。

「――そ、そうだ！　どうして《砕》と《剔》が砕けちゃったんだ……⁉　殲滅外装は無敵の神具のはずなのに……！」

ツキがびくりと肩を震わせた。

彼女は未だに《剔》の残骸を握りしめながら泣いていたのだ。

ララは肩を竦めて吐息《といき》を漏らした。

「先ほどルクシュミオさんに通信用鉱石で聞いてみました。彼曰く、テラコマリ・ガンデスブラッドは触れただけで殲滅外装を破壊する異能を持っているのだとか。常世では《縛《バク》》も破壊されかけたそうですが、あれは複数タイプの外装だったので完全破壊は免れたようですね」

「はあ⁉　意味分かんねーよ！　ルクシュミオは何でそんな重要なことを今まで教えてくれなかったんだ⁉」

「やつは天文台を抜けたんだ。言っても無駄だろ」

カイテンがシニカルに笑う。

確かにそうだけど。敵の情報くらい教えてくれてもいいじゃないか――いや、よく考えてみれば、あいつは昔から抜けているところがあったのだ。素で忘れていた可能性が十二分にあるから笑えない。

「……だいたい〝殲滅外装を破壊する異能〟って何だよ。聞いたこともねーよ」

「一つ考えられるのは、テラコマリが銀盤《インセイント》の血族だということ」

「え……？」

「銀盤《インセイント》のファミリーネームは〝ガンデスブラッド〟でした。あの方は自分には殲滅外装が通用しないように設定しましたが、血が識別標識だったのかもしれません。だから銀盤《インセイント》の血を受け継ぐテラコマリにも通用しないのでしょうね」

「な、何だよそれ」

銀盤《インセイント》の子孫なら、天文台の味方になってくれてもいいじゃないか。

いや、《称極碑《しょうきょくひ》》には彼女の名前が刻まれているのだ。

どんな事情があってもテラコマリは殺さなければならなかった。

「いずれにせよ今回は引き分けです。次こそ勝てるように頑張らないとですね」

「どう見ても完全敗北だろー……」

「そうでもありません。目的のものは回収しました」

ララはすぐ隣を見下ろした。

倒木の上に、ボロボロになったダガーが置かれている。

何だあれ？　何かのオモチャ？——ルーミンの疑問をララは簡単に打ち砕いた。

「殲滅外装01《ゼロイチ》-《刻》です」

「はああっ⁉　『回収した』ってそういうことなのか⁉　ボロボロだけど……⁉」

「テラコマリに触られたのかもしれませんね。といっても完全に破壊されているわけではないので、出力10パーセントといったところです」

ララは《刻》をくるくる回して遊びながら、

「ふふ。これをどうやって回収したのか聞きたいですか？」

「なんかムカつくけど正直気になる……」

「簡単ですよ。看守を篭絡《ろうらく》して捜索を命じたのです。どうやって見つけたのかは分かりませんが、たったの一日で取り戻すことができるとは予想外でした」

「あー。そういうことか」

ララ・ダガーは意志の弱い者を言いなりにしてしまう魔性《ましょう》を備えている。

ちょっと前は帝国軍の男を懐柔《かいじゅう》して悪さを働いたという話だが、今回も似たような手口を使ったらしい。

「でも10パーセントじゃ全然ダメじゃん」

「少なくとも破壊者を殺すには足りませんね。ゆえに修理をする必要があるのです——ツキ、あなたの《剔》もきっと直りますよ」

葬式のように沈黙していたツキが振り返った。

その顔は涙でぐしゃぐしゃになっている。

「ほ、本当に直るのですか。こんなにバラバラになっちゃったのに……」

「大丈夫。心当たりがありますので」

ララは安心させるようにニコリと微笑んだ。

それでツキは感極まってしまったようだ。

《剔》の残骸を握りしめると、「ララ様ぁっ！」と大声をあげて駆け出す。

わんわん泣き喚《わめ》くツキを慈しむように宥めながら、ララは静かに宣言するのだった。

「天文台に敗北はありえません。最後に勝つのは私たちです」

「……うん。そうだな」

ルーミンは無理矢理に笑顔を作った。

ララはポンコツだが、こいつに従っていれば間違いはない。

あの恐ろしいテラコマリ・ガンデスブラッドに勝つためには、天文台が一丸となってかかる必要があるのだ。

やることはたくさんある。

殲滅外装の修復。魔法に関する知識の収集。破壊者どもの戦力の確認——しかし仲間たちと力を合わせれば大丈夫。

ひとまずは仲間の治療をしないといけない。

とりわけカイテンに切断された右腕は修復させなければ

ぼとり。


「……ん？」

ルーミンは奇妙なものを目撃した。

すぐそこの草の上に、血腥《ちなまぐさ》い何かが降ってきたのである。

目を凝らして確認してみる。側面からは真っ赤な肉と骨がうかがえる。指らしきものが五本も生えている。まるで人間の手のようにも見える。

というか手そのものだった。

切断された誰かの右手。

いや違う。この手には見覚えがある。毎日見ているものだから間違えるはずもない。これはさっきカイテンに切断されてしまったルーミンの、

「かえす」

ぞくりとして天を見上げた。

冷や汗が出る。全身が震えて歯がカチカチと鳴る。あまりの恐ろしさに意識を失いそうになったが、肌を刺すような殺気の波動にあてられて強制的に現実へと引き戻される。

天から降臨したのは、紅色にかがやく吸血鬼の少女。

史上最悪の破壊者――テラコマリ・ガンデスブラッドだった。

愚者たちはその威容を見上げることしかできない。

ララですら強がりの笑みを浮かべることを忘れてしまっている。

「こうさんしろ」

テラコマリがゆっくりと腕を持ち上げていく。

だめだ。あまりにも強すぎる。あんなバケモノが存在していいのか。ルクシュミオはどうやってあれを追いつめたんだ。今の天文台じゃテラコマリの足元にも及ばないじゃないか。

ルーミンは心が砕けるのを感じた。

世界は広い。そして絶えず進化している。

六百年前の人間には太刀打ちできるはずもないのだ。

「――ふ。降伏勧告のおつもりですか?」

しかし、ララだけは最後の最後で虚勢を見せた。

それが自分たちの寿命を縮めることになるとも知らずに。

「面白い冗談ですね。天文台とムルナイト帝国の戦いは引き分けに終わったのです。これ以上続けるようならば痛い目を見ることになりますが、その覚悟はおありですか?」

「くたばれ」

テラコマリが腕を振り下ろした。

たったそれだけだった。

世界はまたたく間に色を失って――

ルーミンたちは声も出せずに吹き飛ばされていった。

六国《りっこく》新聞　6月28日　朝刊
『新手のテロリスト!?　〝天文台〟の暗躍!!
　ムルナイト帝国政府は27日、新興テロリストグループ〝天文台〟との全面戦争を開始すると発表した。天文台は出自不明の五人組で構成される組織で、テラコマリ・ガンデスブラッド七紅天《しちぐてん》大将軍やプロヘリヤ・ズタズタスキー六凍梁《ろくとうりょう》の抹殺を計画しているとされる。27日夜、天文台はムルナイト宮殿に奇襲を仕掛け、多数の怪我《けが》人と物的損害を出した。ガンデスブラッド将軍をはじめとした七紅天の奮迅により撃退には成功したものの、その身柄の拘束には至っていない。一説によればガンデスブラッド将軍の煌級《こうきゅう》魔法で文字通り蒸発したとも噂《うわさ》されるが、真偽のほどは不明である。六国は天文台の捕獲に向けて歩調を合わせる方針で一致したため、テロリスト狩りは今後も加速していくと見られる。問題は山積しているが、ひとまずはガンデスブラッド将軍の大活躍に拍手を送りたい。』

※

宮殿での戦いから一夜が明け――

六月二十八日。朝。

「コマ姉～！　バナナ食べさせてあげる～！」

「いいよ！　もう十分食べたから――ぶええっ！」

ロロが皮の剝《む》かれていないバナナを私の口に突っ込んできやがった。

やつは「にはははは」と爆笑して手を叩《たた》いている。

やっぱりこの妹は悪魔だ。一昨日くらいまでは死ぬほどデレデレしていたのに、今では姉に対する尊敬の念がすっかり消え失《う》せてしまったらしい。

「ロロッコ様。あまりコマリ様を困らせてはいけませんよ」

「コマ姉は困ってないよ？　可愛《かわい》い妹に甘えられて嬉《うれ》しがってるわ」

「嬉しがってねえよ！　もっと可愛い甘え方をしろ！」

「コマ姉だいすき～っ！」

ロロが私のお腹《なか》に抱きついてスリスリと頭をこすりつけてきた。

嘘《うそ》くさいにもほどがある。服の中にクモとかを入れられないように警戒しないといかん
――と思っていたら、ロロが急にぱっと離れて両手を差し出してきた。

「……何だその手は」

「『妹に甘えられたい』っていうお願いを聞いてあげたわ！　料金は5万メル！」

「……――」

ははは。こいつは人をおちょくる天才のようだ。

私の怒りがマグマを超越したのは言うまでもない。

「――あっち行け‼　お前はドヴァーニャと遊んでろ‼」

「きゃ～！　コマ姉般若《はんにゃ》～！」

ロロのやつは一目散に逃げていった。

まったくもって失礼なやつだ。一億年に一度の美少女に向かって。

「ロロのおやつを勝手に食べてやろうかな。冷蔵庫に残ってなかったっけ」

「そんなことをしたら仕返しをされると思いますが」

「ぐぬぬ……仕方ない。今日のところは勘弁してやろう」

「それよりもコマリ様。お身体の具合はよろしいですか」

ヴィルが心配そうな顔で私の服に手を突っ込もうとしてきた。

それをハエ叩きのように払いつつ、「まー大丈夫だ」とベッドに倒れ込んだ。

「別に行動に支障はないよ。クーヤ先生も大袈裟《おおげさ》だよな」

「でもしばらく身体が痺《しび》れていたのは確かですからね。今のコマリ様でも【孤紅《ここう》の恤《とむらい》】で無理をしすぎれば、後に響くことが分かってしまいました」

私は昨夜の戦いについて考える。

ムルナイト宮殿で追い詰められた愚者たちは、謎《なぞ》の手裏剣によって離脱を図った後、【転移】の魔法石によって核領域の森林地帯に逃げてしまった。しかし私が何かの魔法によって追跡したようで、森ごと焦土に変える勢いでどでかい一発をお見舞いしたらしい。

ところが、ムルナイトに戻ってきた私は身体が痺れて行動不能になってしまったのだ。

たぶんその前日にルーミンの極太レーザーを防いだことが影響していたのかもしれない。殲滅外装《せんめつがいそう》がどれだけヤバイのかが身に染みて分かってしまった。

ふと、ヴィルが「すみません」と頭を下げた。

「コマリ様に負担をかけすぎてしまいました。私が率先して戦わなければならなかったのに」

「いいよ別に」

「メイドとしてあるまじき失態です。もっと私が動いていれば愚者たちを捕まえることができたかもしれません」

そうだ。愚者たちは森とともに消えてしまったのだ。

たぶん死んではいない。そういう魔力反応が感じられた記憶があるから（今ではまったくその感覚を思い出すことはできんが）、どこかへ逃げたのだと思われる。帝国軍が捜索しているらしいが、未《いま》だにその行方《ゆくえ》はつかめていなかった。

もちろんこれはヴィルには何の関係もない。

でもここで「気にするな」と言っても聞かないのだろう。

「お前のせいじゃないけどな。それでも気になるならオムライス作ってよ」

「分かりました。ですがそれだけでは足りませんので責任をもってダウンしたコマリ様のお世話をいたしますね。まずはお風呂《ふろ》に入れてあげますので服をお脱ぎください」

「こっち来んな‼　通報すっぞ‼」

調子に乗った変態をイルカの抱き枕《まくら》で殴りつけてやった。

やつは「ああコマリ様のにおいっ！」とかほざきながらイルカに頰擦《ほおず》りを始める。やっぱりこいつは変態だ。もっとサクナやリンズを見習ってほしいものである。

ふとヴィルが「そういえば」と思い出したように言った。

「愚者05《ゼロゴ》の消失に伴い、ズタズタ殿もいったん白極連邦《はっきょくれんぽう》に帰国するようですね。ドヴァーニャ殿もそれについていくのだとか」

「あ、そうなの？　もっといてくれてもいいのに」

「いてくれなくてけっこうですよ――　しかし、ズタズタ殿は『護衛をしてやる！』などと世迷言《よまいごと》を言っていたわりに、大した活躍をしませんでしたね。本当に世迷言だったみたいです」

「いや十分活躍してくれただろ」

「そうですね。モブにしては十分の活躍でした」

モブって感じは全然しないけどな。

雰囲気的には本人が言っていた通り「主人公」が相応《ふさわ》しいような気がする。

いずれにせよプロへリヤについても色々と知りたいところだ（ドヴァーニャとの関係もよく分からないし）。でも帰ると言うなら引き留めるわけにもいかないので、せめて見送りの夕食会でも開いてやろうじゃないか。

「白極連邦は愚者の捜索を続けるようですね。ガンデスブラッド卿《きょう》から聞きましたが、書記長からネチネチとしたクレームが届いているそうですよ。ドヴァーニャをひどい目に遭わせたくせに愚者を捕らえられないとは何事か、みたいな感じだそうです」

「それについては申し開きのしようもないけど……」

そもそも私は未だに今回の騒動がつかめていなかった。

プロへリヤと帝都を駆け回って、ミリセントと色々なことを話して、攫《さら》われたロロとドヴァーニャを救出して、宮殿に攻め込んできた愚者たちを迎え撃った。

個々の事件はともかく、全体像がまったく把握できていないのだ。

だから、何故《なぜ》ドヴァーニャが攫われたのかもイマイチ分からない。

というか考えることが多すぎるのだ。

天文台のこと。ロロのこと。プロへリヤやドヴァーニャのこと。リンズも色々あったようなので様子を見ておきたいな。あと殺されかけたアマツはもう治ったのだろうか。カルラに聞いておかなければならない。

「むむむ……とりあえず天文台は何がしたかったんだ?」

「コマリ様を殺すことが目的のようですね」

「それは分かるけどさ……いや分かりたくないけど」

「まあ、つまるところ、」

イルカの抱き枕がベッドに放り投げられた。

私はそれを慌ててキャッチする。

ヴィルは複雑そうな表情を浮かべ、

「すべてミリセント・ブルーナイトの掌《てのひら》の上だったのではないでしょうか。愚者たちも駒として弄《もてあそ》ばれていたにすぎないのだと思います」

「…………」

ミリセント・ブルーナイト。

宮殿での戦いの時、あいつは「あんたの殺戮《さつりく》に手を貸してやってもいい」と言っていた。てっきり一緒に戦ってくれるのかと思ったのに、結局助太刀《すけだち》してはくれなかった。

後になって「手を貸すほどの戦いではない」と思い直したのかもしれない。

あの場には戦力が充実していたから。

だが、それよりも――

「――コマリ様。昨晩ご報告していなかったことがあるのですが」

「何だよ」

「というかコマリ様はダウンしていたので報告するタイミングもなかったのですが」

「だから何なんだよ」

「皇帝陛下が殺害されました」

びっくりしてしばらく言葉が出なかった。

まさに私が心配していた結末だったからだ。

「本当なのか……？」

「はい。ミリセント・ブルーナイトの手によって」

「な、何ですかこれは……⁉」

桜翠宮《おうすいきゅう》の東屋《あずまや》にて。

六国《りっこく》新聞に目を通したアマツ・カルラは、思わず声をあげて立ち上がってしまった。そこに記されていたのは——ムルナイト帝国の皇帝カレン・エルヴェシアスが、ミリセント・ブルーナイトによって殺害されたという衝撃的な内容。

「お兄様！　ムルナイトで何が起こっていたのですか……⁉」

「ちょっとした騒動だな」

適当な感じでそう言ったのはカルラの従兄《いとこ》——アマツ・カクメイだった。

勇気を出してお茶に誘ってみたのだが、カクメイはずーっと無言で新聞を読んでいるだけ。痺《しび》れを切らしたカルラは「構ってください」と内心で叫びながらお兄様に近づいてみた。

すると、彼の読んでいる新聞の見出しに『皇帝陛下殺害！』という衝撃的な文字が刻まれているのを目撃してしまったのだ。

カクメイは「ふん」とつまらなそうに新聞を畳んで、

「ミリセントは最初からこれを目的としていた。……いや、目的というよりも手段にすぎないようだが——とにかく、俺《おれ》はその後押しをしてやったのさ」

「は？　え？　後押し……？」

「お前にも教えておこうか。俺とミリセントの間にどんな因縁があるのかを」

これまでずっと黙っていたのに、どういう風の吹き回しだろうか。

しかし教えてくれるのならば心して聞こうじゃないか――カルラは身構えながらアマツの言葉に耳を傾けた。傾け終わった瞬間、卒倒しそうになってしまった。それは想像していたものよりはるかに残虐《ざんぎゃく》で陰惨《いんさん》な物語だったからだ。

カクメイは幼少期のミリセントに虐待じみた教育を施していた。

ブルーナイト家が没落した後は、彼女をテロリストの尖兵《せんぺい》として利用していた。

そしてそれに恨《うら》みを抱いたミリセントはカクメイに復讐《ふくしゅう》を果たそうとしていた――

「――何やってるんですか⁉　もう完全に悪役の所業ですよねっ⁉」

「いつから俺が悪役でないと思っていたんだ」

「生まれた時からですっ！　というかお兄様は今も悪人なんかじゃないはずです！」

「それはお前が決めつけることじゃないだろう」

「し、信じられません。何か理由があったんですよね？　ミリセントさんにそうしなければならなかった理由が……」

「理由か。何を言っても弁解にしかならないが……」

「言ってください！」

「……まあ。ないこともない」

カクメイは腕を組んで言葉を続けた。

「ミリセントはやがてテラコマリを裏切る運命にあった。これは彼女の劣等感や無力感に起因していた——というのが大神《おおみかみ》カルラの予想だ」

「な、なるほど……つまり？」

「そうならないように誘導していたんだ。四年前のあいつは親の言いなりにすぎず、自分自身の目標が何もなかった。だから色々と暗躍し、逆さ月の監視下に置くことで新しい目標を見つけさせようとした。たとえそれが復讐であっても構わなかった」

「……⁇」

「正直、上手《うま》くいっているのかどうか不安だった。しかし、ミリセントは俺が思った以上に成長してくれていた。あいつはもうテラコマリを裏切ったりはしない。……いや、この世界では一度も裏切ったことはないのだろうが」

「ミリセントさんの目標は……復讐なのですか？」

「そうだと思っていたが違った。復讐は階段の一段目にすぎなかった。撃たれたのは想定外だったけどな」

「何が何だか分かりません」

「やる気のない俺を殺すはずがないと踏んでいた。あの時点ではやつの目的が復讐だと思っていたから、無抵抗を貫いてやろうかと思ったのだが、読みが外れてしまった。いやまったく、危うく死ぬところだったぜ」

カクメイはおかしそうに笑っていた。

やっぱり煙《けむ》に巻かれている気分だった。

カルラは彼のお腹《なか》をじーっと見つめる。

すでに魔核《まかく》で回復しているが、下手をすればあの世に行っていたのだ。

カルラは「はあ」と溜息《ためいき》を吐《つ》き、

「よく分かりませんが、無茶だけはしないでください。お兄様がいなくなってしまったら……その……」

「お前を残して死んだりしないさ」

「へ」

耳を疑った。

あの不愛想なお兄様がらしくないことを言った気がするのだが。

カクメイは「とにかく」と首を振り、

「ミリセントの最終的な目的は復讐なんかじゃない。もちろんブルーナイト家の再興なんかでもない」

「では何なのですか」

「さあな。だがあいつは強くなるだろう」

楽しみだな――それだけ言ってカクメイは去っていった。

カルラは首を傾《かし》げることしかできない。

三日前、ミリセントとの間に何があったのだろうか。

★

「――今回の私の目的は二つ。一つは復讐を遂げることだ」

六月二十五日。

ブルーナイト邸にアマツ・カクメイを呼び寄せたミリセントは、彼の足元に【魔弾】を撃ち込んだ。余計な動きを見せたら心臓を撃ち抜いてやるぞ――そういう威嚇《いかく》の意味も込めた一発だった。

「ターゲットは二人――アマツ先生と皇帝。私をムルナイト帝国から追い出した邪悪な人たちよ」

「テラコマリは入っていないのか」

「その復讐は去年に済んでいる」

昨年、テラコマリが七紅天《しちぐてん》に就任してすぐだった。

ヴィルヘイズを礫《はりつけ》にして。

乗り込んできたテラコマリを散々に痛めつけてやった。

それでもう終わったことなのだ。

「……もう一つの目的は？」

「ブルーナイト家の再興よ。これは復讐と二律背反でもあるわ。やつらに奪われたものを取り返すことができたならば、それは一種のケジメにもなるから」

「殺したいわけじゃないということか」

「殺す必要があるならば殺す。ブルーナイト家の爵位を取り戻すためには、私の実力を認めさせる必要があるのよ」

ここは弱肉強食のムルナイト帝国だ。

願いを叶《かな》えるためには、それに見合った強さを示す必要があった。

七紅天に就任した際、ミリセントは皇帝に直訴したことを覚えている――「ブルーナイト家の名誉回復をしろ」と。

もともとミリセントを七紅天に推薦したのは皇帝自身だ。

その程度の要求は通って当然だと思っていた。

だが、皇帝は首を横に振ってこんなこと言ったのである。

――朕《ちん》の権力ではどうにもならないな。皇帝とて万能ではないのだ。その願いをどうしても叶えたいのならば、ムルナイト帝国らしいやり方で実現してみせるがよい。

――七紅天として軍功をあげろと?

――それではただの模範的な七紅天だ。帝国における最強の人物に土をつけるくらいのことはやってもらわなければ、廷臣も民衆も納得しないであろう?

――面白《おもしろ》い。

つまり、皇帝は「自分を倒してみろ」と言っているのだ。

没落した家系の名誉回復をするのに何故《なぜ》そんな大がかりな手順を踏む必要があるのか長らく疑問だったが、その理由については先ほどのアマツ先生の発言から推察することができた。ブルーナイト家が本当に国家転覆の陰謀を練っていたのならば、それなりの代償を支払う必要が出てくるのも道理なのである。

だから、ミリセントは七紅天に就任してからの約一年間、将軍としてエンタメ戦争に勤《いそ》しみながら――ひっそりと皇帝を殺すための策を練っていた。

それがミリセントの復讐につながり、さらにもう一歩進んだところへとつながるのだから。

アマツ先生は、「そうか」と無感動につぶやいた。

「お前の最終目的は復讐でもブルーナイト家の再興でもないんだな」

どきりとした。

一瞬で見抜かれてしまったからだ。

「さすがね。アマツ先生」

「準備が整ったというわけか」

「……ええ。ちょっと不本意な形だったけれどね」

すべては偶然だ。

ミリセントですら利用されているのかもしれなかった。

しかし、チャンスがあるなら必ず活かさなければ大事は達成できない。

「変わったな。俺がこの屋敷に出入りしていた頃とは大違いだ」

「私は――間違っているかしら？」

ミリセントはどこか縋《すが》るような問いを発した。

それだけを聞いておきたかったのだ。

このアマツ・カクメイという男に。

「コルネリウス曰《いわ》く、殲滅外装《せんめつがいそう》の使い手は世界に対する諦観《ていかん》や絶望が一定値を超えた者に限られる――らしい。だから目的意識によって発露する烈核解放《れっかくかいほう》とは真逆の存在。だがお前の場合はどうも特殊のようだ。自分の望みを何としてでも叶えようという意志力が感じられる――烈核解放の萌芽《ほうが》が感じられる」

「だから？」

「世界に対する深い絶望と、世界に対する無限大の希望を併せ持っている。そういう矛盾《むじゅん》した二刀流は苦労すると思うんだがな」

「質問に答えなさい」

アマツ先生は「悪いな」と笑って言った。

その視線はミリセントを賞賛しているように感じられた。

「もちろん間違ってるよ。さっさと真っ当な七紅天になったほうがいい」

「あっそ。……ありがとう、アマツ先生」

ばんっ。

ミリセントは少し躊躇《ためら》ってから【魔弾】を発射した。

今度こそアマツ先生の腹部に命中した。血を撒《ま》き散らしながらぐったりと床に倒れ込むのを見て、思わず舌打ちをこぼしてしまった。

やはり避《よ》ける素振りも見せなかった。

果てしなく余計なお世話だ。

「……テラコマリが来ているわ。運がよければ助かるかもね」

ミリセントはくすりと微笑《ほほえ》んだ。

こうして進むべき道は決まった。

後は天文台の愚者を上手く転がしてやるだけだ。

★

そして六月二十七日の夜。

外ではテラコマリや他の七紅天たちが激しい戦闘を繰り広げている。

が、わざわざ手を貸してやる必要もなかった。

テラコマリには昨日の晩に伝えてあるのだ――「皇帝を暗殺するから手を出すな」と。

『血濡《ぬ》れの間』に残ったミリセントは、円卓で休んでいる満身創痍《まんしんそうい》の皇帝に向かってゆっくりと近づいていった。

白髪の吸血鬼――ヘルデウス・ヘブンがじっとこちらを睨《にら》んできた。

「ブルーナイト殿。行かなくてもよいのですかな?」

「いいのよ。私もここで陛下の護衛をするわ」

「大丈夫です。私一人で十分にお守りできますので――」

「できないわ。あんたにはね」

殲滅外装０４《ゼロヨン》‐《縛《バク》》を発動。

ミリセントの身体から拡散していった帯がヘルデウスに殺到する。

ヘルデウスは驚愕《きょうがく》の表情を浮かべて回避しようとした。しかしできなかった。その足元にはすでに拘束魔法を設置しておいたのだ。一瞬動きを封じられたヘルデウスは、なすすべもなく《縛》に縛られていった。

もちろん口に帯を突っ込んで言葉を封じることも忘れない。

ヘルデウス・ヘブンの奥義は【サイケデリックヘヴン】。

長ったらしい教書の文句を唱えることで、天国の一部を顕現させることができるという破格の異能。

しかし、言葉を発することができないのならば脅威になりえないのだ。

「ッ――！」

「そこでじっとしてなさい。殺しはしないわ」

さらに《縛》を躍動させる。

帯がヘルデウスの両手両足を縛り上げ、あっという間にミイラのような風体へと変貌《へんぼう》させてしまった。拳《こぶし》を主体として戦うヘルデウスにとっては最悪の相手だったはずである。

どさり。

床に落ちたヘルデウスを踏み越えて進む。

皇帝――カレン・エルヴェシアスは、ちょっと驚いたような顔でミリセントを見つ《つ》めた後、

「ほお」と面白そうに口角を吊り上げた。

「……そういうことか。これは全部お前が仕組んだことだったのだな」

「さあね。そう思うんならそうなんじゃない？」

「謙遜することはない。まさにそれこそムルナイト帝国らしいやり方だ。よくもまあここまで回りくどいことを……――」

「うるさい」

ナイフでさっくりと心臓を抉《えぐ》ってやった。

皇帝の口から血があふれる。

刺しどころが的確だったのか、それだけで意識を刈り取ることに成功したらしい。ドレスがふわりとひるがえり、椅子《いす》からするりと滑り落ちて床に倒れ込んだ。

死体の中央からドクドクと血が広がっていく。

ミリセントは「はあ」と軽い溜息を吐《つ》いた。

もちろんこのナイフは神具ではない。

本当に殺してしまったら要求を吞《の》ませることもできないからだ。

ともあれ、これでミリセントの復讐は完了した。

後は遊んだオモチャを片づけるだけ。

でもそれはテラコマリが勝手にやってくれるから心配はいらないだろう。

その時、ぱちぱちぱちぱち――という場違いな拍手の音が広間に響きわたった。

振り返る。

柱の影から、長い金髪の吸血鬼が姿を現した。

七紅天ペトローズ・カラマリア。甘くなめらかな殺意を滾《たぎ》らせながら、ゆっくりとミリセントに近づいてくる。

「ふふ……あはははははははは……！　本当にやるとは思わなかった！　カレンが死ぬところなんて何年ぶりに見たっけねえ。なかなかに無様な死に様ではないか！」

「……何をしに来たの？」

「もちろん見届けるためさ。この事件の発起人としては結末が気になるじゃないか」

「……――」

そうだ。その通りなのだ。

ペトローズの案のおかげでミリセントは皇帝を殺すことができた。

全容は極めて単純である。

今回の騒動におけるミリセントの目的――それは皇帝を殺すことだった。

しかしカレン・エルヴェシアスの力はあまりにも強大で、今のミリセントに太刀打ちできるような相手ではなかった。ブルーナイト家の復興が果たせるのは何年後になるのやら――そんなふうに歯がゆい思いを味わっていたところ、このペトローズが声をかけたのだ。

――カレンは新月の日に烈核解放を使えなくなる。

――魔力も何故か減衰してしまうんだ。

——強大な力を持ったがゆえのハンデなのかもしれないね。

さらにペトローズは、ミリセントに謎《なぞ》のダガーを——殲滅外装01《ゼロイチ》-《刻《コク》》を差し出してこう言った。

——これは天文台の愚者が大事に扱っている品物だ。

——上手くすれば、カレンを出し抜くための道具になるだろう。

ペトローズの思惑はよく分からなかった。ミリセントにテロを教唆《きょうさ》しているような恰好《かっこう》である。しかし、たとえどんな悪辣《あくらつ》な意図が隠されていたとしても、この千載一遇《せんざいいちぐう》の好機を逃すのは愚の骨頂としか思えなかった。

天文台の愚者は常世《とこよ》で六戦姫《ろくせんき》を追いつめた猛者《もさ》。

そんなやつらがちょうどムルナイトに勢揃いしているらしい。

これを利用しない手はなかった。

作戦の方針は——「天文台を利用して皇帝に隙を作り出すこと」。

新月の日に宮殿を奇襲せざるを得ない状況を作り出せばいいのだ。さすがに宮殿が脅かされれば皇帝が動かないわけにもいかなくなる。その時にわずかにでも気を緩ませる素振りを見せれば、そのままナイフで心臓を突き刺してやるつもりだった。

真っ向勝負をしないのは卑怯《ひきょう》？

否《いな》。力だけがすべてではない。あらゆる事象を総動員した結果が実力なのだ。これこそがテラコマリの持っていない部分――いわゆる〝邪悪さ〟に他ならない。

ペトローズがクスクスと笑って腕を組んだ。

「なんだか色々と暗躍していたみたいだね？　天文台を誘導するのは骨が折れただろう？」

「ちょっと馬鹿《ばか》すぎたわね。あいつら魔法を全然知らないんだもの――おかげで新月の夜にたどりつく前に無駄な争いが発生してしまったわ。皇帝に少なからず警戒心を抱かせることになっちゃった」

ミリセントは【亜空炸弾】という魔法を示唆《しさ》することで、やつらが必ず三日後の夜に仕掛けてくるように誘導した――はずだった。しかし彼らは【亜空炸弾】の概要をまったく知らなかったため、躍起《やっき》になってミリセントの捜索を始めたのだ。

天文台の動向が皇帝に感づかれると計画に支障をきたす。運命とは数奇なもので、新聞記者や第七部隊の活躍によって彼らの正体が明るみに出てしまった。それからミリセントはわざわざ図書館に出向いて魔法を教えてやったりもしたが、結局意味をなさなかった。連中はロロッコ・ガンデスブラッドを人質にすることでムルナイト帝国を脅迫したのだ。万死に値する悪手である。あのままでは天文台がテラコマリや皇帝によって全滅させられてしまう可能性もあったため、ミリセントとしては内心ひやひやしたものだ。

まあ、結果として三人もの愚者が捕まってしまったわけだが。

ペトローズは腹を抱えて笑った。

「馬鹿なのもそうだけど想像以上に弱かったな！　あの光のレーザーだけは認めてやってもいいけれど、それ以外は全然ダメダメだねえ。わざわざ牢獄《ろうごく》から逃がしてあげる必要もなかったみたいだ」

「ああ、あんたが逃がしたの？　ご苦労なことね」

「そのほうが盛り上がると思ってね。ちなみにララ・ダガーだけは自力で脱出したらしい。しかも《刻》を取り返されてしまったよ――さすがはリーダーといったところか」

「ふん」

ミリセントは死体から目を背《そむ》けるように踵《きびす》を返した。

いずれにせよ――

テラコマリとペトローズのおかげで目的は達成された。

これでミリセントは新しい一歩を踏み出すことに成功したのだ。

アマツ先生が言っていた道――絶望と希望を両立させる生き方。

テラコマリがまっすぐ光の道を歩むのならば、ミリセントがそれをたどっても仕方がない。

あの深紅《しんく》の吸血鬼を見返してやるためには、もっと別の手段を取る必要があるのだ。

ペトローズが「なあミリセント」と笑う。

「これでブルーナイト家は爵位を取り戻すことになる。名誉も徐々に回復していくことだろうさ。お前のことを認める輩《やから》も増えていくんじゃないかい」

「認められてもしょうがないわ。私はそう──強くなるために生きているんだもの」

「では一つだけ提案しておこうか」

ペトローズが円卓に腰をかけた。

殺意のにじむ視線に射抜かれる。

「お前、皇帝になってみるつもりはないかね」

「皇帝……？」

あまりに唐突だったので数度瞬いてしまった。

「今すぐってわけじゃないさ。しばらくはカレンがやるからね。しかしその後継者を決めるとなった際、ミリセントが立候補してみるのも面白いんじゃないかと思ってね」

「次はあんたが即位するんじゃないの」

「まさか。私は柄じゃない」

確かに──この女に国をまとめていくのは無理かもしれない。

強大な力を持っているのかもしれないが、性格的に難があるように思える（と言ったら今の皇帝に難がないように聞こえてしまうけれど）。

「いいかね。歴代のムルナイト皇帝は二つのタイプに分類される」

　ペトローズは二本の指を立てて言った。

「仲良しこよしの平和主義か、殺し合い上等の戦争主義か——この二つのうちのどちらかだ」

「両極端ね。今の皇帝は殺し合い主義ってわけ？」

「そうなると思ったんだけどねえ。今のカレンはどちらかというと平和主義だ。昔はもっと凶暴なやつだったのに、ユーリンがいなくなってから丸くなってしまったのさ」

　あれで丸いのだろうか。

　ミリセントは疑問に思ったが口に出さずにおいた。

「カレンはユーリンと違って戦争主義に成長していくかと思ったのに、どんどん生ぬるくなっていった。誕生日を迎えるたびに温度が一度ずつ下がっていくんだよ。これじゃあつまんないよね。世界はもっと闘争で満ちあふれているべきだ」

「テロリストみたいなことを言うのね」

「そりゃそうだ。ムルナイトを発展させてきたのは、いつの時代も戦争主義の皇帝さ。カレンは次の皇帝にコマリちゃんを推《お》しているみたいだけれど、あの子もどっちに転ぶか分からない——いや、常世での活躍から推測するに、十中八九ぬるぬるのほうに傾くだろうね。それはちょっと私としてはイヤだな。人類が発展していくためには争いは必須なんだよ。国家はどんな時でも内憂外患《ないゆうがいかん》を抱えていることが望ましい」

ペトローズはミリセントを見つめる。

その視線に込められているのは——期待だろうか。

新しいオモチャを見つけた子供みたいな光。

「なあミリセント。私はお前がこっち側に来てくれて嬉《うれ》しいよ。やっとマトモな七紅天が現れてくれたんだっていう歓喜の念を覚えている」

「あっそ。興味ないけれど」

「そんなことはないはずだ。コマリちゃんのかわりに皇帝をやってみないかい？」

「それは……」

「おっと、別に本気で殺し合えと言っているわけじゃないよ？　せいぜい半殺し合えってくらいの意味さ。敵がいないと人は成長しないんだ」

「………………」

「考えがまとまったら七紅府《しちぐふ》の一階に来てよ。後ろ盾になってあげる準備はできてるから。あでも、お代として風前亭《ふうぜんてい》の羊羹《ようかん》を持ってくることは忘れないでね」

ペトローズは「じゃあねー」と手を振って去っていった。

ミリセントはその後ろ姿を見つめながら沈黙する。

——皇帝。

さすがは老獪《ろうかい》なペトローズ・カラマリアといったところか。

ミリセントの次なる目標に感づいていたのだろう。

その通りだ。

爵位も復讐もミリセントにとっては手段にすぎない。

今のミリセントを動かしているのは――テラコマリから授《さず》かった「人のために戦いたい」という願い。ブルーナイト家と逆さ月から授かった「強くなりたい」という願い。そして四年前から持ち続けている「テラコマリを超えたい」という願いの三つだった。

皇帝になることができれば、もっと高みに至れるような気がしていた。

ミリセントは懐《ふところ》からオムライスのキーホルダーを取り出した。

テラコマリがくれた変なお土産だ。

笑ってしまうくらいに甘っちょろい少女である。あれほど憎み合った仲だというのに、今ではすっかり友達気分だった。ミリセントはあんなふうにはなれない。

皇帝を目指せば願いが叶うのかどうか。

なってみなければ分からないけれど。

「――まあ、こいつはもらっておいてあげるわ」

夜は更《ふ》けていく。

六国にはまだまだ波乱の予感が立ち込めていた。

（おわり）

あとがき

こんにちは。小林湖底です。

今回は銀盤戦《ぎんばんせん》の導入＋ミリセント回の序章となっております。いつもより無双シーンや中二要素に主眼を置いて執筆してみましたが、いかがだったでしょうか。数多の激戦を乗り越えてきたコマリさんたちは一筋縄ではいかないぞ――というのがテーマの一つでした。そしてもう一つ重要なのはミリセント・ブルーナイトというキーパーソンです。すべての物語の発端となったキャラクターでもありますね。終着点の一つを考えた場合、ミリセントとの関係を進展させておかねばならないと思って12巻のメインになってもらいました。あとはちょうど1巻の内容がアニメ化される時期だから、というのもあります。今後もミリセントさんの活躍にご期待ください。とはいえ、次は白極《はっきょく》連邦編になるかと思います。前から書こうと思っていたのですがタイミングの関係で書けていなかったズタズタ回です。何卒よろしくお願いいたします。

遅ればせながら謝辞《しゃじ》を。

お忙しい中たくさんのキャラクターをカッコよく描いてくださった、イラスト担当のりいちゅ様。今回も素敵なデザインに仕上げてくださった、装丁《そうてい》担当の 柊 椋《ひいらぎりょう》様。色々とアドバイスをくださった、編集担当の杉浦よてん様。その他、販売・刊行に携わってくださった皆様。アニメスタッフの皆様。そしてこの本をお手に取ってくださった読者の皆様に厚く御礼申し上げます。ありがとうございました、それではまた次回お会いしましょう！

ファンレター、作品の
ご感想をお待ちしています

〈あて先〉

〒105－0001
東京都港区虎ノ門2－2－1
ＳＢクリエイティブ（株）
ＧＡ文庫編集部 気付

「小林湖底先生」係
「りいちゅ先生」係

本書に関するご意見・ご感想は
右の QR コードよりお寄せください。

※アクセスの際や登録時に発生する通信費等はご負担ください。

https://ga.sbcr.jp/

ひきこまり吸血姫の悶々 12

発　行　　2023年10月31日　初版第一刷発行
　　　　　2024年　3月12日　　　第二刷発行
著　者　　小林湖底
発行者　　小川　淳

発行所　　SBクリエイティブ株式会社
〒105－0001
東京都港区虎ノ門2－2－1

装　丁　　柊椋（I.S.W DESIGNING）

印刷・製本　中央精版印刷株式会社

ISBN978-4-8156-2138-4

Printed in Japan

GA 文庫